伯爵との一夜

ルイーズ・アレン 作

古沢絵里 訳

ハーレクイン・ヒストリカル・スペシャル

東京・ロンドン・トロント・パリ・ニューヨーク・アムステルダム
ハンブルク・ストックホルム・ミラノ・シドニー・マドリッド・ワルシャワ
ブダペスト・リオデジャネイロ・ルクセンブルク・フリブール・ムンバイ

THE EARL'S INTENDED WIFE

by Louise Allen

Published by Harlequin Japan, a Division of K.K. HarperCollins Japan, 2025

ルイーズ・アレン

物心ついたときから歴史に興味を抱き、8歳のときには3ページの歴史小説を書いた。地理と考古学の学位を持ち、特定の風景や場所から、小説を書くインスピレーションを得ることが多いという。とくにヴェネチアやブルゴーニュ、ギリシアの島々からはこれまでに多くのアイデアが生まれた。ヒーローのモデルにもなる最愛の夫とイングランドのベッドフォードシャーに在住。友人とフランセスカ・ショー名義での共著も多数ある。

主要登場人物

ヒービー・カールトン……………海軍将校の娘。
セーラ・カールトン………………ヒービーの継母。
サー・リチャード・レイサム……セーラの婚約者。
ヒュー・バート・フルグレーヴ…ヒービーの叔父。
エミリー・フルグレーヴ…………ヒービーの叔母。
アレックス・ベレズフォード……陸軍少佐。
レディ・クラリッサ・ダンカン…アレックスの元恋人。
ジャイルズ・グレゴリー…………アレックスの友人。
アナ・ウィルキンズ………………アレックスの知人。

1

ヒービー・カールトンがマルタ一の美男子をひと目見て反感を持ったのは、あるなんの変哲もない日のことだった。その水曜日までは、人生は主としてなんの変哲もない日々だけで構成されているように思えていた。だがヒービーはのちに振りかえり、なんの変哲もない日々が、その日を境にほとんど消えてしまったことに気づいたのだった。

ヒービーは、もともと見目よい男性やさっそうとした軍服に胸をときめかせる女性ではなかった。だがその男に反感を持ったのは、そのせいではなかった。それに、本来彼女は見た目だけで人を判断したりはしなかった。経験から、人間は概して最初に受けた印象より興味深いものだということを学んでいたからだ。だけどこの男性は、どことなく私を落ち着かなくさせる。そこでヒービーは、海軍准将サー・リチャード・レイサムと連れだって彼女の家に向かってくる男性にじっと目を凝らした。

准将はヒービーの父の後妻で、いまは未亡人になっているミセス・カールトンの婚約者だ。波止場にある戦隊司令部につめていなくてもいいときは、この家で昼食をとるのが習慣になっているのだが、今日はいつもより少しばかり到着が遅れていた。

二人の男は熱心に話し込みながらも通りの向こう側で足を止め、ヒービーに見知らぬ男をじっくり観察する機会を与えてくれた。その結果、ヒービーはいよいよ相手への反感をつのらせた。男の日焼けした端整な顔には、非人間的でどこまでも深刻な表情が鎮座していたからだ。ひょっとして追放された聖ヨハネ騎士団の団員かしら？　騎士団はわずか数年前にナポレオンによってマルタ島を追われ、その後、島の新たな支配者となったイギリスとの間で、いまなお帰還交渉が続いている。

地獄の業火や禁欲主義、初期キリスト教の教父たちの手になる宗教書だのがいかにもお似合いな感じね。ヒービーはそう結論をくだすと、出窓の上に心地よくうずくまって空想にふけった。緑の鎧戸《よろいど》と曲線的な鉄のバルコニーを持つこの優美な白壁の家には、内側から外側に向かって朝顔状に広がった窓がいくつもあり、出窓に腰かけられるようになっている。ヒービーはしばしば出窓にうずくまり、本を読んだり、眼下で展開するさまざまな光景を好奇心いっぱいにながめたりしていた。

「ヒー……ビー!」階段の下から継母がじれったそうに声をかけてきた。「准将はまだなの?」ミセス・カールトンは十分前、いつもなら准将が到着するはずの時間に、待ち人の姿が見えたら知らせるよう命じてヒービーを上階にやった。客人の到着時間がわかれば、完璧《かんぺき》なタイミングで料理の最後の仕上げをするよう料理人に命じることができるからだ。淑女たるもの、殿方の心をつかもうとするときはどれほど気を配ってもやりすぎということはないと固く信じているミセス・カールトンは、お目当ての紳士がありとあらゆる快適さを享受できるよう、細心の注意を払うことが何よりも重要だと考えている。

「見えたわ、お継母さま」ヒービーは立ち上がり、踊り場に走り出た。「いま広場の向こう側よ。陸軍士官と一緒よ。二人ともこっちに来るみたい」

上を向いたミセス・カールトンの顔に思案するような表情が浮かんだ。「その士官って、若い人?」

「そうねえ」ヒービーはちょっと考えた。「二十代の後半か、三十歳くらいだと思うけど」

予測どおり、ミセス・カールトンは金色の巻き毛を振って廊下のテーブルから花鋏《ばさみ》を取り上げ、ドアを開けた。「食卓に少し花を飾ってもいいわね」さりげなく言って外に出る。

ヒービーはため息をついて窓辺に戻った。新顔の士官が現れると、それが海軍士官であれ陸軍士官であれ、継母は決まって興味を示し、しきりとヒービーをせっついて、彼女がどれほど格好の花嫁候補かを相手に売り込もうとする。そして、いまやあの修道士――ヒービーの頭のなかではすでに修道士にされてしまったあの陸軍士官が、ミセス・カールトンの新たな標的になろうとしているわけだ。もっとも、今回の相手はかなり手ごわそうだが。

准将と厳しい雰囲気をただよわせた未知の男性は、まだ通りの向こう側に立っていた。仕事の話をしているらしく、陸軍士官のほうが、小脇《こわき》に抱えていた革の書類かばんを准将にさし出している。

ちょうどそのとき、サー・リチャードがミセス・カールトンに気づいた。ここからでは身を乗り出さないと見えないが、継母は見られることを十分に意識して、ブーゲンビリアの花を切りながら戸口を縁取る蔓《つる》植物を背景に、見栄えのするポーズをとっているのに違いない。准将が帽子を取って軽く一礼し、連れの士官もそれにならった。

帽子がなくなると、黒い頭と完璧に整った古典的な目鼻立ちがよく見えた。顎は力強く、形のいい唇はきりりっと引き締まっている。間違いなく修道士ね。ヒービーは断定した。たいていの男はミセス・セーラ・カールトンを初めて見ると思わず感嘆の表情を浮かべるのに、その男性は違ったからだ。ちょうどそのとき、男がふいに上を見上げた――まるで見られているのを感じたかのように。

それは一瞬のことだったが、ヒービーはぎょっとして身を引いた。男性の印象は一変していた。彼は聖職者などではないわ。猛禽《もうきん》だ。何者かの視線に気づき、相手が獲物であれ敵であれ襲いかかろうとして身構えている鷹《たか》。頭のなかの肖像画に鋭くて青い目と黒い眉を描《か》き足しながら、彼女は窓から身を引いた。ひと目見て落ち着かない気分になったのも無理ないわ。いまなんて、とどめを刺そうと急降下してくる鷹に気づいた雀《すずめ》みたいな気分だった！　急に息が苦しくなり、ヒービーはどうしたのかと自分でもいぶかりながら呼吸が落ち着くのを待った。

大丈夫、姿は見られていないはずよ。そう心に言い聞かせ、急いで髪に櫛《くし》を通し、スカートのゆがみを直した。完璧に身だしなみを整えて下りていかないと、お継母さまが角を出すに決まっている。

継娘が美人ではなく、可憐《かれん》でさえないことに関しては、ミセス・カールトンはとうの昔にあきらめの境地に達していた。また、ヒービーがその大いなる欠点を補うために手練手管を駆使することをかたくなに拒否し、家庭的なところをひけらかして、身のまわりの世話をしてくれる妻を求めているかもしれない年配の男の気を引こうともしないことも、しかたがないとあきらめていた。だがそれでも、ミセス・カールトンはヒービーにつねに若い令嬢らしい装いとふるまいをさせようとする試みはまだ放棄していなかったし、それはときとして成功することもあった。とはいえ、人とは少し違うという理由だけで、あの厳しい視線がこちらに向けられるのはごめんだというのが、いまのヒービーの心境だった。

ヒービーは階段を駆け下りたところで歩調をゆるめた。磨き込まれた板張りの広い廊下でためらうように足を止め、優美な青緑色の応接間から聞こえてくる声に耳をそばだてる。「サー・リチャードがいつお寄りになってもいいように、昼食はいつも多めに用意してありますの」ミセス・カールトンの声がした。「ですから、不都合などこれっぽっちもありませんわ、少佐。どうぞご遠慮なさらずに」

「そういうことでしたら」よく響く冷ややかな声が

答えた。「ありがたくお招きをお受けいたします」

あまりうれしくなさそうね。ヒービーは断定した。とはいえ、冷淡ながらもいちおうの礼儀は守っている。おそらくあの修道士は、ミセス・カールトンが未来の准将夫人だということをすでに連れから聞かされていて、自称三十三歳の若く肉感的な金髪の未亡人と同席しても危険はないと判断したのだろう。では、その未亡人の不器量な未婚の娘のことはどう思うかしら。ヒービーは皮肉っぽく口元をゆがめた。

「ああ、来たのね、ヒービー」ヒービーが戸口で足を止めると、ミセス・カールトンが叫んだ。そしてつけ加えた。「義理の娘のヒービーですわ、少佐」

万が一にも、とヒービーはうんざりした気分で思った。こんな大きな娘がいるような年齢だとか、こんな十人並みの娘の産みの母だとか思われてはたまらないというわけね。セーラ・カールトンのことは大好きだけど、こういうときには……。

ヒービーは表情を取りつくろい、紹介の続きの言葉を待った。「ヒービー、こちらはアレックス・ベレズフォード少佐よ」

ヒービーは軽く膝を折って一礼し、相手が優美なお辞儀を返すのを見守った。

「ミス・カールトンですね」さっきと同じよく通る冷ややかな声に、無表情な顔。ただし間近で見ると相手の目ははっとするほど青く、ヒービーを見つめるその目は、修道士のものではなくまるで鷹だった。

相手の無関心な態度と、ふいに込み上げてきたベレズフォード少佐への好奇心が、ヒービーをいらだたせた。もちろん少佐に引かれているわけではない。あの声を聞くと、なんだか背筋がぞくっとするのは事実だけれど。そう、これは単にいままで知っていた陸軍士官が、概して気さくで陽気な男性たちだったからだ。なかには内気な士官や不器用な士官もいるし、未婚の娘は近づかないほうが無難な放蕩《ほうとう》者もいるけれど、全体として彼らはこの島のイギリス人社会に陽気に溶け込み、個人の家に招かれることを喜び、地元の社交界にも積極的に参加している。

「では食堂にまいりましょうか」ミセス・カールトンが言った。そしてサー・リチャードの腕を取ってさっさと戸口に向かったので、ベレズフォード少佐はヒービーに腕をさし出すしかなかった。

少佐は無言のままミセス・カールトンに指示された席にヒービーを導き、椅子を引いてくれてから、隣の席に腰を下ろした。料理が全員に行き渡るとミセス・カールトンは夫を亡くしたばかりの共通の知人について、准将に質問を投げかけた。ヒービーはいささか愉快な気分で少佐の出方を待った。社交上の義務を果たすために、話しかけてくるかしら。

「いつごろからこの島で暮らしておられるんですか、ミス・カールトン？」この状況では、完璧に自然で礼儀にかなった質問だった。少佐の声には退屈そうな響きはみじんもなかったが、ヒービーは彼が自分の置かれた状況にひどくいらだっているのを感じた。

ミセス・カールトンはヒービーの欠点を列挙するときに、そそっかしさに続く第二の欠点として好奇心の強さをあげるが、ヒービーにはそれが悪いことだとは思えなかった。だって、人間はおもしろいものだわ。ヒービーは使用人の身の上にも深い関心を寄せたし、友人に打ち明け話をされるとどっさり質問を浴びせながらも親身に耳を傾け、さらには見ず知らずの他人を観察するのも大好きだった。噂話《うわさ》はしないし、詮索《せんさく》もしない。単に観察し、耳を傾け、質問するだけだ。そしてその後の推移を興味を持って見守り、機会があれば手をさしのべるが、その機会がないときには、当事者と一緒に喜んだり苦しんだりする。

この士官がこんなに無口で冷淡なのはなぜなのだろう？　相手を厳しくて恐ろしげな男ではなく、興味ある謎《なぞ》と見なすと、並んで座っているのもさほど苦痛には感じられなくなってきた。ヒービーは少佐にパンとバターの皿をさし出しながら質問に答えた。

「三年前からですわ。父が戦隊とともにマルタに配属になりましたので。産みの母が十年前に亡くなって、父はその四年後に再婚しましたの。それからずっと、私と新しい母は、状況が許すかぎり父の赴任先に同行してきました。そして二年前に父が熱病で他界したあとも、ここにとどまっているんです」

さあ、数字がどっさり入った具体的な返事をしてあげたわ。今度は彼が何か言う番よ。

「なるほど」

「継母がサー・リチャードと再婚したらイギリスに戻るかもしれませんけれど、はっきりしたことは決まっていないんです。戦隊がどこに配置されるかによって、事情が大きく変わってきますから」反応なし。「イギリスもずいぶん変わったでしょうね」

「そうでしょうね」

少佐がパンを切り、ヒービーは自分の目がナイフを握るその手に釘《くぎ》づけになっているのに気づいた。日焼けした長い指は、ナイフよりも剣の柄《つか》を握り慣れていそうだ。強靱《きょうじん》な腱《けん》がくっきりと浮き出し、褐色の肌には古い傷痕《きずあと》が白く走っている。

「少佐の部隊はいつごろからこの島に？　最近新しい部隊が上陸したという話は聞きませんけれど」

少佐はヒービーの質問に質問で答えた。「いつも部隊の移動にそんなに注意を払っておられるんですか、ミス・カールトン？」黒い眉の片方がわずかに上がり、唇の片端が持ち上がった。微笑したつもりかもしれないが、目はあくまでも冷ややかだった。

なるほどね。私を軍服の男と見れば端から追いまわす軽薄な娘だと思っているわけ？　唇の内側を噛《か》んで辛辣《しんらつ》な言葉を投げつけたいのをこらえ、ヒービーはにこやかに相手に笑いかけた。ご心配なく。たとえマルタにほかに男性が一人もいなくても、あなたの気を引こうだなんて思いませんから。面と向かってそう言えないのが残念だわ。

「あら、そこそこの観察力があれば、誰でもその程度のことは把握していますわ。私たちのように本国を離れて暮らしている者はみな、どの軍艦が入港してどの部隊が上陸したかも、どなたが島を去って誰が新しくやってきたかも知っているんです。本国からの手紙を運んでくるのは軍艦ですし、異動があれば、食事にお招きしたりパーティーでお会いしたりする方の顔触れも変わるわけですもの」

ベレズフォード少佐はヒービーの笑みに心を動かされた様子も見せずに、魚の冷製を取りわけた。

「こんな小さな島では、社交生活もかなり限られているでしょうね」

ヒービーはミセス・カールトンが横目でこちらをうかがっているのを痛いほど感じながら答えた。

「それを言うなら、ブライトンやハロゲートのような避暑地の住人も事情は同じだと思いますけれど。すみませんがバターを取っていただけますか、少佐？」

間の悪いことに、少佐はヒービーにバターを渡した拍子に、セーラ・カールトンが〝その調子よ〟というふうに継娘にうなずきかけるのを見てしまった。ヒービーは急な頭痛を訴えて中座することも考えたが、いらだちがつのるのを感じながらも、好奇心に負けて踏みとどまった。こうなったら食事が終わるまでに、何がなんでもちゃんとした返事をさせるか、作り物でない笑みを浮かべさせてみせる。

「マルタにはいつごろまで滞在なさるんですか、ベレズフォード少佐？」

「状況しだいです」ふと気づくと、ヒービーはまたしてもあの長い指を見つめていた。その指はいま、グラスを握っている。一同が飲んでいるのは水差しごと噴水にじっくり浸して冷やしたレモネードで、結露がグラスの外側を白く曇らせている。少佐の小指が上下に動いて濡《ぬ》れたグラスの表面に軌跡を描くのを、ヒービーは魅せられたように見守った。

「状況とおっしゃいますと？」ヒービーははっと気を取りなおし、唐突に質問した。

「どのような指令を受けるかによって決まるということです」少佐は冷ややかに答えた。

「ああ。でしたらこれ以上はお尋ねしませんわ、少佐」この島で暮らすイギリス人はみなそうだが、ヒービーも、軍の指令を話題にするのは慎まなくてはならないことを十分に心得ていた。上層部がどれほど気をつけていても、どこにフランスのスパイがまぎれ込んでいるかわからないからだ。

「そうですか？」少佐は少し体をこちらに向け、あの射ぬくような青い目でヒービーを見つめた。何もかも懺悔しろと迫られるのではないかしら。ヒービーの脳裏にそんな空想が浮かんだとき、少佐が先を続けた。「僕への尋問は中止するとなると、次の話題は何にしましょうか、ミス・カールトン？」

ヒービーは意表をつかれ、灰色の目を腹立たしげに見開いて、相手のかたくなな視線を受け止めた。

「お気持ちはわかりますわ、少佐」ほかの二人に聞こえないよう、ぐっと声を落として言う。「若い娘とくだらない世間話をするなんて、退屈でやってられないとお思いなんでしょうね。でもね、相手の娘のほうも、こんな会話には少々うんざりしているのではないかとはお思いになりませんか？」

この言葉にはさすがに反応が返ってきた。ヒービーがなおも目をそらさずにいると、青い目の奥で何かがうごめいた。怒りと激情。そしてもう一つ、極度の疲労だ。それに気づいて、ヒービーは急に自分のしたことが恥ずかしくなった。よく見ると、日焼けのせいで目立たないものの、目の下の皮膚が白っぽくなっているのがわかる。つまり、少佐の度を越した冷淡な態度は、サー・リチャードのせいで心ならずも参加するはめになった昼食会を、倒れたり眠り込んだりせずに乗りきるための手段だったのだ。

ヒービーは少佐の目から視線をもぎ離し、少佐の皿を見やった。ほとんど何も食べていない。

「ミス・カールトン」少佐が何か言いかけた。

「まあ、どうしましょう」ヒービーは震える声でミセス・カールトンとサー・リチャードに聞こえるように言った。「なんだか急にめまいが。少佐、庭に連れていってくださいません？」少佐がすばやく立ち上がり、片手をヒービーの脇の下にあてがった。

ヒービーは少佐に軽くもたれかかった。「いいのよ、お継母さま。すぐよくなるわ。少佐には申しわけないけれど、しばらく涼しいところで休めば……」

ミセス・カールトンはヒービーの顔にすばやい一《いち》瞥《べつ》を投げた。たしかにちょっと顔色が悪い。そうね、このことが、魅力的で結婚相手にはうってつけに思える青年とヒービーが親しみを深めるきっかけになるのなら。小さな裏庭には使用人の行き来が絶えないから、監視の目もちゃんとある。「では、申しわけありませんけれどお願いしますわ、少佐」

食堂を一歩出るなり、ヒービーは少佐の腕を離し、心配そうに相手を見やった。「ごめんなさい。でも、あなたは少し午睡をするべきだと思うし、いちばん涼しいのは庭だから」そう言いながら、廊下のつきあたりの開いたドアのほうに少佐を導いていく。そこには緑のあずま屋を持つ小さな庭があり、噴水から水がこぼれるやわらかな音が聞こえていた。

「僕が午睡を？」少佐は眉を寄せてヒービーを見下ろした。「しかし、あなたはさっき……」

「ええ、めまいがすると言ったわ。嘘《うそ》も方便よ。調子がよくないことをサー・リチャードに知られたくないんじゃないかと思って」ヒービーはそっけなく言い、ちょうど戸口から顔を出したメイドに命じた。「レモネードを水差しに入れて持ってきてちょうだい、マリア。それとグラスを二つね」

ベレズフォード少佐はヒービーに導かれるままに外に出た。からみ合った蔓植物の下を身をかがめてくぐり抜けると、そこは石を敷いたこぢんまりした一画で、濃い影に包まれていた。ライオンの頭をかたどった噴水からあふれた水がやわらかな音をたてて壁を流れ落ち、房飾りのついた白いハンモックが二つ、寄りそうように並んでいる。

「さあ、横になって」ヒービーは枕《まくら》をたたいてふくらませながら、きっぱりと命じた。「レモネードをもう一杯飲んで三十分も眠れば、目が覚めたときには多少は気分がよくなっているはずよ」

少佐は、まだ社交界にデビューしていない女性に指図されるのには慣れていないようだったが、目新しい体験に好奇心をそそられたのか、おとなしく従った。ハンモックに腰を下ろし、長い脚を垂らしてヒービーを見る。その口元は、作り物ではない笑みでほころび始めていた。

「上着も脱いだほうがいいわ」ヒービーはつけ加えた。「そのほうがずっとよく眠れるもの」

「だけど、君の母上がいつ様子を見に来るかわからないじゃないか」少佐はずらりと並んだぴかぴかのボタンをはずそうとはせずに反論した。

「あら、そんなことないわ」ヒービーはもう一つのハンモックの上に寝そべって、ゆらゆらとゆらし始めた。そして重ねた枕に背中を預け、少佐を見やった。「いいから脱いで。最低でもあと三十分は大丈夫よ。お継母さまだってサー・リチャードと二人きりの会話を楽しみたいだろうし、私たちが庭でお上品な恋愛遊戯にふけっているんじゃないかと思ったとしても、喜ぶに決まっているもの」

「つまり、これはお上品な恋愛遊戯というわけかい？」少佐はヒービーの顔から視線を離さずに、軍服のボタンをはずし始めた。

「もちろん違うわ！　だけど、あなたはくたくただし、少し仮眠を取ったほうが、准将との仕事の話にもはるかにすっきりした頭で臨めるはずよ。ほら、上着を貸して。このスツールにのせておくから」

グラスにレモネードを注《つ》ぎ、ひと口で半分を飲みほした少佐に、ヒービーは批判するような視線を投げた。白いシャツ姿のアレックス・ベレズフォードは猛禽には見えないし、ましてや修道士にはまったく見えない。ヒービーはレモネードを飲みほす彼の喉の線と重ねた枕にもたせかけた広い肩、ひょいとハンモックにのせられたぴったりしたズボンと、黒いブーツに包まれた優美な長い脚をながめた。

少佐が身を乗り出してグラスを置き、ヒービーを見た。「なぜ疲れているとわかった？　簡単に表情を読まれるほうではないと思っていたんだが」

「あなたの目と、目の下の皮膚の状態からよ。それに、料理にほとんど手をつけていなかったし」

「おまけに、君にひどく無作法な態度をとった」少佐は言い、ヒービーが楽しげに目をきらめかせると、ふいに残念そうな顔をした。「ねえ、ミス・カールトン。疲れているのは事実だが、どうせなら眠るより、君と恋愛遊戯を楽しみたいな」

ヒービーの視線の先で、少佐のまぶたが閉じかけた。「私は恋愛遊戯はしないのよ、少佐」

それを聞くと少佐は目を開け、枕の上で首をねじった。「へえ、絶対に？　君はおそろしく変わったお嬢さんだな、ミス・カールトン」

「そんなことないわ」ヒービーは言った。「私はとても平凡な娘よ」だが相手の目はすでに閉ざされ、黒いまつげが頬に影を落としていた。アレックス・ベレズフォードは眠っていた。

2

蓋《ふた》を開けてみると、ベレズフォード少佐と二人きりの時間は、ヒービーの予想どおりのものだった。

玄関ホールを通ったときに時計の長針が一を指していたのを覚えていたヒービーは、時計が半時を打つとそっとハンモックを下り、少佐のグラスにレモネードを満たして軍服を広げた。

なんだか起こすのが気の毒だわ。少佐はあっと言う間に深い眠りに落ち、ぴくりとも動かなくなった。心からくつろいだ長身はどこか猫を思わせ、まぶたがかすかに動くのは、夢を見ているせいかもしれない。そんな少佐の姿を見ていると心がなごみ、ヒービーはずっと静かにハンモックにゆられながら、暖かい木陰で水音と花の香に包まれているのはなんて気持ちがいいのだろうと考えた。

どうやって起こそうかと迷いながら、ヒービーはおずおずと手を伸ばした。額に黒髪がひと房こぼれている。ヒービーの手がためらうように動きを止め、髪をなでつけかけたところでぱっと引っ込んだ。何を考えているの？ 軽く肩に触れると少佐はすぐに目覚めたらしく、体が緊張するのがわかった。

目が合った瞬間に、ヒービーは少佐が早くも完全に目覚めていることに気づいた。なじみのない場所で目覚めたにもかかわらず、考えるまでもなく自分がどこにいるかを把握しているらしく、さっと地面に足を下ろして立ち上がる。そしてヒービーが渡した上着に袖《そで》を通したとき、廊下で声がした。

「さあ、これを持って」ヒービーは少佐にレモネードのグラスを持たせ、有無を言わせず追いたてた。

両側にプランターが並ぶ小道をずんずん進み、スッールに腰を下ろす。そして、午前中に持ち出した刺《し》繡《しゅう》を取り上げると、針を動かし始めた。

「ヒービー!」庭に足を踏みいれたミセス・カールトンの愛らしい顔には、わずかながら不安の色が浮かんでいた。食堂で准将としゃべっている間に、こんなに時間がたっていたなんて。ヒービーを見ず知らずの人間と二人きりにしたりして、まずかったんじゃないかしら? あのときはいい考えだと思ったけど……。だが継娘の姿が目に入ると、夫人は表情をやわらげた。ヒービーは落ち着きはらい、しかも奇跡的に、女らしい作業にいそしんでいる。「ヒービー、気分はよくなって?」ミセス・カールトンはやさしく声をかけ、いそいそと走りよった。「少佐はどこにいらっしゃるの?」

「ここにおります」ベレズフォード少佐が角をまわって現れ、ひょいと頭を下げて竹の枝をよけた。

「お庭を拝見していました。とてもきれいで、心が安らぎますよ。奥さまが設計されたのですか?」

ヒービーは少佐の後ろで眉をつり上げた。お世辞を言うのが第二の天性でもないかぎり、アレックス・ベレズフォードはどうやら完全に疲労から回復したらしい。ヒービーはひそかにおもしろがりながら、この賛辞に対するミセス・カールトンの答えを待ちうけた。一家がこの家で暮らし始めた時点で、庭はすでに美しく整えられていたのだ。

ミセス・カールトンはほほほと笑って質問をはぐらかした。「まあ、お上手ですこと! それより教えてくださいな。この島にはいつごろまで滞在なさいますの?」

「二、三週間だと思います。ジブラルタル行きの船が来るのを待たなくてはなりませんので」

「では、こちらには部隊を離れて?」セーラ・カールトンは追及した。

「はい。イオニア諸島をまわって命令書を届けてきたところです」

二、三週間あれば、なんとか予定をやりくりして、夕食会とささやかな夜会を一つずつつくらいは押し込めるかしら？　頭のなかでせっせとそんな計算をしていたミセス・カールトンは、陸軍士官が単身部隊を離れ、命令書を届けてまわるために地中海をうろつくのがいかに異例なことかに気づかなかった。その種の任務は通常、どこかの艦隊に属する小型船舶によって遂行される。だがミセス・カールトンにとって、少佐の単独行動は単に好都合なことでしかなかった。親しい士官仲間がそばにいなければ、人恋しさから外部の人間との交際に乗り気になるはずだ。

だがヒービーはおやと思っていた。准将の無表情な顔は、彼もまたそれに気づいていることを物語っている。というより、准将はアレックス・ベレズフォードが何をしているかを正確に知っているはずだ。その謎《なぞ》を解こうと、ヒービーは忙しく脳を回転させた。部隊を離れて単独行動をとり、疲労困憊《こんぱい》してイオニア諸島から到着したばかりの陸軍士官――最もありそうな答えは、少佐が情報将校だというものだ。ヒービーはこれまで以上に興味を持って少佐を見つめた。なんてすてきな任務……。

「温かいおもてなしにお礼を申し上げます、奥さま」ふと気づくと、少佐がセーラ・カールトンの手を取ったまま言っていた。「お嬢さん」ヒービーは刺繍を置き、握手をするために少佐に近づいた。

「早くよくなられることを願っていますよ」

「もうだいぶよくなりました。きっと午前中にちょっと日に当たりすぎたんですわ」ヒービーは落ち着きはらって答えた。「先ほどは相手をしてくださってありがとうございました」

ベレズフォード少佐は冷やかすような目でヒービーを見つめ、ふっと微笑した。「とんでもない。お礼を言うのはこちらですよ、ミス・カールトン」

ヒービーは全身が温かくなるのを感じた。こうしてまっすぐに目を見つめて笑いかけてくる少佐は、修道士にも猛禽《もうきん》にも見えない。ここにいるのは、ヒービーの相手をするのを楽しんでいるらしい、すこぶる魅力的な一人の男性だ。そのときふいに、彼女の心には強い願いが込み上げてきた。今後も、少佐が私の相手をするのを楽しんでくれるといいのに。

二人の士官を送り出して玄関のドアを閉めるなり、セーラ・カールトンは満面に笑みをたたえて継娘を見やった。「まあ、ヒービー！　あなたがあんなにうまく少佐の心をつかんでしまうとは思わなかったわ。私の見たところ、あの人はもう半分、恋に落ちかけているわね」

ヒービーは赤くなった。「ばかなことを言わないで、お継母さま。ベレズフォード少佐は単に、ああいう状況で紳士なら誰でもするようにふるまっただけだし、私は少佐の心をつかもうなんてしていないわ。ほんの二、三分ほど介添えをするはめになったような平凡な娘のことなんて、きっともうとっくに忘れているわよ。だって、少佐みたいな男性が私なんかに興味を持つ理由があって？」

それが現実的な認識というものだ。心のなかでそうつぶやきながらも、ヒービーは気がめいるのを感じた。だがミセス・カールトンは甘やかすような笑みを浮かべ、ヒービーの背中を押して階段に向かった。「もっと自分に自信を持つのよ、ヒービー。いままではあなた自身の態度のせいで、あまり殿方に注目されることがなかったけれど、今回の出会いは大いに有望だわ。ええと、マリアはどこかしら？」ミセス・カールトンはヒービーを階段の上に追い上げながら続けた。「さっそくあなたの手持ちの衣装を点検しないと。段取りも考えないといけないし。あの娘ったら何をしてるのかしら――マリア！」

ヒービーはベッドの端に座り、ミセス・カールトンとマリアが大騒ぎしながらドレスを引っぱり出すのを他人事のようにながめていた。継母はいとも乏しい証拠をもとに、ベレズフォード少佐が結婚相手にふさわしい青年であるだけでなく、継娘に好意を寄せていると決めつけているらしい。

それに対してヒービーは、とびきりハンサムな上流階級出身の士官たちがどんな娘に魅力を感じるかについて、しごく現実的な見解を抱いていた。少佐が私の風変わりなふるまいをおもしろがり、仮眠を取る機会を得られたことに感謝している可能性はあっても、継母が言うような感情を私に抱くはずはない。残念なことではあるけれど、自分をあざむくつもりはないわ。男性にいい友人と見なされ、恋の悩みを打ち明けられることは今後もあるだろう。でも、私自身がどこかの男性の胸をうずかせる存在になることなどありっこない。

「ええ、そうね、お継母さま」ヒービーははっとわれに返り、何やら話しかけていたらしい継母に答えた。こういうときはひとまず賛成しておくのが無難だ。

「ヒービーったら！　何も聞いていなかったわね」毎度おなじみのお小言だが、そのあとに続く言葉はいつもとは違っていた。「楽しい白昼夢にふけるのはまだちょっと早すぎるわよ。そういうことは肝心の殿方をしっかり捕まえてからになさい。いまはまだ計画を練り、それを実行に移す段階なんですからね。まずドレスを三着新調して……」

「三着？」ヒービーは声をうわずらせた。「どうしてそんなに？」

「それから新しい上靴を二足――いえ三足と、薄物のスカーフを一枚、それに長手袋も少し……」そこまで言ってから、ミセス・カールトンはようやく継娘の驚きの声に気づいた。「だって、まずは今度の火曜日の夜会に招待するとして、あの桜草色の絹はもう、ここいちばんの晴れ着としては通用しないわ。あとはミセス・フォレスターに話をして、十日後の舞踏会に少佐を招くように勧めてみるつもりよ。あの人だって新顔の男性客が加わるのは大歓迎のはずだから、やはりあなたが最高に魅力的な姿を披露できるように最大限に努力する必要があるわけよ」

「それで、三着目のドレスって?」ヒービーは消えいりそうな声で尋ねた。

「昼間用のドレスよ。しゃれた散歩服か何かがいいわね。とにかく、ベレズフォード少佐には、ありとあらゆる場面でいい印象を与えるようにしないと」

そこでミセス・カールトンはふっと口をつぐみ、ヒービーを見据えた。「あとはその髪ね。今度こそムッシュー・フォベールになんとかしてもらうべきだわ。この際、思いきって短くするとか」

「いやよ!」ヒービーは迫りくる鋏《はさみ》を避けようとするかのように、両手でしっかと頭を押さえた。ミセス・カールトンはその亡命フランス人の散髪屋を贔屓《ひいき》にしているが、ヒービーは鋏や焼きごてを手にしたムッシュー・フォベールをそばに近寄らせるつもりはなかった。「髪を切る気はないわ」色こそぱっとしない茶色だが、ヒービーはひそかに、この奔放に渦巻く豊かな巻き毛こそ自分が持つ唯一の美だと思っていた。もっとも、髪をほどくのは夜に寝室で一人になったときだけで、いまのところそのロマンチックな光景に見とれるのは自分だけなのだが。

「そう、わかったわ」ミセス・カールトンは実りのない争いに労力を浪費するつもりはなかった。「マリア、ヒービーのドレスを一枚残らずよく風に当てて、アイロンをかけておいてちょうだい」

茶色い目を興奮できらめかせたメイドがベッドにほうり出されたドレスを集め始める横で、ヒービーは言った。「ベレズフォード少佐は本当に独身なんでしょうね、お継母さま」

「まあ、なんてことを。縁起でもないことを言わないでちょうだい！」ミセス・カールトンはぎょっとした顔になり、あたふたと部屋を出ていった。「先月サー・リチャードに最新版の貴族年鑑をいただいたばかりでよかったわ……」ミセス・カールトンの姿が自室に吸い込まれ、声だけがかすかに聞こえてきた。「ああ、これだわ。ええと……アボッツフォード、エイヴリー、ボトリー、ブランドン……」

小柄なマルタ人のメイドは、二枚の絹以外はモスリンばかりのドレスを抱えてヒービーに向きなおった。「ああ、ヒービーさま。あの美しくて猛々《たけだけ》しい聖人みたいな人と結婚するんですか？」

「するわけないでしょう！」ヒービーはきっぱりと答えた。猛々しい聖人だなんて、まったく！

「ベレズフォード」遠くでミセス・カールトンの声が響き、こちらに引きかえしてくるにつれて、しだいに大きくなってきた。「これだわ。ジョージ・ベレズフォード、第三代タスバラ伯爵、妻エミリア……。長男ブロードウッド子爵ウィリアム、次男アレクサンダー・ヒュー・ベレズフォード少佐。少佐は結婚していないわ。これでひと安心ね」

「その年鑑が出たあとで結婚した可能性もあるわ」ヒービーは継母をねじ伏せるように言った。「そうでなくても婚約者がいるかもしれないし」

「確かめる必要があるわね」ミセス・カールトンはきっぱりと言った。「じゃあお願いね、マリア。焼け焦げを作らないように気をつけるのよ」

「私から少佐にきくつもりはないわよ」ヒービーは言い、ベッドから飛び下りて窓に歩みよった。そのまま窓辺にたたずみ、うっとりとした目を外に向ける。散歩にもってこいの日だわ。継母が好むような、店に入ったり知人と噂《うわさ》話をするたびに足を止めるぶらぶら歩きではなく、本物の散歩に。

「当然よ。そんなことをしたらおしまいだわ」ミセス・カールトンがぞっとしたように言った。「すぐに手紙を書いてサー・リチャードに頼んでみましょう。早くはっきりさせたほうがいいわ。ベレズフォード少佐は明日か明後日《あさって》にも訪ねてくるでしょうから」

だがそれから三日が過ぎても、少佐からはなんの音沙汰《おとさた》もなかった。ミセス・カールトンは落胆し、ともすればサー・リチャードにつんけんした態度をとるようになった。准将はどれほど問いつめられても、ベレズフォード少佐は島のどこかで忙しくしているのだろうとあいまいに答えるだけだったからだ。ヒービーはまったく驚かず、そんなことはどうでもいいと言わんばかりの態度で継母を憤慨させたが、その装われた無関心の裏には、ほのかな落胆が隠れていた。アレックス・ベレズフォードがちょっと会っただけのヒービーと親交を深めたがるなどと期待するのは滑稽《こっけい》でしかないのに、ヒービーは愚かにも継母の熱意に引きずられ、失望で終わるに決まっている白昼夢に身をゆだねてしまったのだ。

でも、それは無理のないことだったと思うわ。だって、笑ったときの少佐はたしかにとても魅力的なのだから。そんな少佐がヴァレッタの社交界で最もさえない娘であるヒービーに関心を示したりしたら、ヒービーと面識のある若い令嬢たちの自負心はぺしゃんこになっていただろう。

サー・リチャードが少佐を昼食に連れてきてから四日目の朝、ヒービーはそっと家を抜け出した。ミセス・カールトンはまだベッドの上で重ねた枕《まくら》にもたれ、あくびをしながら朝のココアを飲んで、カールペーパーのねじり方がきつすぎてほとんど一睡もできなかったといらだたしげにこぼしていた。

ヒービーの亡き父親が注意深く蓄財していたのに加え、ミセス・カールトン自身にもささやかな財産があるため、ミセス・カールトン家には生活に困らないだけの資産があった。だがミセス・カールトンの考える洗練された暮らしを維持するにはさまざまな贅沢《ぜいたく》品が不可欠で、家計はつねに赤字すれすれだった。

そしてヒービーはすでに、家計費を節約するうえで欠くことのできない戦力になっていた。市場でお買い得品を探し、ときには物々交換も利用するなどして、使用人任せでは不可能なほど低く食費を抑えるという仕事をヒービーはやすやすと、しかも楽しみながらやってのけたからだ。ミセス・カールトンはヒービーが毎日大きな買い物籠《かご》をさげて出かけなくてはならないことを嘆いたが、そのおかげで上質でふんだんな食材が日々の食卓をうるおしていることは認めざるを得なかった。食卓についたサー・リチャードの顔に満足げな笑みが浮かぶのも、ミセス・カールトンが開く夕食会の席上であまりやりくり上手でない他家の主婦たちの目に羨望《せんぼう》の色が浮かぶのも、ヒービーの貢献があればこそなのだ。

おまけにヒービーは、誰とでも仲よくなりたがるという嘆かわしい性分のおかげで、どこよりも安いかぎ針編みレースや、北アフリカ海岸から届いたばかりのアーモンド油の芳香石鹸《せっけん》、あるいは最新のスタイル画をもとに、ただ同然の仕立て賃で服を作ってくれる洋服屋の情報をもたらした。

そんなわけでヒービーの市場行きは黙認され、ミセス・カールトンは、トマトとレモンと薄切りのラム肉を買い、切り花を注文するためだけに出かけたはずの継娘が、ときとして昼近くまで戻ってこないことには目をつぶっていた。

ヒービーはその朝、いつもより早めに家を出た。夕食用の魚を買うつもりだったからだ。今夜はサー・リチャードが食事に来ることになっており、准将は魚料理に目がないのだ。ヒービーはすでに人でにぎわっている街路を進んでいった。裏道や小さな広場をためらうこともなく次々に通り抜け、長い階段を軽やかに駆け下りて、ぐるりとめぐらされた城壁を抜けると眼下にバリエラ埠頭《ふとう》が見えた。

ヒービーはいつものようにそこで足を止め、青々とした水をたたえたグランド・ハーバーからさらに遠くに視線をはわせ、スリー・シティーズというご大層な名で知られる対岸の小さな町を見やった。三つの町は長い指のように深く切れ込んだ水の帯で分断され、無秩序に立ち並ぶ住宅や城壁、監視塔や教会の塔が朝日を浴びて金色に輝いている。ずっと手前のドックヤード・クリークに目を移すと、林立するマストの先がひしめき合うフリゲート艦やスループ船の存在を示し、甲板長が吹く呼び笛のかん高い音が喧噪《けんそう》を圧して水上をわたって響いてきた。

この光景を前にするたびに、ヒービーの足は何分間かその場に釘《くぎ》づけになる。だがヒービーはやがて後ろ髪を引かれる思いでその場を離れ、石畳の坂道を下りて海岸にある魚市場に向かった。

残念ながら、今朝はどの屋台にもめぼしいものがなく、ヒービーはエシャロットを少しとレモンを六つ、それにハーブの大きな束を一つ買うと、城壁に沿って港の入り口に向かって歩いていった。そちらには島の守りの要である聖エルモ砦《とりで》があり、砲弾の痕《あと》がいくつも残る幕壁の下には、よく小型の漁船がつながれている。陸揚げされる魚はたいてい漁師の家族が食べる分なのだが、たまに変わった獲物があると、手ごろな値段でわけてくれることもある。

だが砦の角をまわり込むと、埠頭はがらんとしていた。派手な色の小船が何艘《そう》か、もやい綱の先でゆれている。帆はたたまれ、人の姿はなかった。海が荒れていたのかもしれない。引きかえして肉の屋台が並ぶ屋根つきの路地をのぞいたほうがよさそうだ。

でも、すぐに行くのは気が進まないわ。この時間だと通りはまだごったがえし、路地には解体されたばかりの肉のにおいがただよっているだろう。

ヒービーは肘にかけた籠を持ちなおし、ゆっくりと歩き始めた。質素な服を着て現地人風につばの広い麦藁《むぎわら》帽子をかぶり、手織りのショールを肩にかけていると、自分が目に見えない存在になったような心地よさを感じる。これならヒービーの狙《ねら》いどおり、買い物に出てきた地元の娘にしか見えないはずだ。もっとも、これは体裁を気にするミセス・カールトンでさえも認めていることだが、ここは軍艦や商船が集まり、さまざまな国の人々が暮らしている国際的な港湾都市でありながら、育ちのいい娘が一人歩きをしてもなんの危険もない場所だ。ましてやヒービーは数カ国語を理解するうえに、顔が広くて誰にでも好かれている。

ヒービーはしばらく歩きつづけ、やがて聖ラザラス稜堡のすぐ手前で足を止めた。城壁の上に放置された古い大砲に寄りかかり、何時だろうと彼女は思った。そろそろ戻ったほうがよさそうだ。足が痛くなってきた。うっかり底の薄い靴をはいてきてしまったため、海岸の小石が足の裏に食い込むのだ。

向きを変えたとき、小さな漁船が視界に入った。帆をはためかせ、弱い風を受け止めるために小まめに向きを変えている。高い舳先《へさき》を持ち、船体にあざやかな青と黄の縞《しま》が入った小船は、この地域で昔から使われている伝統的なものだが、地元の船とはどこかが微妙に違っている。ゴゾ島あたりの変種かもしれない。船は埠頭のヒービーがいるあたりに向かってくるようだったが、見ていると、座って海に小石を投げていた八歳か九歳くらいの少年が立ち上がり、魚用のざるを抱えて船に近づいていった。

きっとお父さんを迎えに来たんだわ。それならもう少しここにいて、何かわけてもらえるかきいてみよう。ヒービーは大砲の横の狭間《はざま》にうずくまり、小さな緑色のとかげに見つめられながら待った。ヒービーが座ると一度は逃げていったとかげは、またもとの場所に戻ってきて、陽光であたためられた古い城壁の上で緑色の宝石のように静止していた。

小さな船は踊るように近づいてきて、ヒービーのいる場所から一メートルと離れていない位置でしずしずと埠頭に横づけになった。漁師の姿は帆に隠れてよく見えない。ヒービーは漁師がはためく帆をはずし、船底にしまい込むのを辛抱強く待った。

男が立ち上がると同時に、ヒービーはそれらしい服装はしていても、相手がマルタ人の漁師ではないことに気づいた。背が高く黒髪で不精髭《ひげ》を生やし、目の粗い麻のシャツとズックのズボンに身を包み、濡《ぬ》れた船板を裸足《はだし》で歩いている男――それは間違いなくアレックス・ベレズフォード少佐だった。

3

情報将校にとって、こんなところを通りすがりの知人に見られるのはうれしいことではないはずだ。少佐は単に魚釣りをしていただけかもしれないが、何か別の目的があって漁船に乗っていた可能性もある。だが、ヒービーは思わずその場に立ち止まってしまった。

少年は〝こんにちは《ボンジョルノ》!〟と挨拶《あいさつ》をすると、埠頭《ふとう》の端に膝をついて、ざるをさし出した。

アレックス・ベレズフォードは少年を見上げて笑いかけた。日焼けし、不精髭《ひげ》で黒ずんだ顔のなかで、歯がびっくりするほど白く光る。「ボンジョルノ、パウリ。元気かい《キフ・イント》?」

　少年はマルタ語で返事をしかけ、はっとしたように口をつぐむと、ゆっくりした英語で答えた。「おかげさまでとても元気です、シニョール・アレックス。うまく言えたでしょう？　母ちゃんが、ちゃんと練習しなきゃだめだって。イギリス人のとこで、ちごと……仕事もらえるようになりたかったら」

「ああ、とても上手だ、パウリ。さあ、しっかりざるを持っていてくれよ。今日は大漁だぞ」

　少佐は雑多な魚をざるに投げ込み始めたが、ふいにさっと顔を上げ、城壁に沿って視線を移動させた。初めて見たときにヒービーをぎょっとさせたのと同じ、猛禽《もうきん》を思わせる射ぬくような目だ。この人は誰の視線に対してもこんなに敏感なのかしら？　それとも、私の視線にどこか彼を刺激するところがあるとか？　ヒービーは息を殺した。

「そこにいるのは誰だ？」少佐がマルタ語で鋭く問いかけた。

「私よ」ヒービーはまったくあわてずに英語で答え、日ざしのなかに歩み出た。「おはよう、少佐。マルタ語がお上手なのね」

「おはよう、ミス・カールトン。知っているのは短い表現を六つと、単語を二十個くらいかな。あとはギリシャ語とフランス語とイタリア語のちゃんぽんだが、それでも意味は通じるようだ。それはそうと、どうしてまた朝早くからこんなところに？」

「買い物よ。魚が欲しかったんだけど、今朝は市場にめぼしいものがなくて。あなたはずいぶんたくさん捕まえたようね。そちらの若いお友達は、私に何か売ってくれるかしら？」

　このやりとりを目をきらきらさせて熱心に聞いていたパウリが、さっと前に飛び出すと、ヒービーにざるをさし出した。「アール・べーイ……全部売り物だよ、マドンナ」

「いくらかしら《ケム》？」ヒービーは尋ねた。値切らずにものを買ったりしたら、間抜けだと思われる。

「すごく安いよ《イルヒス・ハーフナ》」パウリは言い、野心的な値段を口にした。

「ちっとも安くないわ！」ヒービーはとんでもないという顔で抗議した。「たくさんはいらないのよ。それとそれ、それから、そっちの赤魚を」

しばらくしかめ面で暗算と格闘してから、パウリは値段を下げた。

「高すぎるわ《オーリ・ウィス》！」ヒービーは市場で値切っているマルタ人のおかみさんたちをまねて、ぎょっとしたように叫んだ。そんなに高い魚なんて聞いたこともない――ヒービーは顔つきでそう伝えた。

しばらく和気あいあいと交渉を続けた結果、ヒービーは市場で払ったであろう金額のおよそ二倍の額を少年に渡し、買い物籠《かご》に敷きつめてきた椰子《やし》の葉の間に魚を入れてもらった。そして少年が陽気に〝じゃあね《サッハ》！〟と叫んで手を振り、スキップしながら去っていくのを、微笑しながら見送った。

「じゃあな《サッハ》！」少佐が叫びかえし、ヒービーに視線を戻した。「ずいぶん奮発したな。母親と妹たちは、あの子を誇りに思うだろうよ」

ヒービーは濡《ぬ》れた船床を裸足《はだし》で踏み締めている少佐を見下ろして微笑した。「あの子は働き者みたいね」

「ああ。僕の船が港に入るのを見るが早いか近づいてきて、捕まえた魚をくれればどんな雑用でも引きうけると持ちかけてきた。使い走りもすれば、手紙の配達もする。そして、手当たりしだいになんでも食べる」

さまざまな疑問がむくむくとわいてきたが、ヒービーは口をつぐんでいた。少佐がマルタに到着してからまだわずか数日だから、船を買う時間などなかったはずだ。それに、この船はどう見ても地元のものではなさそうだ。少佐はこんな小さな船で、はるばるイオニア諸島からやってきたのかしら？　だとしたら、疲れきった様子をしていたのも無理はない。

「ここに船をつなぐの？」ヒービーは買い物籠をぶらぶらさせながら、さりげなく尋ねた。

「そのつもりだった」少佐は楽しそうな目をヒービーに向けて答えた。「魚市場の近くとは、込み具合がかなり違うからな。どうしてだい？　どこかに運んでほしいのかな？」

「ええ、まあ」ヒービーは認めた。「予定よりだいぶ遠くに来てしまったし、海岸を歩くのには不向きな靴をはいてきてしまったから、足が痛くて」

「ということは、家からこんなところまでずっと歩いてきたのか？　メイドはどこにいる？」

「いちいちメイドを連れてでかけるなんて面倒くさくて。それに、歩くのは好きなの。マルタはとても安全だし」

「厚かましい士官に色目を使われたりすることはないのかい？」少佐はからかうように言い、もやい綱を引っぱって、船をぴったりと埠頭に着けた。「さあ、どうぞ。どこでもお望みのところまで送っていくよ。まず、その籠をもらおうか」

ヒービーは籠を少佐に渡すと、スカートをきつく脚に巻きつけ、埠頭の端に腰を下ろして片手をさし出した。船の底までは一メートル以上あるが、これくらいの高さから飛び下りるのに不安はない。

「待って、じっとしていてくれ」少佐が言い、両手でヒービーの腰のくびれをつかんで抱え下ろした。いとも軽々と抱き上げられて、ヒービーは思わず声をあげた。ヒービーは平均よりいくぶん背が高く、しかもミセス・カールトンが理想と見なしている、ほっそりと繊細な体つきからはほど遠い体型をしているのだ。

船がぐらついたが、少佐は完璧《かんぺき》にバランスを保っていた。ヒービーを船のなかに下ろしても、すぐには手を離そうとしなかったので、木綿のドレスを通して手の熱さが伝わってきた。はだけたシャツの襟元から褐色に日焼けした胸がのぞき、ヒービーの視線はそこに黒く渦巻いている毛に釘《くぎ》づけになった。

やがて少佐はヒービーを解放し、腰を下ろすのに手を貸した。「足が濡れるのは覚悟してもらわないとな」こともなげに言う。ヒービーがこの親密なしぐさにどぎまぎし、息苦しさを感じているというのに、少佐はどうやら何も感じていないらしい。

ヒービーはごくりと唾《つば》をのみ込んだ。まったくもう。しっかりしてよ！　自分を叱《しか》りつける。あんなふうに抱き上げられたことがないから、それで驚いただけよ。「平気よ」ちょっとあえぐような声になったが、まずは上出来だ。「どうせぼろ靴だもの。そのせいで、こんなに足が痛くなったんだわ」

少佐は帆に片手をかけたまま動きを止めた。「どこまでお送りすればいいのかな？」

「お手数でなければ魚市場までお願いしますわ、ベレズフォード少佐」

「アレックスと呼んでくれないか？」そう言って、目元をやわらげて笑うと、少佐の顔は一変した。「なにしろ、僕は君のハンモックで眠った人間だからね。もう少しくだけた呼び方をしてもらう資格があるんじゃないかな」

今回ばかりは、誰とでもすぐ仲よくなりすぎると継母に小言を言われることはなさそうね。ちらりとそんなことを思いながら、ヒービーはほほ笑みかえした。「わかったわ。ただし、私のことをヒービーと呼んでくれたらね」

少佐は上を向いたヒービーの顔をしばらくじっと見下ろしてから、ようやく口を開いた。「喜んで。もっとも、どうせならキルケと呼んだほうがふさわしい気もするがね」ヒービーがギリシャ神話についてのかなりあいまいな記憶を必死でたぐっていると、少佐が続けた。「しかし、君の家は宮殿広場の向こう側じゃなかったかな？　まだ道に迷うこともあるとはいえ、それだけは覚えているつもりだが」

「ええ……そうね」ヒービーはなおも懸命にキルケの正体を思い出そうとしながら答えた。

「だったら、魚市場やその近辺にまだ用事があるのでないかぎり、聖エルモ湾まで送っていったほうが近いんじゃないか？　あそこからなら、二、三分で家に戻れるはずだ」少佐はそう言いながら帆を広げ、慣れた手つきでマストにくくりつけた。

「それでは岬をぐるっとまわることになるわ」ヒービーは抗議したが、短時間ながらも帆走を楽しめることを考えて、その目はきらきらと輝いていた。

少佐はもやい綱をはずし、櫂《かい》を使って埠頭の側面をぐいと突いて離れると、風を受け止めるように帆の向きを調節した。「何か不都合でもあるのかい？　船酔いしそうだとでも？」

「いいえ！　ただ、あんまり遠まわりさせては悪いと思って」その言葉を聞いた少佐は微笑した。

それからの一、二分、二人とも無言だった。ヒービーは船を港から出すためこまめに帆を調節している少佐を見つめ、またしても顎の不精髭と、目元にただようかすかな疲労の色に気づいた。どう見ても、ひと晩漁に出ていただけとは思えない。

「戻ったことを報告しなくていいの？」ヒービーは無邪気な顔つきで尋ねた。

「なんだって？」少佐がからかうような視線を向けてきたが、ヒービーはその目が鋭くなったのを見逃さなかった。「たったひと晩、漁に出ただけで？」

自分が何をしているかを考える間もなく、ヒービーは口を開いていた。「ひと晩ということはないはずよ。まあ、三晩というところね。そして、三晩も海に出ていたにしては獲物が少ない。つまり、あなたは魚を取るのに身を入れていなかったんだわ」

少佐はしばらく何も言わず、船着き場に向かう大きめの船の進路を妨害しないよう、舵《かじ》取りに集中していた。「それで、僕が三晩も海に出ていたと思う理由は？」あくまでも愛想のいい声だったが、ヒービーはふいに背筋がぞくっとするのを感じた。「ずっとお宅に顔を出さなかったからかな？」

「まさか！　そうじゃなくて、たったひと晩でそんなに不精髭が伸びるとは思えないからよ」ヒービーは〝気をつけて！〟という内心の声を押し殺し、辛辣《しんらつ》に言ってのけた。「それに、また疲れた目をしているし……といっても、この間ほどじゃないけど。だけど、あのときは今回よりずっと長い航海をしたあとだったわけですものね。そうでしょう？」

少佐が向けてきた視線は、今度こそ見間違えようのない険しさをはらんでいた。「それで、君がそこから導き出した結論は？」

「誰かがあなたを見て私と同じ結論に達する前に、髭を剃《そ》ったほうがいいということよ」

「ちゃかすのはやめたほうがいいな、ミス・カールトン」青い目で探るように見つめられて、ヒービーは顔が赤らむのを感じた。「僕がフランスのスパイで、このまま船を沖に進め、人目のないところで君を海にほうり込んだらどうする？」

どこまでも冷たい声で不吉な脅し文句を投げつけられて、ヒービーは思わずあたふたと周囲を見まわした。船はすでに港を出ていて、大きく突出した岬がはるか左に見える。これだけ風が強ければ、沖合に出るまであといくらも時間はかかるまい。

だがヒービーはぐっと冷静さを取りもどした。

「ばかばかしい！　私はちゃんと知っているのよ――あなたはイギリスの情報将校だって」

「なぜそんなことがわかる？」

「私は頭のからっぽな初社交界デビュー《デビュータント》の女の子ではないからよ。物事を観察するのは好きだし、二と二を足して四にする力だってあるわ。それからね」

相手の顔にひどく小ばかにするような表情が浮かぶのを見て、ヒービーはむきになって続けた。「このことに気づいたのはあの日だけれど、まだ誰にも言っていないし、これからも言う気はないから、そんなふうにスペインの異端審問官みたいな顔をすることはないわ」

「どんな顔だって？」話に気を取られたせいで少佐の手元が狂い、帆が激しくはためいた。彼は低く毒づいて舵柄を握りなおした。

「異端審問官よ。でなければ、うんとおまけしても猛烈に気むずかしくて性格の悪い修道士というところね」アレックス・ベレズフォードが絶句するのを見て、ヒービーは意地悪く続けた。「うちのメイドのマリアに言わせると、あなたは美しくて猛々《たけだけ》しい聖人だそうだけれど」

「その〝美しい〟は褒め言葉と受け取るべきなのかな？」少佐はむっつりと言ったが、ふいに笑い出し、舵柄を握ったまま肩を震わせた。「いや、いい。答えないでくれ、ヒービー。これ以上、自尊心をずたずたにされたくない」シャツの袖《そで》で目を拭《ぬぐ》い、にっこりとヒービーに笑いかける。

ヒービーも笑みを返した。船はすでに沖に出ていて、波が高くなっていたが、まだそれを指摘する気はなかった。ヒービーはこの状況を大いに楽しみ始めていた。

「猛々しくて性格が悪そうに見られるのはいや？」からかうように言う。

「当然だろう。どうせなら、部隊の訓練とパーティーにしか興味がない、ごく平凡なイギリス人士官に見られたいね」少佐は言い、じっとヒービーを見た。「マルタで何をしているのかきかないのか？」

「決まってるじゃない！」ヒービーは驚いて言った。「そんな質問をしようだなんて夢にも思わないわ。

どんなに気をつけていてもうっかり口をすべらせる危険はあるし、嘘《うそ》か本当か知らないけれど、この島はフランスのスパイの温床だという話だもの」

「温床は大袈裟《おおげさ》にしても、それなりの数はいるだろうな。おっと、こんなに沖に出てしまっていたのか。このままではシチリア島に行ってしまう。そんなことになったら、君の母上が黙っていないだろうな。向きを変えるから、しっかりつかまっていてくれ」

ヒービーは言われたとおりにした。楽しくて、スカートに水しぶきが散るのも気にならなかった。船はぐるりと方向転換し、島に戻り始めた。波頭がきらきらと陽光をはじき、かもめがけたたましく鳴きながら頭上を舞う。そして、そこここに見える船の帆。それは申し分なくすばらしい光景だった。このひとときのことは、きっと永遠に忘れないだろう。

「さっきのはどういう意味だい？」アレックスがふいに尋ねた。「自分のことを〝頭のからっぽなデビュタント〟ではないと言っていたが」

「私、そんなことを言った？」ヒービーは後ろめたそうな顔になった。「ずいぶんひどい言い方よね。あの娘《こ》たちのほとんどはとても感じがいいのに」

「あの娘たち？　君はデビュタントではないとでも？」少佐は青い目をちらりとヒービーの背後に向け、舵を調整してからヒービーに視線を戻した。

「当然でしょう」ヒービーは明るく答えた。「もうデビュタントって年じゃないわ。社交界に出てはいるけれど、正式なお披露目はしていないし。ちょうどデビューのために帰国するころにお継母さまがサー・リチャードと出会って、ここに残ることになったから」

「君だけが損をしたわけだな」

ヒービーは肩をすくめた。「ここにいてもダンスやパーティーに出る機会はいくらでもあるわ」そしてミセス・カールトンは、お披露目をしたばかりの十七歳の娘につきそってロンドンの社交場に出没する母親たちに負けず劣らず、継娘のために良縁をつかもうとやっきになっている。問題は、この島の社交界がロンドンのそれよりはるかに小さいうえに、肝心のヒービーがあまりぱっとしないことなのだ。

「そして、数知れぬ求婚者が群れをなしているというわけかい？」少佐はぐっと目を細め、舵を操って聖エルモ湾に船を進入させた。海岸まであとわずかだ。「あるいはすでに婚約者がいて、こんな小船でつき添いもなしに君を連れ出したことについて、僕に決闘を申し込んでくるとか」

ヒービーのおかしくてたまらないというような笑い声を聞いて、少佐は黒い眉を上げた。「友達は数えきれないくらいいるけれど」ヒービーは殺到する求婚者の群れを想像し、笑顔のままで答えた。「崇拝者はいないわ。もちろん婚約者もね」

「どうしてそれがそんなにおかしいんだ？　海軍陸軍を問わず、士官があれだけ大勢いて……。船縁《ふなべり》の手に気をつけてくれ。まもなく接岸する」

「その士官たちのお相手をするかわいい娘も大勢いるわ」船が岸壁にぶつかった。少佐は巻いたもやい綱を取り上げたが、船をつなごうとはしなかった。

「君は？」無造作な問いに、ヒービーは明るく屈託なげな態度の下からちらりと本音をのぞかせた。

「見ればわかるだろうし、お継母さまもしじゅう嘆いているけれど、私は美人じゃないから」

「たしかに」少佐は認めた。

心にもないお世辞などくだらないとつねづね自分に言い聞かせていたくせに、ヒービーはその正直な返事にむっとした。「可憐《かれん》でもないし」毒を食らわば皿までとばかりに、さらに自虐的な言葉を口にする。

「そう、可憐でもない」アレックスはようやく立ち上がった。小さな船のなかをやすやすと動きまわり、もやい綱をぐいぐい引っぱって船をぴたりと岸壁に寄せる少佐を、ヒービーは悲しみの涙でかすんだ目で、それでもなおうっとりと見守った。

少佐が身をかがめ、ヒービーの手を取って立ち上がらせようとした。ヒービーは気まずい会話を冗談にしてしまおうとした。「なんて思いやりのない人なの、少佐！　そういうときは、私はこれ以上ないほど可憐だと反論するものよ。たとえ二人とも、そんなのは真っ赤な嘘だと知っていてもね」

「なるほど。だが僕としては、どうせなら二人とも事実だと知っていることを口にしたいな」

ヒービーが立ち上がっても、少佐は手を離そうとはせず、ヒービーは自分たちが至近距離で向かい合っていることに気づいた。もやい綱の先でゆるやかにゆれる小船が、とたんに閉ざされた親密な空間になった。潮の香りが、港の鼻をつくような悪臭と混ざり合っている。かもめが耳障りな鳴き声をあげ、子供たちの遊ぶ声もする。だがそれらはすべて、窓の向こうにあるもののように遠く感じられた。

「君は美人ではない、ヒービー」少佐が静かに言った。「だが本当に美しい人間はめったにいない」

あなたは美しいわ。ヒービーは少佐を見上げながら思った。

「それに、可憐でもない。だが、可憐さというのは短命で、たいていは中年になると見る影もなくなってしまう。そうとも、ヒービー。君はそんなものよりはるかに上等で、はるかに危険な女性だ」

急に息が苦しくなった。「ど、どういうこと？」

少佐がヒービーの手を離し、両手でヒービーの頬を包んだ。指がそっと頬骨をなぞり、ヒービーはとまどって目を伏せた。「君は魅惑的だよ」

「魅惑的？」ヒービーを目を大きく見開いて少佐の顔を見つめた。「魅惑的ですって？　私が？」

少佐はつと手を引き、籠を持ち上げて岸壁にのせた。「前にも言われたことがあるだろう?」

「一度も言われたことはないわ。もっとも、私は恋愛遊戯はしない主義だから」ヒービーは足元にまるまっている漁網を慎重にまたいだ。こんなに脚が震えていて、ちゃんと陸に上がれるかしら?

「そうだったな、覚えているよ。だが、僕は君と恋愛遊戯をしようとしているわけじゃない」少佐はヒービーの手を取った。「こっちの船縁に乗って、もう片方の手をそこの縁にかけて。そう……」

次の瞬間、ヒービーは岸壁に立ち、小船のなかにいる少佐の仰向けの顔を見下ろしていた。「乗せてくれてありがとう」どうにか声を押し出す。「お仕事の邪魔をしてしまったのでないといいけれど」

少佐が笑いかけてきた。「とんでもない。楽しかったよ。そのロープを投げてくれないか? そうそう、今後は君の助言を忘れないようにするよ」

「助言って?」ヒービーはロープを手にしたまま動きを止めた。粗い麻縄がちくちくと肌を刺す。感覚がひどく鋭敏になっているようだ。

「ふた晩以上留守にするときは、髭剃り道具を持っていくことさ。誰かに観察力が鋭いと言われたことはあるかい、ヒービー?」

「観察力? ええ、あるわ」ヒービーは言い、ふいに楽しげな笑い声をたてた。「それもしょっちゅう。お継母さまにかかると、お嬢さんにあるまじき好奇心にされてしまうけれど。じゃあね、アレックス」

「さよなら、キルケ」

籠を持ち上げ、踵《きびす》を返したヒービーの脳裏には、さまざまな感情と感覚が渦巻いていた。門の下で振りむくと、小船はすでにかなり遠ざかり、岬をまわってグランド・ハーバーに戻ろうとしていた。

足が勝手に動いて、急な坂道を家に向かう。どうやら荷を積んだ驢馬《ろば》にも、傍若無人に突進してくる人夫にもぶつからずにすんだらしい。玄関で出迎えて籠を受け取ったメイドにうわの空で返事をすると、ヒービーはそそくさと二階に上がった。

寝室のドアを閉め、麦藁《むぎわら》帽子をむしり取って鏡台の前に腰を下ろす。鏡のなかから、今朝出かけたときと寸分違《たが》わぬ平凡なヒービーが見返した。

それとも、どこか変わったかしら？　鏡に顔を近づける。アレックス・ベレズフォードはここに何か別のものを見出《みいだ》したのだ。魅惑的で危険な女を。

「魅惑的」ヒービーは声に出して言ってみた。からかわれたのかしら？　ちょっとした恋愛遊戯だったとか？　でも少佐は違うと言ったし、その言葉に嘘はなさそうだ。では少佐は何を見たのかしら？　ネットに押し込まれたさえない茶色の髪。灰色の目と長いまつげ。不満げに眉を寄せた彼女の目がきらきらときらめいた。頬骨は広すぎるわ。アレックスの指が頬骨をなぞったことを思い出し、ヒービーはぞくっとした。鼻は――ヒービーは顔をしかめた。鼻の形もぱっとせず、しかもそばかすつきだ。継母がレモン汁で漂白しようとしても、ちっとも消えようとしない。そして口。大きさのそろった白い歯はともかく、口そのものは大きすぎる。

やっぱりわからない。〝魅惑的〟という言葉が当てはまるところは一つも見当たらない。あれは気立てがいいという意味だったのかもしれない。太めだったり背が高すぎたり、不器量だったりする女の子を褒めようとするときは、誰もが決まってそういう言い方をする。〝ヒービーは本当に気立てがよくて……〟そして心のなかで、あれでもう少し器量がよければねえ、とつけ加えるのだ。

鏡のなかのヒービーがしかめ面で見返した。でも、少佐は別のことも言っていたわ。私を……。

「お継母さま」ヒービーは廊下に走り出た。「ねえ、まだお部屋にいる？　キルケって誰？」

4

「キルケ？」ミセス・カールトンは寝室に飛び込んできた継娘をいくぶん驚いたように見やった。「頼むからそんなに走りまわらないでちょうだい。お嬢さんらしくないわ。ええと、キルケね。たしかニンフじゃなかったかしら。それとも藺草《いぐさ》に変えられた娘？　あら、いやだ。私もよく知らないわ」

　夫人は持っていたブラシを置いた。マリアを助手にして手の込んだ新しい髪型に挑戦していたらしく、鏡にファッション誌が立てかけられている。

「お父さまの書斎のどこかにギリシャ神話の本があったはずよ。もう何カ月も見ていないけれど。でも、どうしてそんなことが知りたいの？」さっそく部屋を飛び出していく継娘の背中に呼びかける。「まさか、本の虫になるつもりじゃないでしょうね？」だがヒービーの姿はすでに消えていた。

　埃《ほこり》にまみれて書斎の棚に山積みになった本をかきまわし、ようやく目当ての本を見つけたヒービーは、さっそくページをめくり始めた。今回ばかりはミノタウルス、空を飛ぼうとした男たち、ゼウスの恋の冒険の数々に誘われて脱線することはない。

　やがてヒービーは、オデッセウスの漂泊について書かれた章で、探していたものを発見した。「キルケ」机の端にちょこんと腰かけ、声を出して読む。

「太陽神ヘリオスと海のニンフであるペルスの娘。アイアイエの島を支配する魔性の女で、男を狼《おおかみ》や獅子《しし》、豚に変える力を持っていた」ヒービーは音読をやめ、顔をしかめて本をにらんだ。なんだかあまり魅力的じゃないわね。要するに魔女じゃないの。

「オデッセウスの部下は一人残らず豚に変えられた

が、オデッセウスは彼らを人間に戻させ、一年間キルケとともに島で暮らしたのちに航海を再開した」

なるほど。少佐は私を、偉大な英雄をまどわせ、丸一年間も自分の島に引きとめておけるほどの力を持った魔性の女にたとえたわけね。つまり、私の魅力にまどわされて、このマルタ島を離れられなくなってしまいそうだということ？

まさかね。だってアレックスは自分の思うままに行動できるわけではなく、軍の命令しだいでどこにでも行かなくてはならない立場だもの。ヒービーがなおもこの謎《なぞ》に頭をひねっていると、ミセス・カールトンが戸口に現れた。新しい髪型はあきらめたらしく、金色の巻き毛は頭頂部できっちりとまとめられている。「探し物は見つかって、ヒービー？ まあ、だめじゃないの、そんな埃だらけの本を膝にのせて。本当にそそっかしい娘《こ》ね！」

「ごめんなさい、お継母さま。でも、キルケは魔女なんだそうよ」ヒービーは神話の本を片づけ、机から飛び下りた。「夕食の魚はとてもいいのが手に入ったわ」継母のあとから廊下に出ながらつけ加える。

「よかったこと。サー・リチャードがお喜びになるわ。それにしても、どうしてキルケのことなんて知りたいと思ったの？ ギリシャ神話など読むのはちょっとどうかと思うわ。まともな生き方をしている登場人物は一人もいないみたいですもの」

ヒービーは胸のなかでため息をついた。できればその質問はされたくなかった。ごまかそうにも、もっともらしい作り話を思いつかなかったからだ。

「ベレズフォード少佐と話していたら、キルケの名前が出てきたのよ」ヒービーは白状した。

「ベレズフォード少佐ですって？ 彼に会ったの？」

「ええ、魚市場の近くで」

「いまいましい人ね！」ミセス・カールトンはつか

つかと居間に入っていき、蔓日々草《つる》色のスカートをふわりと広げて腰を下ろした。「三日間まったく顔を出さなかったと思えば、よりにもよって魚市場で、食料品の買い出しに来た現地人のメイドみたいな格好をしたあなたに会うなんて」

「少佐はヴァレッタを離れていたのよ」ヒービーは継母の怒りをなだめようとして言った。

「そうなの？　それなら許してあげるわ。でも、そうとわかったら、のんびりしてはいられないわよ。さっそく火曜日の夜会の招待状を配らないと。少佐がちっとも顔を出してくれなかったから、がっかりしてしまって、まだ何もしていないのよ」

「だけど火曜日といったら明後日《あさって》よ。そんなに急にパーティーを開くなんて、変に思われない？」

「大丈夫よ」ミセス・カールトンはこともなげに言ってのけた。「突然の気まぐれで、肩の凝らない小人数のパーティーを開きたくなったことにするわ」


「今夜サー・リチャードが来るのを待って、少佐が結婚しているかどうか確かめてからにしたほうがいいんじゃないかしら？　もしも結婚していたら、金縁のカードをどっさりむだにすることになるわ」

ミセス・カールトンは継娘の皮肉な口調に気づいたふうもなく、真顔で答えた。「もしも結婚していたら、そのときはなおさら元気づけのパーティーが必要よ！　でも希望を捨てるのはまだ早いわ。さあ、行動開始よ。まずはリストを作らないと」


招待状を書き、長い買い物リストを作りながら、ヒービーはアレックス・ベレズフォードについてあれこれと夢想した。奥さまはいるのかしら？　すでに結婚しているのなら、若い娘に君は魅惑的だなどと言うべきではないと思うけれど、男の人はとかく遊び半分で甘い言葉をささやくものだし、緋色《ひいろ》の軍服を着た陸軍士官にはとくにその傾向が強い。

これはやっぱり、サー・リチャードが今夜、少佐は結婚していて子供もどっさりいると教えてくれたほうがいいのかもしれない。宙を見つめて羽根ペンのお尻をかじっているうちに昼食後の三十分が過ぎてしまったことに気づいて、ヒービーは思った。そうすればアレックスのことはきれいさっぱり忘れ、楽になれる。だがヒービーは、自分がそんな形で楽になることを望んでいないのに気づいた。わずらわしい一方で、胃の腑《ふ》がざわめき、ぼんやりした期待と興奮を抱いているこの状態は、心地よくもある。

それはいままで経験したことのない感覚だったが、ヒービーはすぐにその原因に思いあたった。デビュタントがいわゆる恋愛遊戯をやたらと好むのは、このせいかしら？　男性たちは誰一人としてヒービーに甘い言葉をかけようとしなかった。誰もがヒービーを悩み事の相談相手と見なしているか、ほかのかわいい娘たちの引き立て役として招かれたおまけと見なして、目もくれないかのどちらかだった。

ヒービーはインク壺《つぼ》にペン先を浸し、封筒に宛名《あてな》を書いた。一枚、そしてまた一枚。だが作業を進める間も、心はよそに飛んでいた。アレックス・ベレズフォードとの間で進展しているこの奇妙な関係は、いわゆるたわむれの恋なのかしら？　少佐は単に私に好意を持ち、変わっているけど楽しい話し相手と見なしているだけかもしれない。では、私はどうなることを望んでいるの？　そこまで考えて、彼女の想像力は底をついた。でも、これだけはたしかだ。アレックスには、マルタ島に住む平凡そのものの娘に結婚を申し込む気などありっこない。継母がどう思っていようと！

准将が夕食をともにするために到着し、食卓のミセス・カールトンの右隣にくつろいで身を落ち着けるころには、ヒービーはそわそわしていた。

老獪《ろうかい》なミセス・カールトンは、婚約者が一杯めのクラレットを飲み終え、見事な焼き魚を食べ終えるのも待たずに情報を聞き出そうとはしなかった。魚料理のあとには、型に入れて焼いた米と子羊の胸腺肉《きょうせんにく》、そして塩味のオムレツが続いた。ミセス・カールトンは婚約者がナイフとフォークを置くまで待った。「すばらしい夕食だ、ミセス・カールトン」「気に入っていただけてうれしいわ、サー・リチャード」ミセス・カールトンはしとやかに答え、それから急に思い出したかのようにつけ加えた。「そうそう、火曜日にささやかな夜会を開くことにしましたの。出席していただけるとうれしいけれど」

准将はその夜は何も予定はないし、喜んで出席すると答えた。「急な気まぐれかい？」そう尋ねた准将の目は、楽しげにきらめいていた。ミセス・カールトンはリー・リチャードを本人にそれと知られることなく意のままに操縦しているつもりでいるが、ヒービーの見たところ、准将は婚約者の手練手管をすべて見透かしたうえで、かわいい女の言いなりになるという経験を楽しんでいる。彼はその気になれば、いくらでも断固たる態度をとれるのだ。

「そうなのよ」ミセス・カールトンは認めた。「私の気まぐれ。とくに親しい方だけをお呼びした、くだけた集まりにするわ。それで、おききしようと思ったのだけど」さりげなくつけ加える。「ベレズフォード少佐は出席してくださるかしら？」

サー・リチャードはいっそう強く目をきらめかせ、ちらりとヒービーを見た。ヒービーが赤くなると、まぶたの片方をそっと下げて、こっそりウインクをしてみせた。「ほかに予定があるかもしれんが、先約がなければ喜んで出席するんじゃないかな」

「少佐もおつらいでしょうね――同じような立場に置かれているほかの軍人さんたちも。奥さまやお子さんたちと遠く離れて暮らさなくてはならないわけですもの」セーラ・カールトンはしんみりと言ったが、准将もヒービーもだまされはしなかった。

「ああ、まったくだ」准将はあいづちを打った。

「ヒービー、すまんがそこのパセリのソースを取ってもらえるかな？　ああ、ありがとう」

いつものヒービーなら、サー・リチャードが継母をじらすのを見て楽しんでいただろう。准将には婚約者の魂胆はとうにお見通しで、じきに相手の知りたいことを教えるつもりなのだ。だが今夜のヒービーは、セーラと同じくらいやきもきしていて、じっと自分の皿を見つめたまま准将の答えを待った。

「もっとも、ベレズフォード少佐は結婚していないがね」サー・リチャードはソースの容器にスプーンを戻しながら言った。「婚約はしていたかな？　何かそんな話を聞いた気もするが……いや、それは誰か別の男だろう。ついこの間話をしていて、決まった相手はいないという印象を受けたんだから。あれはなんの話をしていたときだったかな。ああ、そうだ。長男以外に生まれた男の人生について話をしていたら、少佐が言ったんだ。父親が兄の結婚を切望していて、息子が二人とも結婚する気配を見せないのに業を煮やしているとかなんとか」

「まあ！」セーラ・カールトンがつぶやいた。

ヒービーは止めていた息を吐き出した。どちらがましだろう？　ここできっぱりと希望を失うのと、このまま恋愛遊戯らしきものを続け、やがて目新しさが薄れ、アレックスがもっとかわいい娘に関心を移したときになって苦痛を味わうのと。

だが顔を上げ、サー・リチャードの思いやりのこもった視線に出合ったとたん、ヒービーのなかで負けん気が頭をもたげた。どうしてあきらめる必要があるの？　なぜヒービー・カールトンがほかの女の子たちのように若い男性を魅了してはいけないの？

〝これまでの経験でわかっているはずよ〟心のなか

で意地の悪い声がささやいた。〝あなたの幸せを心から願っている継母でさえ、匙《さじ》を投げかけているくらいだもの。あなたはみんなに好かれているけれど、あなたを欲しがる人は一人もいない……〟

ヒービーはぐいと顎を上げ、目に戦闘的な光を浮かべた。とにかくアレックス・ベレズフォードは私に好意以上のものを感じているようだったわ。でも、私がこんな臆病《おくびょう》な態度をとっていたら、そんな気持ちを持ちつづけてはくれないだろう。ヒービーはときどき、ごく平凡にしか見えないデビュタントが魅力あふれる美人としてもてはやされるのを見て、首をひねったものだ。どうやら、そういう娘たちは自分の魅力を信じているか信じているふりをしており、それがある種の輝きとなってその身を包むらしい。試してみる価値はある。

〝私は魅惑的よ〟きっぱりと自分に言い聞かせる。〝私は男たちにギリシャ神話のニンフの娘を思い起こさせる……〟そう考えるだけで気分がよくなるのを感じたヒービーは、ミセス・カールトンの鋭い声ではっと白昼夢から覚めた。

「ヒービー！　お皿を」従僕が空いた皿を下げ、次の料理を出そうとしていた。内輪だけの食事の席は、魔性の女としての腕に磨きをかけるには明らかに不向きね。そう思うとおかしくなり、ヒービーは練習を放棄して、准将が披露している旗艦のコックと鶏《にわとり》と海軍少将夫人をめぐる災難に耳を傾けた。

招待状が配られ、ありがたいことにかなり多くの人から出席の返事が届いた。ベレズフォード少佐も礼儀正しい手紙をよこして、喜んで出席する旨を伝えてきた。ミセス・カールトンは競争相手となるデビュタントを六人も招待してしまったことを嘆いたが、〝招待しなければしないで、娘をのけ者にされたと感じた母親たちが招待リストからヒービーの名を削除することは確実だったし、それだけはなんとしても避けなくてはならなかった。

だがそれ以外はすべてが順調に運び、意外にも継娘までが従順にふるまった。ヒービーは文句も言わずに新調したドレスを着ることに同意し、手袋はどれにするか、髪に飾るのは花とリボンと薄物のネットのどれがいいか、などという細かい点にまで関心を示した。反抗的な態度を見せたのは、髪を切ることを頑として拒んだときだけだったし、それすらも、ヒービーがそばかすに白粉《おしろい》をはたき、ごく薄く口紅をつけるのを承知した時点で帳消しになった。

すっかり気をよくしたミセス・カールトンは、ヒービーにトパーズの装身具のセットを貸し与えた。新しいドレスは深みのあるクリーム色の絹で、裾《すそ》とふくらんだ袖《そで》と襟ぐりに濃い琥珀《こはく》色のリボンがあしらわれていて、ヒービーが持っている真珠のセットより、トパーズのほうがはるかによく似合う。

ヒービーはパーティーの当日を忙しく過ごした。主会場となる細長い客間を片づけるのを手伝い、トランプをしたい人のために朝食室に小型のテーブルを並べ、食堂のテーブルに麻のテーブルクロスをかけて生花を飾ってビュッフェに変身させる。

その間も、ヒービーは心のなかで呪文《じゅもん》を唱えつづけていた。〝私は魅惑的、私には人をまどわす力がある、アレックス・ベレズフォードは私に好意を持っている。アレックス・ベレズフォードは今夜の私をきれいだと思う……〟

そこで立ち上がり、鏡に映った自分を見たヒービーは、それもまんざら嘘《うそ》ではないかもしれないと思った。鏡のなかから見返す若い令嬢は背が高く優雅で、きれいというのとは違うけど、でも……。

「とてもすてきよ」セーラ・カールトンの悪気のない言葉にどっと落ち込んだヒービーが、それでもじきに立ちなおったところに、客がぼちぼち姿を見せ始めた。心のなかで呪文を唱えながら少佐はいつ来るかと目を光らせているヒービーは、いつもの人なつこくて気さくな娘とは別人のようだった。

しゃれたドレスと見事なトパーズの装身具を身にまとい、冷ややかに落ち着きはらったどこか他人行儀なヒービーに迎えられると、自分のことで頭がいっぱいな若い娘たちでさえ、その違いに気づいた。

男性陣は、ヒービーがいつもの温かい笑みを浮かべもせず、前回会ったときに相談した問題がその後どうなったかを知りたがらないことに驚いていた。もちろん愛想はとてもいいのだが、ヒービーはどこかうわの空のように感じられた。

そして、その印象は正しかった。ヒービーは目の前を通りすぎる人々の顔をろくに見ないまま、ただ言うべきせりふを口にした。そして年配のご婦人たちには膝を折ってお辞儀し、ほかの人々とは握手して、パーティーを主催した家の娘にふさわしくふるまっていた。

やがて時計が九時を打ち、ベレズフォード少佐が現れた。急にばかなまねをしている気がしてきて、ヒービーはぐいと唾《つば》をのみ込んだ。どうしよう。少佐は私になんか興味がないに決まっている。

少佐がミセス・カールトンと握手して短く言葉をかわし、ともに未婚で、マルタで最も裕福な女性と噂《うわさ》されるアンドルーズ家の老姉妹が続いた。

ヒービーは気力を振りしぼって視線を上げ、手をさし出した。少佐がその手を取った。「こんばんは、ミス・カールトン」そしてヒービーの手を持ち上げて裏返し、手首の内側を自分の頬に触れさせた。「これくらい深く剃《そ》ればいいかな?」小声で尋ねる。

頬が赤くなったが、ヒービーは少佐が離すまで、手を引っ込めはしなかった。「そ、そうね」やっとの思いで答え、もう一度少佐の頬に触れてみたくてむずむずする手をひしと握り合わせる。

ミセス・カールトンが不穏な気配を感じて振りむいた。だが夫人の目に映ったのは、顔を赤らめたヒービーと、そんな彼女にからかうような目を向けている少佐だけだった。「どうかしまして、少佐？」

「申しわけありません、ミセス・カールトン。あとがつかえているようですね。お嬢さんに、先日いただいたご助言どおりにしたことをご報告していました」少佐は軽く頭を下げ、緊張で頬を紅潮させているヒービーを残して客間に入っていった。

到着する客の波がとだえた。会場はすでにほぼ満員で、ミセス・カールトンも大満足の様子だった。

「ヒービー」夫人は声をひそめてなじった。「あなたったら本当に困った娘ね。ギリシャ神話の話などして、インテリ女だという印象を植えつけただけでもまずいのに、おまけに助言をしただなんて！　それで差し出がましい本の虫だと思われなかったら、それこそ不思議だわ」ヒービーが黙っているので、夫人はため息をついて客間に足を向けた。「お客さまもだいたいおそろいのようだし、そろそろなかに入りましょう。まだ望みはあるかもしれないわ」

ヒービーは大きく息を吸い、継母のあとから客間に入った。ほほ笑みがその顔を輝かせていた。アレックス・ベレズフォードが可憐《かれん》な娘たちと歓談しているのを見ても、内なる自信はゆらがなかった。

そっと右手を持ち上げ、自分の頬に触れる。ライムと白檀《びゃくだん》の香りが鼻をくすぐった。少佐がつけているコロンのにおいだわ。長手袋のボタンとボタンの間の隙間《すきま》に触れた少佐の頬はひんやりとなめらかで、剃ったばかりの髭《ひげ》が、ごくかすかに肌を刺激した。ヒービーはふいに身を震わせた。初めて知った官能のざわめき。だがそれはヒービーにとって、今夜のパーティーがもたらすことになる新しい経験の最初の一つでしかなかった。

5

「ええと、ヒービー……じゃなくてミス・カールトン」

振りむくと、すぐそばにジャック・フォレスターが友人二人と一緒に立っていた。ジャックは近日中に開かれる舞踏会の主催者であるミセス・フォレスターの長男だ。男女ともに人気があり、姉や妹の友人であるヒービーのことはよく知っているが、いままではわざわざ声をかけてきたことはなかった。

「あら、ジャック。それにポールとウィリアムも」

ジャック・フォレスターは友人たちを会話から締め出そうとするかのように体の向きを変えた。「ヒービー、うちの舞踏会には来るんだろう？」

「ええ、もちろん。楽しみにしているわ」なんの用かしら？　ジャックが私と仲のいい娘《こ》の誰かにとくに関心を示していた様子はないから、お目当ての娘と二人きりになれるように手を貸してほしいという話ではなさそうだし……。

「僕とワルツを踊ってもらえないかな？」ヒービーの顔に浮かんだ驚きの表情の意味を、ジャックは誤解したらしい。「そうなんだよ。なかなか話せるだろう、うちのおふくろ。年配のご婦人のなかには眉をひそめる人もいるだろうけれど、誰もが退屈せずにいられる舞踏会にしないとね、だってさ。ワルツは踊れるんだろう、ヒービー？」

実際、ヒービーはワルツを踊れたし、この新しい大胆なダンスを踊るときの注意事項も細かく教えられていた。だが、ワルツの相手をしてほしいと言われたのはこれが初めてだった。「まあ、ありがとう、ジャック。もちろんいいわよ」

フォレスターの二人の友人が、ヒービーのそばににじりよった。「もういいだろう。こんどは僕の番だぞ、ジャック！」ウィリアム・スミッソンがすごんだ。「ねえ、ミス・カールトン。僕たちとも一曲ずつワルツを踊ってくれませんか？」

「あの……ええ、もちろんよ」彼女は口ごもった。

炉棚の上の鏡に映った自分の姿が、ちらりと目に入る。きれいなドレスに身を包み、若い男に囲まれている背の高い娘。まさかこんなことがあるなんて。

アレックス・ベレズフォードは部屋の反対側でミセス・フォレスターと話をしていた。そのかたわらにはセーラ・カールトンがいる。継母は、舞踏会の客にぴったりの若い独身男性を友人に売り込んだのに違いない。少佐は招待を受けるのかしら？　それがはっきりするまで、これ以上ダンスの約束をするのはやめておこう。少佐に申し込まれる前にワルツの予約がいっぱいになったら、悲劇だもの！　次の瞬間、気立てはいいが平凡なヒービー・カールトンが、ダンスの予約カードが埋まってしまうことを心配している図がいかに現実離れしているかに気づいて、ヒービーは笑い出しそうになった。

ミセス・カールトンがピアノの蓋《ふた》を開け、スミッソン家の姉娘に腕前を披露するよう勧めた。イギリス民謡の澄んだ音色が談笑のざわめきを縫うようにして室内に広がり、多くの人がもっと近くで聴こうとそちらに移動するのをよそに、アレックス・ベレズフォードがヒービーに近づいてきた。

ヒービーは若者たちを紹介した。少佐はあくまでも愛想がよかったが、三人は年長の男の態度から何か無言のメッセージを読み取ったらしく、何分もしないうちに適当な口実を作って離れていった。

「感じのいい坊やたちだ」少佐が言った。

「そうね」当たり障りのない話題だわ。ヒービーはほっとした。こうしてそばにいるだけで、どぎまぎしてしまう。「さっきジャック・フォレスターのお母さまと話していたわね」思えば、人が大勢いるところでアレックスと話をするのはこれが初めてだ。なんだか、誰もがこちらを見ているような気がする。「僕を舞踏会に招待してくれた、あのぱりっとしたおばさまのことかな？　ワルツをたっぷり踊れることをしきりに強調していたが」

「ええ、思いきり生きのいい舞踏会にするおつもりみたい。出席なさるの？」

「君が一曲目のワルツを踊ってくれたらね、キルケ」少佐はヒービーの腕を取り、飲み物のテーブルに向かった。「ラタフィアでも飲まないか？」

「ええ、いただくわ」グラスを受け取り、縁越しに少佐を見つめながらひと口飲む。「ワルツの約束がもう三曲も入っているの。ミセス・フォレスターがワルツを何曲くらい演奏させるおつもりかわからないけれど」

「最初の一曲を僕と踊ってしまえばいい。それで君の若い崇拝者やそのお仲間がはじき出されたら、母親に頼んでワルツを追加してもらえばすむことだ」少佐は挑戦するような青い目をヒービーに向けた。「ワルツをもう一曲踊ってほしいと言っても、それは無理だと答えるんだろうな」

「そうね、お継母さまがいい顔をしないと思うわ。でも、カントリーダンスなら問題はないはずよ」新たに生まれた自信のせいか、少佐の態度のせいかはわからなかったが、ヒービーはふいに気が楽になるのを感じた。そして、急に真顔になった少佐に笑いかけた。「何か不都合でも？　高級将校ともなると、カントリーダンスなんかばからしくて踊っていられないのかしら？」

「とんでもない。君がそう言うなら、ありがたくお相手させていただくよ。そうはいっても、ワルツを一曲しか踊れないというのは残念だがね」

「まあ、お上手ね！　いいのよ、無理をしなくても」ヒービーは手を広げて室内を示した。「ここには女の子が六人も来ているわ。みんな舞踏会に出席するし、喜んであなたと踊ってくれるはずよ」

「キルケ……」

「そうそう、それで思い出したけど」ヒービーは少佐に誘導されて部屋の中央に戻りながら続けた。「男の人を豚に変えるような女に似ていると言われても、あまりうれしくないわ。お継母さまなんか、私がギリシャ神話の本でキルケのことを調べているのを知って、そんなものを読むのは感心しないと言ったのよ。ギリシャ神話の登場人物は、誰一人としてまともな生き方をしていないからですって」

少佐は喉がつまったような声をたてて笑った。

「いったいどういう意味だろう？」

「つまりほら、お継母さまから見るとキルケの出生も嘆かわしい情事の結果ということになるわけよ。ゼウスの若い女たちとの……ええと……交際については口にするのもいやがるでしょうし。お継母さまのことだから、ミノタウルスに、人間を食べるなどという悪習についてお説教でもしかねないわ」

少佐は苦労して真顔を保ったまま言った。「いっそ〝神話のなかの悪徳を撲滅する会〟でも作るか？なんとかを撲滅する会というのは、どこにでもあるようだし」

「あら、だめよ。まっとうでない行動をすべて追放したら、神話そのものがなくなってしまうもの！」

ヒービーはくすくす笑いを押し殺すのに気を取られるあまり、もう少しでミス・ダイソンにぶつかるところだった。相手がヒービーに向けた驚きの目には、少なからぬいらだちが含まれていた。

シャーロット・ダイソンはマルタ社交界における本年最高の美女とされていて、どんな催しに出ても魅力的な独身男性たちの関心を独り占めすることに慣れていた。提督令嬢であり、多額な持参金つきであることが知られているだけでなく、金色の髪と大きな青い瞳、柳のようになよやかな肢体が称賛を集めている。人前ではあくまでも優雅にふるまい、激しい感情を表に出すことは決してない。彼女を見ると、たいていの男はその完璧《かんぺき》に落ち着いた態度を乱してみたくてたまらなくなるらしい。

ミス・ダイソンはヒービーがいきいきと瞳をきらめかせ、すこぶる魅力的な士官の腕に手を預けているのを見て取った。ミス・ダイソンからすれば、美形の男性が紹介を求めて彼女の周囲をうろつこうとしないのも、彼女のものであるべき崇拝者の一人がさえないミス・カールトンと一緒にいるのも、あってはならないことだった。

「すてきなパーティーですわね、ミス・カールトン」

「楽しんでいただけてうれしいわ、シャーロット。ご紹介するわね。こちらアレックス・ベレズフォード少佐。少佐、こちらはミス・ダイソンよ」

ミス・ダイソンは優美な喉の曲線が最高に美しく見えるよう、研究しつくした角度に首をかしげた。

「マルタにはいらしたばかりですの、少佐？」これでいい。私がしずしずとこの場を離れれば、この人は吸いよせられるようについてくるはずよ。

「数日前に着いたばかりです、ミス・ダイソン。実に気持ちのいい島ですね。おや、そこの赤毛の紳士が何かご用があるようですよ」少佐は一礼し、ヒービーを連れてその場を離れた。あとには頭から湯気を立てているミス・ダイソンが残された。目の前にはろくに財産もなく、望みのない情熱を彼女に捧《ささ》げている無骨なホーラス・フィルポットが立っている。

「意地悪ね」ヒービーは押し殺した声で言った。勝ち誇った気分にはなるまいとしたが、無理だった。シャーロットにはさんざん見くだすようなことを言われてきたのだ。ささやかな復讐《ふくしゅう》の味は甘かった。

「これは失礼」少佐はまったく悪びれていない口調で言った。「仲のいい友達かい？　引き離してしまって悪かったかな？」

「ちっとも。だけどあの人は、あなたが自分のそばに残るものと思い込んでいたのよ」

「君をほっぽり出してかい？　ああ、気づいていたとも。ちょっと顔がかわいいというだけで……」

「ちょっと？　シャーロットはこのシーズン最高の美人とされているのよ」

少佐は青い目に意地悪なきらめきを浮かべてヒービーを見下ろした。「ヒントをあげよう。こんど誰かを美人だと思わないかときかれたら、その女性が四十歳になったときの姿を想像してみるといい。もっといいのは、その女性の母親を見ることだ。それからもう一度、本当に美人かどうか考えてごらん」

少佐は周囲を見まわした。「そろそろほかの客とも話をしないと、客としての義務を果たしていないと君の母上に叱《しか》られそうだ。また夜食のときにエスコートさせてもらえるかい？」

ヒービーは赤くなってうなずいた。継母は私たちが一緒にいるのを見て、ほくほくしているに違いない。「ええ、お願いするわ。それで、誰に紹介してほしい？」

ヒービーは少佐を騒々しい海軍士官の集団に引き合わせ、一同が山羊《やぎ》と羊を競走させるとしたらどうやってハンデをつけるかという話に没頭し出すのを見届けて、客の間を歩きまわり始めた。

ヒービーはパーティーが好きだった――料理に不手際はないか、お酒は足りているか、一人ぽつねんとしている老婦人はいないかなどと気をもまなくてはならない自宅でのパーティーでさえ。人々をながめ、打ち明け話に耳を傾けるだけでも楽しかったし、ときにはちょっとした縁結びをすることもあった。

ヒービーはいま、自分が注目されていることに気づいていた。人々の視線を感じるし、どうやらあちこちで話題にもされているようだ。友人たちはアレックス・ベレズフォードの私への関心をうらやんでいるかしら？　ミス・カールトンが柄にもなくめかし込み、白粉《おしろい》などつけているのを見て笑っているのかしら？　実際、若い令嬢たちはヒービーをうらやんでいたが、適齢期の娘を持たない年配のご婦人たちは、ヒービーがさなぎから蝶《ちょう》になったのを見て喜んでいた。そして若い紳士たちは、心やさしい姉のような気の置けない存在だったヒービーが、魅力的な若い令嬢として現れたのに目をみはっていた。

しかし当のヒービーは、そんなことにはまったく気づいていなかった――レディ・オードリーがミセス・ウィンストンに向かってこう言うのを耳にするまでは。「ヒービーに何があったのかしらね。固い蕾《つぼみ》がいっきにほころんだという感じじゃないの」

ヒービーは二人の背後で息を殺していた。「本当にね。お世辞にもきれいな娘だとは思わなかったけど、今夜のあの娘はきれいだわ。男性たちの目も釘《くぎ》づけよ。変身した原因を知りたいところね」

ヒービーは呆然《ぼうぜん》として、そっとその場を離れた。おしゃべりに興じている小人数のグループを見つけ、無理をして会話に加わる。少佐がそばにいないとなぜか落ち着かず、パニックを起こしそうになった。いまにも誰かに替え玉と見破られて……。

「そろそろ夜食をどうかな、ヒービー？」びくりとして振りむくと、アレックス・ベレズフォードが笑いかけていた。周囲の男たちの誰よりも長身で、緋《ひ》色《いろ》の軍服がはっとするほどあざやかだ。

「まあ！　少佐……ええ、そうね。ごめんなさい」ヒービーは周囲の人々に笑顔を向けた。「いまのうちに食事をすませてきます」そう言って少佐の腕を取る。だがホールに出ると、少佐はすでに食器の音とにぎやかな話し声が響いている食堂ではなく、庭のほうにヒービーを引っぱっていった。そしてそのまま、ヒービーが小声で抗議するのにも取り合わず、人に見られる心配のない茂みの奥に連れ込んだ。

「どうした、キルケ？」少佐はカンテラの光がヒービーの顔に当たるようにさせた。「顔色が悪いし、目が濡《ぬ》れてる。誰かに意地悪をされたのかい？」

「ううん、そんなんじゃないわ。ただ、こういうことに慣れていないから……」声がとぎれた。やだ、どうしよう。本当に泣いてしまいそう。

「慣れていないって、パーティーに？　冗談だろう。君はとてももてなし上手だよ」両肩に軽く置かれた少佐の手が、ぬくもりと安心感を伝えてくる。

「そうじゃなくて……きれいだってことに。みんなが見るんですもの」ヒービーは目を伏せた。ばかなことを言ってしまった。きっと笑われるわ。

案に反して、少佐はとがめるように首を振った。

「ちゃんと聞いていなかったようだな、ヒービー。君はきれいなんじゃない——魅惑的なんだ。人を引きつける力はずっと君の身に備わっていたのに、君はそれを使おうとしなかった。それをいっきに解放したのなら、びっくりするのも無理はないな」

ヒービーはまばたきをして涙を押しもどし、少佐に笑いかけた。「これはそういうことなの？　まさかね。どうせからかっているんだわ」

「まあ、多少はね。さてと、どうすれば気持ちが落ち着くかな？」

「ワインを一杯飲むとか？」ヒービーは提案した。酒はめったに飲まないが、いまは飲みたい気分だ。

少佐は青い目で考え深げにヒービーを見つめていた。「それもいいかもしれないが、その前に……」言うなり、ヒービーを抱きよせて唇を重ねた。

ヒービーはキスをされたことがなかったし、キスをしたい相手に出会ったこともなかった。キスをするのは気恥ずかしく、ちょっぴり不快なことに思えたからだ。

だが、いまのヒービーは気恥ずかしくもなく、不快でもなかった。それは不思議な体験だった。そっと重ねられた唇の弾力とぬくもり。その唇が無言のうちに何かを問いかけてくる。その言葉を理解できず、答えることもできないのがもどかしかった。密着した体に伝わってくる体温と、胸に当てた手に伝わってくる心臓の鼓動。そして柑橘《かんきつ》類と白檀《びゃくだん》の香りと、ほかの誰にもないアレックスだけの体臭。

ヒービーの体はいままで知らなかった形で反応し、理解できないメッセージを発し、少佐に体を押しつけろと命じていた。そんな衝動に身を任せる勇気はないけれど、このままキスが続いたら……。

アレックスの唇が離れた。「ヒービー?」

「ん?」

「目を開けてごらん」まばたきしながら目を開けると、少佐の青い目をまともにのぞき込んでしまった。そこには見慣れない表情が浮かんでいて、なぜかヒービーの口はからからになった。「自分がきれいかどうかを気にするのはやめてくれるかい?」

「そして、キルケらしさに磨きをかけることに専念するの?」この胸の高鳴りは静まるのだろうかといぶかりながら、ヒービーは信頼しきった笑みを少佐に向けた。

「君は僕を何に変身させてしまったのかな」少佐が嘆くように言い、腕のなかでヒービーを回転させた。やんわりと肩を抱かれる格好になって、ヒービーには少佐の顔が見えなくなった。

「豚ではないわよ」キスをやめないでくれればよかったのにと思いながら、ヒービーは言った。

「狼《おおかみ》かもしれない」少佐が言った。「君の母上にこんなところを見られたら、そう言われるだろうな。行こう。ロブスターのパテをご馳走《ちそう》してくれ」

「ロブスターのパテがなかったら？」

「さっきビュッフェをのぞいてきた。事前偵察を怠るな――よき軍人の心得だよ」だが、食堂に入ろうとしたとき、赤茶色の髪を高々と結い上げた若い女性が、二人に背を向けて食卓の向こう側を通り抜けた。少佐が壁にぶつかったかのように立ちすくんだ。

「少佐？」ヒービーは驚いて見上げたが、アレックスの顔は無表情だった。

「失礼。急にこむら返りが起きてね」二人は食堂に入り、ほかの客たちと歓談しながら軽食をとった。

だがヒービーの額には小さなしわが刻まれていた。空耳かしら？　さっき急に立ちどまったとき、〝クラリッサ！〟とつぶやいた気がしたけど。

食堂に足を踏みいれたときには、少佐はすでに落ち着きを取りもどしていて、ヒービーは思いすごしだろうかと自問した。彼女はその女性をすぐに少佐に紹介したが、少佐はその女性と連れの竜騎兵隊士官を相手にたっぷり五分間も話をしながらも、具合の悪そうな様子はみじんも見せなかった。

夜食がすむと、少佐はヒービーを客間に連れていき、そっと背中を押した。「さあ、あの気の毒な海兵隊大尉を練習相手に、魅惑に磨きをかけておいで。牧師の相手にうんざりしている」

てっきり冗談かと思ったが、気づくと大尉はヒービーにミセス・フォレスターの舞踏会に出席するのかと尋ね、牧師はカントリーダンスを一曲お相手願えれば光栄だと言っていた。「ワルツは踊る気がしませんのでね、ミス・カールトン」

「当然ですわ、ドクター・ポーリン」ヒービーは同意した。「お手本になるべきお立場ですもの。私でよければ喜んでお相手させていただきます」

ちょうどそのとき、少佐が目の前を通りすぎた。ミス・スミッソンと何やら話をしていたが、ふと顔を上げてヒービーの視線に気づくと、目元にくしゃっとしわを寄せ、励ますように微笑した。ヒービーは笑いかえした。居心地の悪さと落ち着かない気持ちがきれいに消え去っていく。消えずに残ったのは、食堂でのあの一件だけだった。クラリッサって誰？

だが、それも夜が更けるにつれて忘れ去られた。やがて招待客たちは待たせておいた乗り物や松明《たいまつ》持ちを呼び、暖かい夜気のなかに消えていった。

カールトン母娘《おやこ》は腕を組んでゆっくり階段を上がった。それからセーラの部屋の寝椅子にすわり込んで靴を脱ぎ、二人一緒に幸福そうな吐息をもらした。

「ああ、ヒービー」ミセス・カールトンが言った。「よくやったわ！　誰もがあなたを褒めそやして。あの意地の悪いミセス・ウィンストンまであなたを褒めていたわ。それにベレズフォード少佐ときたら、あなたにすっかり夢中じゃないの」

「みなさん、とてもよくしてくださったわ」ヒービーは答えた。初めてのキスの経験が、頭から離れない気がする。

「これ以上は言わないわ。今夜はあなたも変な気分でしょうし」継母は珍しく洞察力のあるところを見せた。「ただし、ここで気を抜くわけにはいかないわね。ミセス・フォレスターの舞踏会が正念場よ。新しいドレスをどうするか、じっくり考えないと。淡いレモン色の絹に白い紗《うすぎぬ》？　クリーム色に真綿の縁取り？　それとも……」ヒービーのまぶたが下がり始めた。「明日にしたほうがよさそうね。さあ、ベッドに入りなさい」

ヒービーはほっと吐息をもらしてひんやりしたシーツの間に身を横たえ、ほとんどすぐに眠りに落ちた。だが閉じたまぶたの裏では、茶色い髪をなびかせた背の高い娘がギリシャ風のチュニックをまとい、あざやかな青い目をした黒髪長身の美しい男性の腕のなかで、くるくると踊っていた。

6

カールトン母娘《おやこ》はベレズフォード少佐が近いうちに訪ねてくるだろうと考えていたが、その予想はまたしても裏切られた。だが今回の場合、少なくともミセス・カールトンはそのなりゆきに納得していた。パーティーの翌日の午後にサー・リチャードが来訪し、今週いっぱいは食事に来られそうもないと告げ、少佐から預かってきた手紙をさし出したのだ。

ミセス・カールトンは封印を破り、手紙を開いた。「昨夜《ゆうべ》の夜会のお礼状よ。本来なら直接お礼にうかがうべきところだけれど、任務の都合により書面で失礼するですって。とても感じのいいお手紙だわ」じっくりと文面に目を通してから言う。「知れば知るほど折り目正しくて人柄のいい青年ね」

ヒービーはアレックスの名を耳にしたとたんに襲ってきた息苦しさを無視しようとしながら、うつむいて針仕事を続けていた。ミセス・カールトンが少しためらってから、手紙に封入されていた小さく折りたたんだ紙を渡した。

「これはあなた宛《あて》よ、ヒービー。私がまず目を通すべきなんでしょうけれど、あなたなら軽々しいまねはしないだろうから」

ヒービーは手のなかの手紙を見やった。力強い筆跡で〝ミス・カールトンへ〟と記されている。ヒービーは折りたたまれた紙をそろそろと広げた。継母が内容を知りたがることは想像がつく。未婚の娘を監督する立場にある人間が、娘が男性から内密の手紙を受け取ることを許すはずがない。この手紙を読まずにそのまま渡してくれたミセス・カールトンの計らいは、とてつもなく寛大なものなのだ。

手紙の書き出しはCへ、だった。〝漁のため何日間か留守にする。今回は君に持っていくよう助言された品物を忘れずに荷物に入れた。Aより〟

「任務でしばらく留守になさるんですって」ヒービーは言い、継母に手紙をさし出した。

「まあ、それは残念ね」ミセス・カールトンはゆったりした口調で言っただけで、手紙を受け取ろうとはしなかった。せっかく少佐から手紙が来たのに、あれこれと詮索《せんさく》してヒービーにばつの悪い思いをさせたくない。それに、この娘《こ》は男性相手に軽々しいふるまいをしたことなど一度もないのだ。むしろ、少佐の気持ちをしっかりつかむために、もう少し奔放にふるまってみるよう勧めたいくらいだ。

ヒービーは安堵《あんど》の吐息をもらし、手紙をたたんで縫い物の下にすべり込ませた。サー・リチャードが時計に目をやり、あたふたと立ち上がった。「おっと、もうこんな時間か！　ヒービー、散歩がてらに途中まで送っていってくれんかな？」

准将はすでにヒービーを義理の娘同然に扱っていたし、ヒービーのほうも准将が大好きで、打ちとけた態度で接していた。ミセス・カールトンがにっこり笑ってうなずいたので、ヒービーは急いで玄関ホールに行き、ボンネットとショールを身につけた。

それからさし出された腕に片手をくぐらせ、准将とともに陽光あふれる通りに出た。

「幸せかね？」准将がふいに尋ねた。

「幸せですって？」ヒービーは目をぱちくりさせて准将を見上げた。大きく見開かれた灰色の目に浮かんだあけっぴろげな表情の愛らしさに、准将は思わず頰をゆるめた。「ええ、幸せよ。とても」ヒービーは答えた。実際、ここ数日間は自分ではそれと気づかないまま、温かな満足感に浸っていた気がする。ただし、それは単におだやかなだけの状態ではなく、包み込むようなぬくもりのなかには、興奮と期待、そして正体不明の戦慄《せんりつ》が含まれていた。

「それはよかった」日陰の多い小さな広場に入ると、准将は周囲を見まわした。いにしえの騎士たちの紋章をぐるりに配した池のなかで、年代物の噴水が苔《こけ》むした吐水口から水を吐き、埃《ほこり》っぽいプラタナスの下に石のベンチがぽつんと置かれている。「座ってくれないか、ヒービー。話があるんだ」小さな広場は静かで、女が二人、一軒の家の玄関先で立ち話をしている以外、周囲には人影もない。「これは君の母上だけでなく、誰にも言わないでほしいんだが、実は近々本国に戻ることになりそうな雲行きでね。母上がここととロンドンのどちらでの挙式を希望するかわからないが、家をたたむとなるといろいろ考えなくてはならないこともあるだろうから、君には早めに話しておこうと思ったんだ」

ヒービーは身じろぎもせずにその知らせに聞きいった。いずれこういう日が来ることはわかっていたし、本国に戻り、ロンドンの華やかな社交シーズンを経験するのを心待ちにしていたはずだった。

「マルタを離れるのは悲しいかね？」

「もちろん悲しいけど、きっとロンドンも楽しいと思うわ」その答えにはどこか消極的な響きがあり、准将はそれをヒービーが驚くほど正確に聞き取った。

「君の少佐のことは？」

「私の少佐じゃないわ！」ヒービーはむきになって否定し、准将の顔に甘やかすような表情が浮かんでいるのに気づいて苦笑した。

「だが、そうであってほしいとは思っているんだな？　まあ、悪い選択ではないさ。次男とはいえ立派な家の出だし、人柄も申し分ない。おまけに勇敢な士官でもある」准将はつけ加え、注意深くヒービーの表情を見守った。若い女は往々にして、意中の男が危険な立場に身を置くことを好まないものだ。

だが、ヒービーはぐいと顎を上げた。「知っているわ。見ればわかるもの」周囲に視線を走らせたが、相変わらず人影はなかった。「少佐は情報将校なんでしょう？」相手の沈黙を肯定と受け取って、彼女は続けた。「それはとても危険なことなのね？」

「そうだ。まあ、敵の要塞《ようさい》を襲撃するのと危険の程度は変わらんかもしれんが、情報将校ならではの危険があることは事実だ」准将はそれ以上は言いたくないようだった。

「スパイとしてその場で射殺されたりとか？」ヒービーはずばりと言ってのけたが、返事はなかった。

准将は少し考えてから口を開いた。「これは本来なら口外すべきことではないが、少佐は私が帰国するときに、ともにマルタを離れるはずだ」

「アレックス……いえ、ベレズフォード少佐は……イギリスに戻るの？」母国への航海。地中海を進む船の上でともに過ごす日々。水面が陽光をはじいてきらめき、飛び魚が宙を舞い……。

「ジブラルタルまでは確実に一緒だよ。その先については知らないし、これ以上話すわけにもいかない。ヒービー……」准将は慎重に言葉を選びながら言った。「ヒービー、私には娘はいないから、はたしてこういうことを言っていいのかどうかわからんが、君はいい男を捕まえ……」

「捕まえてなんかいないわ！」ヒービーは反論した。

「いまはそうかもしれない。だが、これだけは頭に入れておいてほしい。アレックス・ベレズフォードのような男は、おそらく過去にさまざまな女性とかかわり合っているだろう。君のような世間知らずの女の子には想像もできないほど大勢の女性とね。間違っても、君を手軽な遊び相手と見なすような男ではないと思うが、過大な期待は抱かないほうがいい。向こうにとっては単なる恋愛遊戯かもしれないのだからね。もちろん少佐が本気だとわかれば、それほどうれしいことはないが」

ヒービーは衝動的に准将の頬にキスをした。「ありがとう。いまのお話だけでなく、さっきの情報についても。誰にも言わないわ。それじゃあ！」

ヒービーはのろのろと坂を上がりながらサー・リチャードの言葉を反芻《はんすう》し、自分の気持ちを整理しようとした。たしかにマルタを去るのは悲しい。この島の豊かな陽光と住民、あざやかな色彩、そしてつねに身近にある海と別れるのは。だけどロンドンに行くのは楽しみで……本当に？

ふいに冷たい恐怖が胃を締めつけた。朝起きた直後にときたま味わう感覚だ。何かがおかしいと感じながらも、その違和感の正体をはっきりと把握できるほどには目覚めていないときに。父が亡くなったあとは何週間もこの感覚につきまとわれたし、継母が信頼する唯一の歯医者が不在のときに虫歯になり、抜歯まで一週間待たされたときも、程度ははるかに軽いものの似たような感覚を味わった。

たしかにロンドンは楽しいだろう。それには疑問の余地はない——とくに、私も社交界でそれなりに注目を集めることができ、誰にも見向きもされない不器量な娘と見なされることはなさそうだと知ったいまでは。だが周囲を見まわし、熱い空気や花をつけた蔓《つる》植物、驢馬《ろば》、香辛料がきいた料理のにおいを嗅《か》いだ瞬間、ヒービーは悟った。私はきっとマルタをたまらなく恋しく思うだろう。ロンドンは灰色で堅苦しく、冷ややかで、そこではいまのような自由な生活は望めないだろうから。

だが、アレックスのことを考えると、ヒービーの胸は恐ろしい不安でいっぱいになった。あんな話を聞かなければよかった。アレックスの身が心配でたまらないし、おまけに気分が落ち着かない。サー・リチャードの言葉について考えれば考えるほど、その気分は強まった。准将は何か知っているのかしら？　少佐の過去または現在の女性関係について、何か警告しようとしたの？　まさかね。もしもそうなら、もっとはっきりそう言ったはずだ。

少佐は私をどう思っているのかしら？　嫌いではなさそうだし、キスもされたけれど、キスの相手はほかにも大勢いるだろう。男とはそういうものだ。継母とサー・リチャードは少佐の関心をもっと真剣なものと見なしているようだけれど、あの二人は私が良縁に恵まれることを期待するあまり、ともすれば楽観的な見方をしがちな気がする。

じゃあ、私の気持ちは？　ベレズフォード少佐が指輪を持って現れ、プロポーズの言葉を口にしたらどうする？　家の玄関に着くと、ヒービーは心のなかで思いきり自分を叱《しか》った。もうやめなさい。あなたは彼についてほとんど何も知らないじゃないの。どうせそんなことにはなりっこないんだから、考えてもしかたがないわ。生まれて初めてのたわむれの恋を楽しんで、ジブラルタルに着いたら、あっさり手を振ってさよならをすればいいのよ。

その考えに支えられて、ヒービーはミセス・フォレスターの舞踏会までの日々を過ごした。サー・リチャードがふたたび訪ねてくるようになったところを見ると、どうやら急を要する仕事は片づいたらしい。そしてヒービー宛に荷物が届き、開けてみると貝殻が一つと、黒々とした力強い筆跡で〝シチリアより〟と記した紙が入っていた。

ヒービーは貝殻を鏡台に置き、しじゅう手に取ったりなでたりしたくなるのを我慢しながら、頭のなかでマルタを離れるためにするべき作業のリストを作ろうとした。それは楽な仕事ではなかった。紙に書くのは気が進まないし、継母もまだ、サー・リチャードから何も聞いていないようだったからだ。

日中は忙しいうえに、ひそかな悩みや心配事をどっさり抱えているせいで、白昼夢にふける余裕はあまりなかった。だが夜になると、ヒービーはアレックスの夢を見た——アレックスの腕に抱かれ、唇を重ねている夢を。一度など、アレックスの裸の胸にそっと手のひらをすべらせる夢を見て、興奮で震えながら目を覚ますと、掛けぶとんの上に置きっぱなしになっていた絹のショールをなでていた。

動揺したヒービーは上体を起こして枕《まくら》にもたれ、ゆっくりと白みゆく空を見つめた。やがて朝日が顔をのぞかせ、まばゆい緋色《ひいろ》と黄金の光の筋をほとばしらせた。こんな夢を見るのはふしだらな証拠かしら? たった一度キスをしただけで、誰でもこんなふうに感じるの? 性の営みについてはもちろん知っている。美術館で男性の裸体像を見たり、母親から結婚初夜のための説明を受けたりするまでもなく、人並みの観察力があればそれくらいは当然だ。

マルタには魅力的な男性が多いうえに、さっそうとした軍服が彼らをいっそう魅力的に見せている。だが、ヒービーはこれまで、彼らのシャツを脱がせて背中をなでまわすところや、彼らが自分の胸に唇を寄せるところを想像しようとしたことは一度もなかった。あのキスのせいだわ。そうに決まっている。こんな夢を見たのは、あれが初めてのキスだったからだ。キスの相手が誰だったのかは関係がないわ。

しかし新しい舞踏服を選ぶときにヒービーの念頭にあったのは、初めてのキスの相手のことだった。

「これがいいわ」継母とともにマダム・エグランティーヌの店でファッション誌をめくっていたヒービーは、きっぱりと言った。マダム・エグランティーヌは本名をスーザン・イーグルズと言い、ベイジングストーク生まれだが裁縫が得意でセンスがよく、商才もあるため、この店はマルタ社交界ご用達の婦人服店として不動の地位を誇っていた。

ミセス・カールトンとマダムが寄ってきて、肩越しに雑誌をのぞき込んだ。「きっとお似合いですわ」

マダムが言った。「簡素でありながら、どこまでも優美で。もちろん、お嬢さまくらい背の高い方でないと着こなせないでしょうけれど」

「ギリシャ風ね」ミセス・カールトンは気乗りのしない口調で言った。かなり個性的な服だが、デビュタントが着るのに不向きな特徴はこれといって見当たらない。古代ギリシャのチュニックのような簡素そのもののシルエット。肩を紐《ひも》で留め、胸の下を紐で絞っただけで、やわらかなひだが肩から床まで流れ落ちている。紐の結び目には凝った飾り結びがあしらわれているが、絵のモデルが身につけているダイヤの装身具と羽飾り、トーク帽、薄物のショールを取ってしまえば、ほかにはなんの飾りもない。

だが、その飾り気のなさが曲者《くせもの》なのだ。見る者の目が服ではなく着ている人間に向けられるため、よほど姿勢や身のこなしが美しくないと、欠点ばかりが目立ってしまう。

「そうねえ……本当にこれがいいの、ヒービー？」

「ええ、お継母さま。このデザインにしていい？」

アレックスが、この服を着たキルケその人のような私を見たら……。そんな白昼夢を追いはらったのは、ミセス・カールトンの現実的な発言だった。

「でも髪型の問題もあるし、色は何がいいか……」

「お髪《ぐし》を頭頂部で小さくまとめて、首筋に少しだけ巻き毛を垂らしてリボンを巻けば、総督邸のホールにある像のように見えますわ」マダムが提案した。

ミセス・カールトンも陸軍中将サー・ヒルダーブランドとレディ・オークスの邸宅に招かれたことはあったが、その像には気づかなかった。ヒービーは、肌もあらわな姿で牧羊神から逃げようとしている大理石のニンフ像を思い起こすまいとしていた。だがニンフの髪型はギリシャ風の定番だし、あの髪型にすれば、今回も髪を切られずにすむ。

レディ・フォレスターの舞踏会は、友人であるレディ・オークスの好意で、総督邸の舞踏室で開かれることになっていた。そのため、舞踏会当夜にセーラが問題の像に気づくおそれはあるが、その時点で気づいても、もうどうすることもできないはずだ。

「生地は艶《つや》消しの絹のクレープ地、色はこちらのクリームがかった白がぴったりだと思いますわ」マダムが指を鳴らすと、助手が反物を手にして急いで進み出た。たしかに、とても美しい布だわ。「飾り紐は、そうですね――黄色でいかがでしょう？　上靴も同じ色に染めて、手袋は白の長いもの、装身具は真珠にして……」マダムは紙に手早くスケッチをすると、それをミセス・カールトンに見せた。

ドレスの仕上がりはすばらしく、髪型もマダムの提案どおりになった。舞踏会の当夜、ヒービーは頭頂部で髷《まげ》に結った髪にマリアがオレンジの花をあしらうのを待って、背もたれに身を預けた。アレックスはこの姿を見て、キルケを想像するかしら？　アレックスはすでに島に戻っているが、これまでにヒービーのもとにはさらに三つの包みが届けられ、鏡台の小物入れは貝殻でいっぱいになっていた。

今夜のこの姿は自分でも大いに気に入っているが、アレックスが私のどんなところに魅惑を見出《みいだ》したのかはわからない。ほぼ二週間ぶりに会うのだと思うと、頬が赤くなった。今夜もキスをされるかしら？

「支度はよくて？」セーラ・カールトンが部屋に入ってきた。淡いブルーと銀のドレスをまとい、婚約したときにサー・リチャードから贈られた見事なダイヤの耳飾りをつけている。「ああ、すんだようね！　とても……」言葉が見つからないらしく、ふと口をつぐんだ。お願いだから〝すてき〟はやめて。ヒービーは内心で祈った。それだけは言われたくない。「魅惑的よ」ミセス・カールトンは言い、ヒービーの顔に心底うれしそうな笑みが浮かぶのを見て驚いた。「行きましょう。輿《こし》が待っているわ」

　総督邸前の広場は松明《たいまつ》の明かりで照らされ、馬車や輿、大勢のやじ馬がひしめいていた。輿は激しくゆれながら人波を突破し、階段の下で輿を降りたとき、ヒービーとセーラはいくぶん息をはずませていた。だが、先着の客のあとからのろのろと階段を上がっていく間に、呼吸を整える時間はたっぷりあった。ヒービーはレディ・グレグソンのとてつもないドレスに目を向けさせることで、自分と同じ髪型のしどけないニンフ像から継母の注意をそらすのに成功し、二人は無事に舞踏室に到着した。

　楽団が軽音楽を奏で、客が続々と姿を現す会場をヒービーは見まわした。そこここに友人知人がおり、遠方から来たのか、知らない顔もかなり見受けられる。だがアレックスの姿はどこにもなかった。

　ヒービーはほどなく、ダンスを申し込んでくる紳士たちの名前をひっきりなしにカードに書き込み始めたが、最初のワルツとカントリーダンス一曲、それにコティヨンの一曲だけは残しておいた。無軌道な娘だと思われても構わない。アレックスがどうしてもと言ったら、三曲目も踊ることを承知しよう。彼が申し込むかどうかも……それ以前に、ここに来るかどうかもわからないけれど。

　ヒービーは継母とともに、手招きしている夫人たちの一団に合流した。ミセス・カールトンのあとについてそちらに向かう途中、一人の女性の声が耳に入った。「あの白いギリシャ風の服を着たチャーミングな子は誰？　まあ！　あのカールトン家のさえない娘じゃないの……」ヒービーは少し赤くなったが、チャーミングと言われたのがうれしくて、さえない娘呼ばわりをされたことにも腹が立たなかった。

　ヒービーは夫人たちと一緒に座り、デビュタントらしくひっそりと口をつぐんだまま、こっそり室内を見まわした。ダンスはワルツから始まることになっていて、〃大胆に〃というミセス・フォレスターの方針は変わらなかったようだ。楽団は軽音楽を奏でるのをやめ、音合わせをしていた。もはや、いつ演奏が始まってもおかしくなかった。ヒービーは落胆を顔に出すまいとした。アレックス・ベレズフォードは舞踏会に出席せず、私の衣装を目にすることもない。二度目のキスがはたして何をもたらすのかは、わからずじまいになりそうだ。

「おひさしぶりです、奥さま。ミス・カールトン、一曲目のワルツを踊ってくださるお約束でしたね」

まるで降ってわいたように、アレックスが横に立った。正装用の緋色の軍服には金モールがきらめき、散髪したてらしく、こめかみとうなじの白い地肌が日焼けした肌と鮮烈なコントラストをなしている。青い目は、この部屋にはほかに女など一人もいないかのように、ヒービーに向けられていた。

ミセス・カールトンが一曲目のワルツはひとまず見合わせたほうがと言おうとしたときには、ヒービーはすでに少佐とともにダンスフロアに出て、新式のセンセーショナルなダンスを踊ろうという大胆な娘は誰かと首を伸ばす人々の注目の的になっていた。

やがてほかのカップルも次々にフロアに上がり、ミセス・カールトンは椅子にもたれて扇で顔をあおいだ。ああ、もう。かわいいヒービーが無軌道な娘だと思われないといいけれど！

だが〃かわいいヒービー〃は、腰のくびれに置かれたアレックスの手の感触に、身震いしそうになるのをこらえようとしていた。軽く触れているだけなのに、その手に操られ、支配されているように感じる。その感覚は驚くほど心地よかった。空いた手でスカートをたくし上げ、どうにかアレックスと視線を合わせる。演奏が始まった。二人はほかのペアの間を縫って踊り始めた。アレックスの手がヒービーを導き、ヒービーの体はそれに敏感に反応した。

何度かターンをこなしてから、ヒービーはようやく微笑した。「なんだか緊張しちゃったわ！」

「緊張？」目が黒ずみ、声はそっけなかった。ヒービーはアレックスが妙に無口だったことに気づいた。

「人前でワルツを踊るのは初めてだから」ヒービーは告白した。「男の人と踊るのもね」

反応はなかった。どうやって習ったのかという質問を予想していたヒービーは、自ら説明した。

「リジー・ホーキンズがダンス教師にお手本を見せてくれるよう頼んで、みんなで練習したの。お継母さまがあまりショックを受けていないといいけれど」

アレックスはなおも無言のまま、ほかのペアとぶつからないようにヒービーをリードしていた。そのリードのしかたは実にたくみで、フロアには二人のほかには誰もいないかのように感じられた。

「アレックス？」

「すまない。君があんまり……。キルケ、僕は……。くそっ、なんてざまだ。まるで思春期の少年じゃないか！」

「それはつまり、私がすてきだってこと？」思いきって尋ねる。「この服、気に入ってくれるんじゃないかと思って」ヒービーは赤くなった。男性に言うことではない。「あなたのために選んだのよ」

「すてき？　いや、すてきなんてものじゃない。まぶしいようだ」なぜか怒っているような口調だった。

ヒービーは顔を上げ、あの猛禽《もうきん》めいた視線をまともに浴びてあえいだ。アレックスのこんな顔をこれほど間近で見るのは初めてだ。息が苦しい。

「すまない。君を見ていると、ついあらぬことを――」アレックスはふいに口をつぐんだ。

ヒービーはしびれるような興奮が身内に広がるのを感じた。〝あらぬこと〟の正体がなんであろうと、それは私の望みでもあるはずだ。「あらぬことって？」彼女は尋ねた。小声でのやりとりが、いちだんと緊張を強めている気がする。だがヒービーは知るよしもなかったが、真剣な表情で見つめ合う二人は、傍観者の目にはまるで喧嘩《けんか》をしているように見えた。部屋の一隅でセーラ・カールトンが扇を動かす手を速め、小さな不安のうめきをもらした。

アレックスが何度も続けざまにターンをし、目がまわったヒービーはアレックスの手をいっそうきつく握り締めた。腰に添えられた手が肌を焼きこがすように感じられ、ターンのたびに腿が触れ合う。

アレックスが熱っぽい口調で言った。「君を庭に連れ出して、物陰でひと晩ずっと愛をかわしたい」

ヒービーは息をのんだ。「君は危険な女性だと言っただろう」アレックスは続けた。「魅惑は美しさよりはるかに危険だ」

ヒービーは虚脱したようにアレックスの腕に身をゆだね、魅入られたようにアレックスの目を見つめていた。やがて音楽が終わり、踊り手たちはいっせいに動きを止めてパートナーとお辞儀をし合った。

ヒービーはアレックスに手を取られたまま、身じろぎもせずに立ちつくしていた。「知らなかったわ。あなたがそんな――」

「僕もだ。うかつだった」全力疾走をした直後のように呼吸が乱れている。「さあ、席まで送ろう」

震えているヒービーを無言で継母のもとに送りとどけ、優美に一礼をすると、アレックスは人込みのなかに消えた。ミセス・カールトンは探るように継娘を見つめた。「いったいどうしたの？　なんだか険悪に見えたけれど。あなたたち、喧嘩したの？」

「わからないわ」ヒービーはゆっくりと言い、椅子に身を沈めた。「何がなんだかさっぱり」

7

ヒービーは、まるで奇妙な夢を見ているような気分でその後の時間を過ごした。いったいどこに消えたのか、赤い軍服や周囲から抜きんでている黒髪の頭の一つ一つにどんなに目を凝らしても、アレックスを見つけることはできなかった。

〝ミセス・カールトンは継娘が結婚相手としてこのうえなく望ましい男性――そして、これまでにヒービーに関心を示した唯一の独身男性と決定的な仲たがいをしたものと確信し、大いに気をもんでいた。だが当のヒービーには動揺した様子がなく、舞踏会に参加しているほかの青年たちにちやほやされているのを目の当たりにして、夫人の心の乱れは静まった。きっとたわいのない痴話喧嘩《げんか》だったんだわ。たとえば、ヒービーのダンスカードが予約でいっぱいなのを見て、少佐が焼き餅《もち》を焼いたとか。そうだとしたら、これは大いに期待できそうだ。

一方のヒービーは、アレックスのためにとっておいたものも含めてすべてのダンスを踊り、笑みを振りまき、たわいないおしゃべりをかわした。頭はめまぐるしく回転し、体はつまびかれたバイオリンの弦のように震えていたが、目ざとい夫人方にも、友人や賛嘆のまなざしを向けてくるパートナーたちにも、それを気取らせなかった。

にこやかにコティヨンの組に加わったとき、ヒービーはついさっきのアレックスとの一幕に動揺していない自分に気づいて驚いた。そして複雑なステップをうわの空でこなしながら、なぜだろうと考えた。はた目にどう見えようと、仲たがいの種などなかった。それでいてアレックスは間違いなく怒っていたし、主に自分自身に腹を立てているようではあったけれど、怒りの一部は私にも向けられていた。

　ベレズフォード少佐はあなたに腹を立てている。昨日誰かにそう言われたら、ヒービーは悲しみ、傷ついていただろう。でも今夜は違う。なぜかしら？　わからないわ。そして、さっきのアレックスの言葉──あんな衝撃的でぞくぞくするような、赤裸々なことを言われたら動揺するのが当然なのに、私は動揺していない。

　コティヨンが終わると、サー・リチャードがヒービーの手を取った。次はカントリーダンスだった。准将がすでに義理の父親であったなら、すべての事情を打ち明け、アレックスがあんな反応を示した理由についてヒービーは意見を求めたことだろう。だが准将なら、まだ身内にならないうちにそういう話をするのは適当ではないと考えるはずだ。

　うわの空で踊ったりしたら、勘のいい准将に気づかれるに違いない。そこで謎《なぞ》はいったん頭の奥にしまい込んで彼女はダンスに専念したが、その後ジャック・フォレスターと彼の妹、そしてそのパートナーと一緒にレモネードを飲みながら、ヒービーはふたたび謎を追及し始めた。談笑の輪に加わりながらも、懸命に頭をひねりつづける。本能の声が、理解できないのはおまえが世間知らずだからだと告げていた。そしてまた、世間知らずであること自体が問題の一部でもあるのだと。アレックスが行ってしまったことに落胆しながらも、一方では舞踏会を楽しみ、新調のドレスの出来を喜んでいるヒービーのなかで、何かがひそやかに目覚めようとしていた。

　次の瞬間、自分のなかで目覚めかけているものの正体に気づいて、ヒービーは思わず声をあげそうになった。やっとわかったわ。さっきのアレックスとの一幕がなんだったのかも。アレックスは私を求めている。友人としてでも、ギリシャ神話の登場人物の化身としてでも、恋愛遊戯の相手としてでもなく、肉体的な意味で。それは男としての欲望であり、私がまだ男女のことを知らない娘だから、アレックスはあらぬ思いを抱いた自分に腹を立て、そんな欲望をかきたてた私にも腹を立てたのだ。

ヒービーはレモネードをぐっと飲み、ジャックの話に耳を傾けながら微笑した。力――それがいま私が感じているもの、いま私の身内で育っているものの正体だ。男をまごわせ、舞踏会を中座せずにはいられないほど動揺させる力。

すばらしいわ。刺激的で危険で、そして……口元の笑みがゆっくりと消えた。そして――恐ろしい。自分が何をしているのかも、この力を制御する方法もわからない。いずれアレックスが戻ってきたとして、どんな態度をとればいいのかも。彼は戻ってくるかしら？　それとも、無垢《むく》な娘を動揺させたり名誉に傷をつけたりしてはいけないという紳士らしい配慮から、私を避けようとするだろうか？

午前二時に帰宅したセーラ・カールトンは、ヒービーが疲れてはいるものの、まったく取り乱していないのを見てほっとした。アレックス・ベレズフォードがなぜか急に姿を消してしまったことを気に病んでいないのなら、あまり心配する必要はなさそうだ。「おやすみなさい。よくやすむのよ」

ヒービーはマリアに手伝わせてドレスから部屋着に着替えると、あとは自分ですると言って、あくびをしているメイドを下がらせた。ヒービー自身は、疲れているのに興奮しすぎていて眠れそうになかった。蒸し暑い夜だった。ヒービーは落ち着きなく室内を歩きまわり、窓から外をながめた。ヒービーの部屋は家の角にあり、広場に面した側に加えて、横手にも窓がある。昔はあったはずの隣家はいまや廃墟《はいきょ》と化し、唯一残っているのは表側の壁だけで、その奥の空間は、ミセス・カールトンの庭園のいささか荒れはてた延長部分になりはてていた。

ヒービーの部屋の横手にあるバルコニーつきの窓からは、ナイチンゲールの住処《すみか》になっているその低木と蔓《つる》植物の茂みがよく見えた。ヒービーは表側の窓のカーテンを閉めると、人に見られずに外をながめることのできる横手の窓を開けはなした。

窓枠にもたれ、肩にこぼれた巻き毛を指にからめながら、頭をからっぽにしようとする。ナイチンゲールの歌はもうほとんど聞こえないが、ときたま深い茂みの奥から、泡が立つような音が月光のなかに流れ出てくるのが、せつないほどに美しかった。

ヒービーはため息をつき、髷《まげ》を固定しているピンを抜くためにぶらぶらと鏡台に向かった。窓のほうで鋭い音がして、板張りの床に何かが転がった。素足で歩みよって拾い上げる。小石だわ。また同じ音がして、二個目のつぶてがガラスに当たった。

誰かが庭にいて、窓に小石を投げて合図をしている。そうとしか考えられないけれど、そんなことが起きるのは小説のなかだけだ。部屋着をきつく体に巻きつけ、足音をしのばせて彼女はバルコニーに出た。そっと見下ろすと、アレックス・ベレズフォードが庭にたたずんでこちらを見上げていた。腕を後ろに引き、もう一度小石を投げようとしている。ヒービーに気づくと、アレックスは手を下に下ろした。

「なんだろう、窓からさしてくるあの光は？」バルコニーでの場面のロミオのせりふを引用する。

「しいっ！」ヒービーは身を乗り出して家の横手を見やったが、開いている窓はなかった。そしてセーラの部屋の窓は、ありがたいことに裏庭に面していた。「なんのまねなの？」押し殺した声で尋ねる。

「君に会いに来た」アレックスは軍服のボタンをはずし始めた。「その蔦《つた》はしっかり壁にへばりついていそうかい？」さほど声を低くしようともせずに尋ねる。お酒を飲んでいたのかもしれないわ。

「知らないわよ！」アレックスが上着を茂みに投げ、太い蔦をつかんで強度を試すようにゆさぶった。

「帰って！」月光がまだらに庭を照らし、廃墟の窓からは、それより強い広場の明かりが降りそそいでいた。アレックスの姿はいまや壁際の暗がりに隠れて見えない。ヒービーは身を乗り出し、からまり合って練鉄製のバルコニーに巻きついているブーゲンビリアと蔦の茎に触ってみた。振動が伝わってくる。アレックスが蔦をよじのぼっているのだ。

ヒービーはバルコニーから身を乗り出したまま、アレックスの姿を求めて目を凝らした。蔦が切れるかもしれないし、壁からはがれてしまう可能性もある。それに、酔っているとしたら、落ちる危険はさらに高まる。ふいにけたたましい音が夜気をつんざいた。猫のうなり声と鳴き声に続いて、アレックスの荒々しい悪態が響いた。大きな灰色の猫が猛然と蔦を駆け上がり、バルコニーに着地すると、ヒービーにすごんでみせてから屋根の上に消えた。

「アレックス！」恐怖とショックで心臓が激しく打っていた。だがぎりぎりまで上体を乗り出して見下ろしても、地面に倒れる人影は見えなかった。

そのとき、バルコニーの床と同じ高さの暗がりからぬっとアレックスの頭が現れた。頬のひっかき傷から血が流れ、髪に小枝が何本もからまっている。

「ちくしょう……おっと失礼、いまいましい猫め」

アレックスはぐいと体を持ち上げ、水平に伸びる極太の枝に足をかけて立ち上がると、練鉄製の手すりの上部をつかんでヒービーと向かい合った。薄い麻のシャツの下にたくましい筋肉がくっきりと浮き出ている。ヒービーはそこに目が釘《くぎ》づけになっているのに気づき、やっとのことで視線を引きはがした。

アレックスが笑いかけた。ブランデーのにおいがする。「酔っているのね」ヒービーはなじった。

「うん」バルコニーの外でアレックスがかすかにふらつくと、枝が不吉な音をたててきしんだ。「手を貸してくれ」

「いやよ！　こんなところで何をしているの？」

「君に会いに来た」

「そう、だったらもう用はすんだわね。すぐに下に下りてちょうだい」アレックスの体がさっきより激しくゆれ、ヒービーは反射的に両手をさしのべた。アレックスがその手をつかみ、手すりをまたいでバルコニーに下りたつ。ヒービーはさっと手を離し、アレックスをにらんだ。「そんなに酔っているの、アレックス？　それとも、バルコニーに引き上げさせるために、わざとふらついてみせただけ？」

「酔っちゃいないよ。ほんの景気づけ程度に飲んだだけだ」アレックスはさっきのヒービーのように窓枠に寄りかかり、じっとヒービーを見つめた。

「ひどい格好」ヒービーはなかば怒り、なかば笑いながら叫んだ。「猫にひっかかれて顔は血だらけだし、髪はまるで小鳥の巣。おまけにシャツが破れて、幅広のネクタイ《クラバット》は横っちょにまわっているわ」

アレックスはクラバットをゆるめ、それで頬を拭《ぬぐ》った。ふっと浮かべた自嘲《じちょう》の笑みが、ヒービーの体の奥を締めつけた。「わかってるよ。酔っぱらっていて見苦しく、猫一匹にずたずたにされるなんて、完全無欠な若き恋人のイメージにはほど遠いな」

「完全無欠な恋人のつもりなわけ？」辛辣《しんらつ》な口調とはうらはらに、ヒービーは乱れた髪を手櫛《てぐし》で整え、頬の傷を洗ってあげたいという衝動と闘っていた。

「いや」急に酔いがさめたような声で言うと、アレックスはもたれていた窓から身を起こし、部屋に入ろうとした。「心配無用だ」ヒービーの抗議に応《こた》えて言う。「すぐ消えるよ。謝りに来ただけなんだ」

「朝まで待てなかったの？」ヒービーは一緒に部屋に入りながら尋ねた。

「そう、それが分別のあるやり方だ」苦々しい口調だった。「酒の力を借りて忘れようなどとしなければ、僕だって、そうしていたはずだ」

「忘れる？　今夜のことを忘れようとしたの？」

アレックスは鋭くかぶりを振った。「いや……別のことさ。まあ、それはどうでもいい」彼はぷいとヒービーから離れて鏡台の横で足を止め、小物入れの貝殻をすくい上げた。「持っていてくれたのか」

「当然でしょう。次はいつ届くかと、いつも首を長くして待っていたのよ。新しいのが届くたびに、あなたはまだ無事だと思ってちょっぴり安心して」

アレックスが振りむいてヒービーを見つめた。蝋《ろう》燭《そく》の明かりのなかで、瞳が光っている。「僕の身を案じていたのか？　どうしてだい？」

「危険な日に遭っても不思議はないと思ったからよ。友人の身を案じるのは当然だわ」ヒービーは少し近づいて、アレックスの表情を読もうとした。

「君にとって僕はそういう存在なのか、キルケ？友人の一人かい？」つかんでいた貝殻をほうったはずみで、血のついたクラバットが床に落ちた。

ヒービーは懸命に冷静な声を出そうとした。「わからないわ、アレックス。あなたは謎よ。ときどき、あなたが怖くなることがあるの」

アレックスがさっと振りむいた。動揺した表情を浮かべている。「僕が怖い？　ああ、ヒービー、許してくれ。何があろうと君を傷つけたりするもんか！　君が言うのは、今夜の舞踏会でのことだろう？　怖がらせるつもりはなかったんだ」

「違うの」ヒービーは首を振った。「そうじゃなくて、あなたがとても真剣な顔をしているときや、いまみたいに何を考えているかわからないときのことよ」

「君と会って話をしたいだけだ」アレックスは降参というしぐさをし、ヒービーが笑ってみせると少し表情をゆるめた。「さっき踊ったときは、なぜ怖くなかったんだい？　君は僕が腹を立てていた理由も、何を考えていたかも知っているはずだ」

「そうね、あなた自身の口から聞いたから」ヒービーは言った。声はなおも平静を保っていた。そばに行ってアレックスを抱き締め、頬の血と一緒に、瞳に宿った暗く苦しげな表情を拭い去ってあげたい。

「そうでなければ気づかなかったと思うわ。男性の扱い方にはあまり慣れていないから」

「そんなことは言われなくてもわかる！　僕がなぜあれほど自分に腹を立てたと思う？」

「そして、私にもね」

「そう言われてもしかたがないな」アレックスの視線はヒービーがさっきまで身につけていた品々に向けられていた。鏡台には真珠の耳飾りと首飾りがほうり出され、床にはオレンジの花が散らばっている。そして、マリアが落としていった絹の靴下の片方

――アレックスは身をかがめてそれを拾い上げた。

「君がそこまで箱入りでうぶでなければ」

「箱入りかもしれないし、男性の扱いにも不慣れだけれど」ヒービーはずけずけと言ってのけた。「うぶではないわ。知識だけはちゃんとあるもの。経験がないから実践のしかたがわからないだけよ」

アレックスはふいに楽しげな笑い声をあげた。

「実演してみせられないのが残念だよ」

「私もよ」あっと思ったときには、その言葉が口をついていた。あわてて両手で口を押さえ、愕然《がくぜん》とした表情でアレックスを見つめる。

「ヒービー！」アレックスの声には、いまの恥知らずな発言にぎょっとしたような響きがあった。

「もういや！」ヒービーは両手に顔を埋《うず》め、わっと泣き出した。ただでさえ疲れきり、混乱しているところに、ふしだらで破廉恥な女だと思われてしまったという思いが追い打ちをかけていた。

気づいたときにはヒービーはアレックスの腕のなかにいて、濡《ぬ》れた頬をシャツの胸に押しあてていた。アレックスが片腕できつくヒービーを抱きよせ、やさしくうなじをなでている。「よしよし、かわいそうなキルケ。気がすむまで泣くといい」

ふいにあふれ出た涙は止まるのも早かったが、ヒービーは身を振りほどこうとはしなかった。アレックスの腕が体を締めつける感触はうっとりするほど頼もしくて心地よく、怖さも不安もみじんも感じなかった。例のコロンの香りとアレックスの体臭、ブランデーの芳香が鼻をくすぐる。ヒービーは暖かいシャツに頬をすりよせ、アレックスの心音を聞きながら、うなじを愛撫《あいぶ》されるに任せた。

アレックスの指が上に移動して髪のなかにもぐり込むのを、ヒービーは無意識のうちに感じ取っていた。やがてピンがばらばらと床に落ちる音がして、ほどけた髪が滝のように背中に流れ落ちた。

「ああ！」アレックスが吐息をもらし、豊かに波打つ髪に両手をすべらせた。「ずっと想像していたんだ。君が髪を下ろしたらどんなだろうと」

ヒービーは濡れたまつげの下からアレックスを見上げた。「お継母さまは切ったほうがいいと言うわ。このままでは野暮ったすぎるからって」

「絶対に切ってはいけないよ、キルケ。約束してくれるかい？」

「約束するわ」ささやくような言葉が、室内にこだまするように感じられた——あたかも、そのささいな約束が、重大な意味を内包しているかのように。

アレックスが身をかがめ、いつか庭園でしたように、そっと唇を重ねてきた。だがヒービーが唇を開くと、キスは情熱的なものに変わった。

ヒービーは息が止まったような気がした。前のときはアレックスの唇の感触にどきどきしたが、開いた唇の間から侵入してきたアレックスの舌は、彼女が夢のなかでしか知らない感覚に火をつけた。ヒービーがさしのべられてきた舌を本能的に迎えると、アレックスは喉の奥でうめき、髪にからめた手に力を込めた。ヒービーはその反応に驚き、舌と舌の接触が自分のなかにかきたてた強烈な感覚に動揺して思わず唇を閉じたが、アレックスの求めに応じてまたおずおずと唇を開いた。

ふと気づくと、ヒービーはアレックスの胸にぴたりと両手を当てていた。ボタンがちぎれるのも構わずにシャツの前をはだけ、熱い肌に直接手のひらを押しあてる。手のひらをくすぐる胸毛の感触にそそられ、唇を合わせたまま胸をまさぐると、やがて指先が二つの乳首を探りあてた。それがとたんに固くなるのを感じて、ヒービーは驚いて動きを止めた。

アレックスがキスをやめて顔を上げた。長く感じられた数秒間、二人は荒い息を吐きながらじっと見つめ合った。やがてアレックスがヒービーの髪にからめていた手を離し、後ろに下がろうとした。

「手を離してくれ、ヒービー」

「えっ？　私はべつに……あら！」見下ろすと、ヒービーの両手はぎゅっとアレックスのシャツをつかんでいた。意志の力を振りしぼって手を開き、しわくちゃになったシャツを解放する。

「ヒービー、もう行かないと。頼むからそんな目で見るのはやめてくれ」

「アレックス……」

「しっ。明日また来る。わかってくれ、ヒービー。もう行かないと、何をしてしまうかわからない」

ヒービーはそろそろとあとずさった。膝の後ろがベッドの端にぶつかり、ふとんに尻餅をつく。アレックスが目を閉じ、踵《きびす》を返してバルコニーに出た。ヒービーは急いで立ち上がって追いかけた。だいぶお酒を飲んでいるようだし、落ちたら大変だ。だが布が裂ける音とくぐもった悪態だけが聞こえたあと、アレックスは無事に地上に下りたった。

ヒービーはアレックスが上着に袖《そで》を通すのを見守った。金モールが月光を浴びてきらめく。アレックスは黒々とした茂みの間を縫って廃墟の壁に近づいた。次の瞬間、その姿は消えていた。

何かがくるぶしに触れ、ヒービーは飛び上がりそうになった。見るとさっきの灰色猫だった。猫はむきだしの脚に身をすりよせるようにしてヒービーのまわりを一周するとバルコニーの手すりに飛び乗り、琥珀《こはく》色に光る目でヒービーを見つめた。

ヒービーはその目をじっと見返した。「あの人を愛しているわ」やがて独り言のように言った。「私、アレックス・ベレズフォードを愛してる」

くるりと向きを変えて部屋に戻り、窓を閉める。猫は老賢者めいた目で見くだすようにヒービーを見つめると、ひらりと枝に飛び下りて狩りを再開した。

8

ヒービーは深く眠ったので、たとえ夢を見ていたとしても、目覚めたときには何も覚えていなかった。まだ眠いまま、幸福の靄《もや》のなかをゆっくり浮上する。靄はしだいにアレックス・ベレズフォードの姿をとり、キスしたときの唇の感触がよみがえってきた。陽光が閉じたまぶたをくすぐり、広場の向こうで教会の時計が鳴り出した。教会の時計はいつも、ほかの時計より一分早く鳴り始めるのだ。

「一つ、あの人を愛してる。二つ、あの人は私を好き。三つ、あの人に誘われる……」教会の時計が十時を告げ、それから、もっと遠くの鐘の音がいくつも重なり合ってやがてばらばらに鳴りやむまで、ヒービーはまどろみのなかをただよっていた。

ヒービーを完全に目覚めさせたのは、ぼそぼそという人の声だった。誰かが部屋のなかにいて、軽い足音をたてて歩きまわり、小声で独り言を言っている。「どうしよう。どこで落としたんだろう?」

ヒービーはしぶしぶ起き上がり、枕《まくら》にもたれて眠い目をこすった。身をかがめて床に目を凝らしていたマリアが、洗濯籠《かご》を抱えて立ち上がった。

「マリア、何をしているの?」

「ああ、ヒービーさま。すみません、起こすつもりじゃなかったんですけれど。絹の靴下を捜していたんです。ヒービーさまが昨日はいていらしたのを。さっき調べたら片方しかないから、どこかに落ちているはずだと思って。新品だし、なくすと奥さまに叱《しか》られます」

ヒービーの脳裏に、靴下を手にしたアレックスの姿が鮮明に浮かんだ。「そう……私にもどこにあるのかわからないわ」嘘《うそ》ではなかった。アレックスが庭に落としたりしていないといいけれど。茂みに引っかかっているのを庭師が発見し、届けに来たらと思うとぞっとした。メイドの不安そうな顔を見て、ヒービーはやさしく言った。「大丈夫よ、マリア。お継母さまには私がなくしたと言っておくから。きっとそのうち出てくるわ」そう、アレックスに返してほしいと言いさえすれば。だが、少佐があの靴下を肌身離さず持ち歩いていると思うと、思わず頰がゆるんだ。

「ありがとうございます、ヒービーさま」マリアの表情はまだ晴れなかった。「だけど、これはなんなんですか?」細長い布をかかげてみせる。血が点々と散ったしわくちゃの白いモスリンだった。

「それは……だから……ええと……」しどろもどろになって口をつぐんでから、ヒービーはしまったと思った。〝ただのぼろきれよ、そこに置いておいて〟

と言えば、マリアは言われたとおりにしたはずだ。だが、いまやマリアは大きく目を見開いてヒービーを見つめ、顔には理解の色を浮かべていた。

マリアは細長い布のしわを伸ばした。「だけどヒービーさま、これは男の人が首に巻くものですよ」茶色い目がいっそう大きく見開かれる。「わかった！　あの青い目の美形さんのですね？　あの聖人みたいな軍人さんの」マリアはくすくす笑った。「じゃあ、聖人なんかじゃなかったんですね」

「ねえマリア、あなたの口の堅さを信用してもいいのかしら？」

「口の堅さ？　それ、どういう意味ですか？　ああ、わかりました。あの人が昨夜《ゆうべ》ヒービーさまの部屋にいたことを奥さまに言うなってことですね？」

「彼は私の部屋にいたわけじゃ……いえ、来ることは来たけれど、そのために来たわけじゃないのよ」

マリアは肩をすくめた。「そのために来たって構わないと思いますけれど。いいことをしたら、あの人はヒービーさまと結婚しなきゃいけないんでしょう？　だったらいいじゃないですか。あたしだったら、結婚なんかできなくたって、あの人が部屋に来たらいやだなんて言う気にはなれませんね」マリアはなまめかしい身震いとともに腰をくねらせた。「すごく強くて激しそうで、ぞくぞくします」

もしかしてマリアはもう……。だめよ、そんなこと、いくらなんでもきけないわ。「彼はね、ここに来てしばらく話をしていったのよ、マリア。それはしてはいけないことだし、お継母さまが知ったらかんかんになるわ。だから黙っていてほしいの」

「任せてください、ヒービーさま」

「ありがとう。ねえマリア、あの小枝模様のモスリンね——ほら、青いリボンがついているあれよ」

「はい、それが何か？」

「もう飽きたから、あの服はあなたにあげるわ」

「ありがとうございます、ヒービーさま。だけどプレゼントなんてもらわなくても、あたしは告げ口なんかしませんよ。お湯を持ってきましょうか？」

対処の方法を誤ったかもしれないと考えながらヒービーは寝床を出て、すっきりしない気持ちのまま洗顔と着替えをすませた。マリアが私をゆするとは思えないが、厚かましいメイドなら、これ幸いと心づけやプレゼントをどっさり要求するかもしれない。

マリアが戻ってきた。何かたたんだものを手にしている。「この首に巻く布ですけれど、洗ってアイロンをかけますか？」

よかった。私をゆするつもりなら、証拠物件を手放すはずがない。「その必要はないわ。私にちょうだい」メイドが出ていくのを待ち、クラバットをたたんで鏡台のいちばん下の引き出しにしまう。そして、すぐにまた取り出して、頰に押しあてて深々と息を吸い込んだ。柑橘類《かんきつ》、ブランデー、それにアレックスのにおいがする。

ミセス・カールトンとヒービーはのんびりと昼食をとった。二人ともなんとなくまぶたが重く、夜更かししたあとだけに、あまり活動的に過ごす気分ではなかった。舞踏会で会った人々について、ひとしきりとりとめのない話をしてから、二人は庭に移動した。セーラはハンカチの縁にレースを縫いつけ、ヒービーは新しい小説を読んだ。

ミセス・カールトンは背もたれの高い柳編みの椅子に腰を下ろし、ヒービーはハンモックに座った。

「見て、お継母さま。『分別と多感』よ。すごくおもしろいんですって。本屋でやっと見つけたの」

「そう。そういう題名がついているなら、少なくともいかがわしい本ではなさそうね」ミセス・カールトンは針に糸を通しながら言った。

まだ何ページも読まないうちに、マリアが現れた。

「奥さま、ベレズフォード少佐がお見えですが」

「まあ！　お通ししてちょうだい、マリア。それとレモネードを持ってきて」よかったこと。昨夜はなんだかもめていたようだけれど、こうして仲直りをしに来たのならひと安心ね。「ようこそ、少佐。申しわけありませんが、たったいまミセス・フォレスターへのお礼状がまだだったことを思い出しましたの。こういうことはきちんとしておきませんとね。少佐のお相手は、ヒービーが喜んでいたしますわ」

　ミセス・カールトンはそそくさと家のなかに消え、マリアはヒービーに向かって大袈裟《おおげさ》に顔をしかめてみせながら、レモネードの盆をテーブルに置いた。ヒービーはメイドになだめるような視線を投げた。

「ありがとう、マリア。もう下がっていいわ」

　本を置き、ハンモックの横に立っているアレックスを見上げる。口がからからになり、不思議なざわめきが身内を走った。なんだか変な感じ——アレックスに触れられるまでは、具合でも悪くないかぎり、自分の体を意識することなんてなかったのに。

　アレックスの目は眠たそうで、右頬には縦に三本の引っかき傷が平行に伸びている。

「ごきげんよう、少佐。頭痛でもなさいますの？」

「何をたわけたこと……ああ、すみません。頭痛がするんですよ、ミス・カールトン」

「鎮痛剤をお持ちしましょうか？」ヒービーはわざと気づかわしげに尋ねた。「それともレモネードを召し上がる？　ひょっとして日射病かしら？」

「いや、猛烈な二日酔いだよ、キルケ。君もよく知っているとおりね」アレックスはにやっと笑って答えた。「よく眠れたかい？」

「とてもよく眠れたわ」アレックスの青い目にからかうような表情が浮かんでいるのを見て、ヒービーは赤くなった。「自分でも意外なほどぐっすりと」

「そうか。僕はちっとも眠れなかった。どうしてかわかるかい？」アレックスはレモネードをグラスに注《つ》ぎ、もう一つのハンモックに身を沈めた。「ああ、このほうが楽だ」

ヒービーはアレックスの質問を額面どおりに受け取って、考え込んでいた。「誰かとキスしたあとは、よく眠れなくなるとか？」

「この魔女め！　そんな質問に答えさせる気か？」

「そっちが先に質問したのよ」

「いいだろう。あとで聞かなければよかったなどと文句を言わないでくれよ。男にとっては、女性とキスをして……その……それだけでやめるのは、とてもつらいんだ。男の体は恋愛遊び向きにはできていない。男の体は——」アレックスはふいに口をつぐんだ。「そんな不思議そうな顔をして僕を見るのはやめてくれ！　こういうことは本来、母親が説明するべきなんだ。とにかく手短に言えば、中途半端なところでやめると、ある部分が……うずくんだ」

「ある部分？」

「そう、ある部分だ。この話題については、これ以上はもうひと言だって言わないからな」

「わかったわ。なんだか困らせてしまったみたいね」ヒービーはレモネードを少し飲んだ。身内で喜びと興奮がざわめいている。昨夜感じたあの力。どういうわけか、私にはこの心身ともに強靭《きょうじん》で自信に満ちた男性を動揺させ、無防備にさせる何かがあるらしい。そう思うと、とてもわくわくした。だが、それ以上にわくわくするのは、今日アレックスが間違いなく決定的な言葉を口にするだろうということだった。それに対する答えは、すでに決まっている。

「アレックス、私の靴下をどうしたの？」

ヒービーを見やったアレックスの頬骨のあたりが、うっすらと赤くなった。彼は無言で軍服の胸を押さえてみせ、ややあって口を開いた。「僕のクラバットはどうなったのかな？」

「鏡台の引き出しのなかよ」

二人は並んでハンモックにゆられていた。二人の視線がぶつかり、からみ合い、いったん離れては、またぶつかり合う。噴水が軽やかな水音をたて、竹やぶのなかで小鳥が腹立たしげに鳴いた。広場の喧《けん》噪《そう》が、日陰になった中庭までかすかに響いてきた。

「キルケ?」

「なあに、アレックス?」

なごやかな空気に満ちた二人だけの世界に、マリアの声が侵入してきた。「ヒービーさま、准将がお見えなのに、奥さまが見当たらないんです」

「ここにお通ししてちょうだい、マリア。それからお継母さまを呼びに行けばいいわ。たぶん二階で横になっているんでしょうから」

ヒービーはハンモックから下りて立ち上がった。アレックスも隣で立ち上がり、上着のゆがみを直した。せっかくいいところだったのに。でも、いいわ。どうせまたすぐに二人きりになれる。

「ごきげんよう、サー・リチャード。レモネードをいかがですか? 継母はすぐに下りてきますわ」

「いや、結構だ。今日は母上に知らせることがあってな――君にもだよ、ヒービー」はっとして見上げると、准将はうなずいた。「そうなんだ。異動命令が出たから、母上と今後のことを相談せんと。ベレズフォード少佐、さっき郵便が届いてな。君にも何か来ていたから持ってきたよ。かなり前に発送されたもののようだったたんでね」小脇《わき》に抱えていた書類かばんを開け、変形して染みだらけになった包みを取り出す。封印がいくつもほどこされ、何度も転送されたらしく、複数の宛先《あてさき》が記されていた。「母上の声がするようだ。失礼するよ、ヒービー」

アレックスは立ったまま何度も手のなかで包みを引っくり返していた。「開けてみて」ヒービーがうながした。「ご家族が何か知らせてきたのかも」アレックスがさっき何を言おうとしていたのかは、はっきりしている。少しくらい先延ばしになっても構わないわ。彼女は幸せな気分でふたたびハンモックの上でまるくなり、アレックスが封を切るのを見守った。長旅でよれよれになった包み紙を開くと、手紙が一通現れた。アレックスを追って何カ月も地中海のあちこちを旅してきた手紙。アレックスのご家族はどんな人なのだろう？　私を喜んで迎えいれてくれるかしら？　好きになれそうな人たちだろうか？　きっと、そうに決まっている。だってアレックスの身内なのだから。

表書きの筆跡を見て、アレックスが鋭く息を吸い込んだ。ヒービーは下唇を噛《か》み締めた。よくない知らせでないといいけれど。アレックスはのろのろと封を切って手紙を広げ、文面に目を通した。とたんにその頬から血の気が引き、ヒービーは悪寒に襲われて身を起こした。アレックスはくるりと背を向け、からまり合った茂みの奥に姿を消した。

ヒービーはハンモックに腰を下ろしたままで待った。私を必要と思うなら、声をかけてくれるはずだ。

やがてアレックスは戻ってきた。顔色はもとに戻っているが、大きく見開かれた瞳は暗い色をたたえている。「アレックス、何があったの？　私では力になれない？」ヒービーはもがくようにしてハンモックから下り、足早にアレックスに近づいた。

「いや、違うんだ。ただ、あまりにも思いがけない知らせだったから」しばし下唇を噛み締めて立ちつくしていたアレックスが、何か決心したように笑いかけてきた。瞳の青が怖いほどあざやかだ。「ヒービー、僕は今回の任務でイギリスを離れる前に、レディ・クラリッサ・ダンカンに結婚を申し込んだ。どうせ断られるだろうと思っていた。家柄はよくても次男坊だし、危険な職業についているからね。それにクラリッサは社交界の花形で、言いよる男も多かった。案の定、はっきりした返事はなかった」

アレックスは身をかがめてローズマリーの小枝を摘み取り、指先でいじくった。ヒービーは胸が苦しいと感じ、自分がずっと息を止めていたことに気づいた。彼女はゆっくりと息を吐き出した。

「だから、僕はあきらめた」アレックスは簡潔に言った。「もともと色よい返事をもらえるとは思っていなかったし、僕のプロポーズを冗談と受け取っているような節もあったからね。そのクラリッサが、いまごろになって承諾の返事をよこしたんだ。こっちはとっくにあきらめていたのに」アレックスは信じられないという顔でくりかえした。

クラリッサ。パーティーで赤毛の女性を見て、アレックスがつぶやいた名だ。「赤茶色の髪をした女性かしら？」ヒービーは尋ねた。こんなに胸が痛いのに、声が出ることに驚きながら。

「どうしてわかった？」さっきふざけてヒービーを魔女と呼んだアレックスが、こんどは本物の魔女を見るような目つきになった。

「ただの勘よ」ヒービーは懸命に声と表情を落ち着かせようとした。私の気持ちを知られるわけにはいかない。いまとなっては、それが何よりも重要だ。まだ愛の告白をしていなかったことに感謝しなくては。そして、あそこでサー・リチャードが入ってきたことにも。何はともあれ、そのおかげでアレックスは、意中の人にふられたショックの産物でしかないプロポーズを撤回せずにすんだのだから。私の本当の気持ちを知ったら、アレックスは私を哀れむだろう。そんなことには耐えられない。「おめでとう。本当によかったこと」ヒービーは温かな声で言った。「いつごろ手紙があなたに届くのかと、レディ・クラリッサはさぞかし気をもんでいらっしゃるでしょうね。きっとあなたが去ってすぐに、ご自分の本当の気持ちにお気づきになったのよ」これでいい。これならアレックスも、私のなかで何かがこわれかけていることや、胸がうずき、心臓のかわりに空洞がぽっかり口をあけていることには気づくまい。「こうなると、あなたも一刻も早く帰国したいでしょうね」

「ヒービー……僕は……」アレックスはヒービーの笑顔を見て、言葉に窮したように口ごもった。

「言いたいことはわかっているわ」ヒービーは安心させるように言った。「私と恋のまねごとをしたことを気にしているのね。でも、気に病む必要はないのよ。とても楽しい思いをさせてもらったし、あなたのおかげでずいぶん自信がついたもの。いままでの私は臆病《おくびょう》すぎたのね。これからはおじけづきそうになったら、〝私は魔性の女よ〟と自分に言い聞かせるわ。そうすれば、意地悪なデビュタントも横柄なおばさまもあっさり撃退よ！」

アレックスは見知らぬ人間を見るような目でヒービーを見つめていた。「ヒービー……」

「いいのよ、少佐。お願いだから気にしないで。お忘れのようだけど、私はずっと大勢の士官が来ては去っていくのを見てきたのよ。故郷と愛する人から遠く離れていれば、誰だって罪のない恋愛ごっこの一つもしたくなるわ。ただ、私はいままでその相手に選ばれたことがなかったから、今度のことはそういう意味では……特別だったけれど」もう限界だ。いまにも泣き出してしまいそう。

そのときミセス・カールトンが戸口に現れた。

「ヒービー、大変よ！　あとたった一週間でマルタを離れなくてはならないの。おまけに、サー・リチャードが土曜日に結婚式を挙げるって。ああ、どうしましょう！」

よかった。これで堂々と泣ける。ヒービーはセーラに駆けよって抱き締めた。「おめでとう、お継母さま。大丈夫、きっとなんとかなるわ」涙が二人の頬を流れ落ちたが、ヒービーの涙が悲しみと苦しみの涙だと知っているのは彼女自身だけだった。「それとね、お継母さま。うれしい知らせがもう一つあるのよ。ベレズフォード少佐のところに、イギリスを離れる前に結婚を申し込んだ女性から、承諾のお返事が届いたの。すばらしいことじゃなくて？」

セーラがヒービーの腕のなかで小さく声をあげて振りむいたときには、アレックスはすでに帽子と手袋を取り上げていた。「ミセス・カールトン、おめでとうございます。いろいろとお忙しいでしょうから、これで失礼します」アレックスは軽く頭を下げ、二人が何か言う前に立ち去った。

「ヒービー！　まあ、なんてこと……」セーラは両手で継娘の手を握り締めた。「かわいそうに！　少佐がそんな人だったなんて。ああ、サー・リチャード」彼女は中庭に出てきた准将に呼びかけた。「ベレズフォード少佐にはイギリスに婚約者がいるんですって！」

「なんだって？」准将はその場に立ちすくんだ。「さっそく談判に行かんとな。良家の子女、それもまもなく私の義理の娘になる令嬢の心をもてあそんで、ただですむと思ったら大間違いだ」

「やめて、サー・リチャードもお継母さまも。誤解だわ」ヒービーは准将の袖《そで》をつかみ、訴えるように未来の継父を見上げた。「お願いだから何も言わないで。そんなことをされたら私が困るわ。少佐はレディ・クラリッサに求婚したものの、はっきりした返事はもらえなかったし、最初からあまり希望は持っていなかったんですって。だからてっきり断られたものと思っていたら、何カ月も前に書かれた承諾の手紙が、いまごろようやく少佐に追いついたというわけ。それに、私たちは罪のない恋愛遊戯を楽しんでいただけだもの。少佐が何か約束したなんてことは、いっさいないのよ」

「クラリッサ・ダンカンと？　そんな噂《うわさ》を聞いた気がしたが、そうか、それならまだ話はわかる。とはいえ……」准将はやさしくヒービーの手をなでた。

「君には気の毒なことをした」

「そんなことないわ。ベレズフォード少佐に失恋したわけじゃないもの。それにロンドンに行けるし、やっと社交シーズンを経験できるのよ！」

その言葉に納得したらしいセーラが、ヒービーの涙に濡《ぬ》れた目をじっとのぞき込んだ。「じゃあ、それは私のために流してくれたうれし涙なのね？」

「決まってるじゃない。ああ、わくわくするわ！」

「もう一つ知らせがあるんだ、ヒービー」サー・リチャードがゆっくりと口を開いた。「私の新しい任地はジブラルタルでね。君の母上は、私とともにそこにとどまることになる」

「じゃあ、私はロンドンには行けないの？」ヒービーは声に落胆がにじむのを抑えられなかった。アレックスの件に比べればささいなこととはいえ、相次ぐ打撃のあとに、その知らせを聞くのはきつかった。

「そうじゃないのよ」セーラがヒービーの腕を取った。「なかで説明してあげるわ。フルグレーヴご夫妻、つまりあなたの叔母さまご夫妻が、喜んであなたを預かってくださるの。先週、叔母さまからお手紙が届いてね、上のお嬢さんが婚約して手が空いたから、あなたをロンドンに呼んで社交界入りさせたいとおっしゃるのよ。叔母さまは豊富な人脈をお持ちだし、考えてもごらんなさい、ヒービー。〈オールマックス〉に、宮廷での謁見式に、舞踏会よ！」

「誰かそれなりの夫婦に世話役を頼んで」准将が続けた。「しっかりしたメイドを連れていけば、ジブラルタルからの船旅も問題はないはずだ」

ヒービーは継母の不安げな視線に気づいた。ロンドン行きを断れば、マルタより気候が悪く、社交界の規模も小さいジブラルタルで暮らすしかなくなる。

「心配しないで、お継母さま」きっぱりと言う。「お継母さまと一緒でないのは残念だけれど、叔母さまのお宅で暮らすのは、きっと楽しいと思うわ」

出発までに片づけるべき仕事が山積しているサー・リチャードは、有能な事務官を手伝いによこすと婚約者に約束し、あわただしく立ち去った。

ミセス・カールトンはぐったりと椅子に沈み込み、困惑した顔でヒービーを見た。「ああ、することがどっさりあって目がまわりそうだわ。何から手をつければいいのかしら？」

「花嫁衣装を用意することよ」ヒービーは断言した。「それから招待状を出して、披露宴の料理を注文して……それとも、それはサー・リチャードにお任せすればいいのかしら？」ヒービーはさっと立ち上がった。「紙を持ってきてリストを作らないと。しっかりして、お継母さま。ちゃんと間に合うわよ」

9

ヒービーの予言は的中した。すべての準備は期日までに終了し、一週間後には、新婚のレディ・レイサムはドックヤード・クリークの埠頭《ふとう》に立ち、ハンカチで目元を押さえながら、見送りのために集まった友人たちと涙ながらに別れを惜しんでいた。

レディ・レイサムの継娘のほうは、懸命に快活な笑みを絶やすまいとしていた。ヒービーがマルタを離れることを悲しんでいるとは誰一人思っておらず、ヒービーがこの島に心を置き去りにしていくように感じていることを知る者も一人もいなかった。

「うらやましいわ」ミス・スミッソンがそのせりふを口にするのは、これでもう四度目だった。「ロンドンの社交シーズンに、お店めぐりに、舞踏会……あなたって本当に運がいいわ、ヒービー！」

「私もそう思うわ」ヒービーはきっぱりと言った。何度も言っているうちに本当にそう思うようになるかもしれないし、心のどこかには、新しい冒険を心待ちにする思いもある。とはいえ、アレックス・ベレズフォードのこと以外にほとんど考えることもないまま、何週間も船の上で過ごすことを思うと、深い懸念を感じずにはいられなかった。

この一週間は、少なくとも日中の間は、さほどつらくはなかった。やることがどっさりあり、めそめそしている暇はなかったからだ。だが夜になると、ヒービーは枕《まくら》に顔を押しつけて嗚咽《おえつ》し、くしゃくしゃになったクラバットで涙を拭《ぬぐ》った。自分も一家に同行すると知って有頂天になったマリアは、しきりと汚れたクラバットを洗濯したがったが、アレックスの残り香がわずかでも残っているかぎり、そんなことを許す気にはなれなかった。

アレックスはぱったりと姿を見せなくなっていた。当然だろう。冷たいわけではなく、けじめをつけようとしているのだ。れっきとした婚約者がいる以上、たとえわずかでもヒービーに言いよっているという印象を与えるわけにはいかないし、恋愛遊戯にふけっていると見られることも避けなくてはならない。アレックスとのことはただの遊びだったという言葉を、彼が信じてくれているといいのだが。

ヒービーたちの荷物が網に入れられて、英国海軍のフリゲート艦オーデイシャス号に引き上げられていった。荷物の大部分は、ジブラルタルに到着するまで船倉の奥深くに押し込められたままになるはずだ。狭い船室に持ち込めるのは旅行かばん数個だけで、マリアが大きな茶色い瞳と女らしい肢体を見せつけながら、はりきって水夫たちに指示していた。

便乗客としてこの軍艦に乗ることになるサー・リ

チャードは、ウィルソン艦長と話し込んでいた。艦長は自分より地位が高い将校に一挙手一投足を見張られることになるが、それに対する反感や緊張はみじんも見せず、対フランス艦隊戦の現在の戦況について、准将と熱心に意見を交換していた。

一等海尉がきびきびとタラップを下りてきて、セーラに敬礼した。「レディ・レイサム、あと一時間で出航です。船室にご案内してよろしいですか？」

「ええ、お願いしますわ。ヒービー、マリア、行きますよ。さようなら、ジョージアナ……」セーラは友人たちにキスをしようと振りむき、はっと息をのんだ。「ヒービー、見て。ベレズフォード少佐よ」

荷物を運ぶ人夫を従えて近づいてくるのは、たしかにアレックス・ベレズフォードだった。

そうだったわ。どうして忘れていたのだろう？　アレックスも帰国することになりそうだということを。でも、この船で？　どうか違いますように。ヒービーは胸中で祈った。アレックスは荷物の積み込みを監督している二人の士官候補生のそばで立ち止まり、何か言った。ヒービーは思わず息をつめた。士官候補生たちは軍帽に手をやって敬礼し、少佐のトランクをどこに置くかを人夫に指示すると、手まわり品を船室に運ばせるために水夫を呼んだ。

「船室の場所は海兵隊大尉にお尋ねください。同じ船室を使っていただくことになりますので」

少佐は若者に礼を言ってタラップに近づいてくると、セーラとヒービーの正面に立つ格好で足を止めた。彼は、さっきから私たちに気づいていたんじゃないかしら。そんなヒービーの疑いをよそに、少佐は真に迫った驚きと喜びの表情を浮かべた。「これはレディ・レイサムにミス・カールトン！　奥さま、よろしければお手を」

その顔にはパーティーで偶然知人に会ったときのような喜びの表情が浮かんでいたが、ヒービーはその目のなかにあの猛禽《もうきん》を思わせる厳しい表情を見出《みいだ》して、身を震わせた。この人は、私がこの船に乗ることを知っていたのかしら？　そして、それをどう感じているのだろう？　私がべたべたしたがって、居心地の悪い思いをさせられやしないかと心配しているかもしれない。彼女はそう思ってむっとした。いいわ、見ていらっしゃい。ミス・ヒービー・カールトンは初対面のときの少佐と同じくらい冷ややかに、他人行儀にふるまえることを教えてあげるから。

セーラはおろおろした顔でヒービーを見やると、さし出された腕を取ってタラップを上がった。ヒービーとマリアがあとに続く。一同は艦長に迎えられ、アレックスは自己紹介がすむとさりげなく離れていった。そして、海兵隊の軍服を着た長身で厳しい顔をした男に声をかけ、二人は下に消えていった。

士官候補生の一人が女性陣を船室に案内した。昇降階段を下りるときは後ろ向きになり、ロープにつかまらなくてはならないという。前を向いたまま駆け下りようとしたマリアは、すぐさま制止された。

「だめだめ！　家の階段とは違うんです。航海中にそんなことをしたら転げ落ちますよ。こちらです、レディ・レイサム。入り口が低いのでお気をつけて」ドアを開けると、なかは小さな船室だった。寝棚が二つと折りたたみ式の洗面台、それに上着をかける鉤《かぎ》がいくつかあるだけで、あとはほとんど何もない。「二等海尉の船室です。ご不自由があれば、なんなりとお申しつけいただきたいとのことです」

少年は准将夫人が部屋の狭さに腰を抜かすのではないかと心配しているようだったが、ヒービーの父親とともに軍艦に乗った経験があるセーラは、まばたき一つせずにあてがわれた船室を受けいれた。

「ミス・レイサム……失礼、ミス・カールトンとメイドの方はこの船室をお使いください。二等海尉の船室です」ヒービーとマリアが案内された船室はさらに狭く、船の形に沿って壁が湾曲していた。

「船室を提供してくれたお二人はどうするの？」ヒービーが尋ねると、少年は笑顔になった。

「それぞれ三等海尉と四等海尉の船室を使います。三等海尉と四等海尉は士官候補生のうちの年長者、つまり僕とウィルキンズの船室を使い、僕たちは年少の士官候補生たちの船室を使います」

「それで、年少の士官候補生たちは？」

「水夫たちと一緒にハンモックで寝ますよ」

「まあ、あまり寝心地が悪くないといいけれど」

「ご心配なく。心身を鍛えるいい機会です」弱冠十六歳の少年は、魅力的で思いやりある令嬢を前にした気負いも手伝って、きっぱりと言いはなった。

ヒービーは新しい住居を興味深げなまなざしで見まわした。マリアはどうやらロマンス小説に出てくるスペインのガリオン船のような船室を想像していたらしく、愕然《がくぜん》としている。「ヒービーさま、こんなところじゃ寝られませんよ！　まるで物置じゃないですか。それに、あのときはどうするんです……だって、あんなにたくさん男がいたら……」

あちこちのぞいていたヒービーが衣装だんすらしきものを開けると、室内便器が現れた。「ほら、あったわよ、マリア。何一つ不自由はないわ」

「不自由はない？　こんなのお嬢さまにふさわしい生活じゃないですよ！　とにかくあたしはごめんです！　顔はどうやって洗うんですか？」

「ほら」ヒービーは蝶番《ちようつがい》で壁に固定された厚板と白鑞《しろめ》の洗面台を倒してみせた。「お湯は調理場《ガレー》に行けば手に入るはずよ」

「ガレー？　なんですか、そのガレーって？」

ヒービーは嘆くメイドを船室に残し、継母の様子を見に行った。セーラはすでに旅行かばんを開け、どの服を寝棚の下の引き出しに移し、どれをかばんに入れたままにするかを決めようとしていた。

「マリアを手伝いに来させましょうか、お継母さま？　もっとも、どの程度役に立つかわからないけど。あの娘《こ》ったら絢爛《けんらん》豪華な船室を想像していたらしくて、すっかりふさぎ込んでいるから」

「いいのよ、その必要はないわ。船の暮らしには慣れているから。それに、あの娘はいつもあなたにつき添わせておきたいのよ。まあ、この船なら心配なさそうだけれど。規律がしっかりしていて、なれなれしいまねをする乗組員はいなさそうだから」

乗客のなかに、過去になれなれしいまねをした人物が一人いた。だがヒービーは口をつぐんでいた。アレックス・ベレズフォードがヒービーにちょっかいを出す可能性は、もはや皆無なのだから。

さっきの士官候補生がふたたび現れ、ヒービーの苦い物思いを断ちきった。「そろそろ出航ですので、よろしければ甲板にお上がりください」

「ありがとう」ヒービーは答えた。「お名前は？」

「マリーです」

「では、それを私のメイドにも伝えてくれる、マリー？　私の船室にいるから」

甲板に出ると、埠頭はざわめいていた。戦艦を係留していたロープが解かれ、水夫たちがしずくの垂れるロープをせっせと巻いている。

ウィルソン艦長が近づいてきて艦尾甲板に上がらないかと誘い、女性たちは喜んで承知した。「艦尾甲板には将校に誘われたときしか来てはだめよ」水夫たちに大声で命令を飛ばしている将校たちの邪魔にならない場所を選び、ヒービーと並んで手すりのそばに立つと、セーラは小声で言った。フリゲート艦がボートに曳航《えいこう》され、ドックヤード・クリークからグランド・ハーバーに出る。見慣れた風景にもかかわらず、二人の女性は思わず感嘆の声をあげた。

「迫力があるでしょう？」一等海尉が二人のそばで足を止めて言った。それから身を乗り出し、ロープを落とした水夫をどなりつけた。「失礼しました。そうなんですよ。あの城壁の威容を目にすると、ここに停泊していたマルタ騎士団の大艦隊や、トルコ艦隊の襲撃が頭に浮かんできます」そう言うと、一等海尉は軍帽に一瞬手をやって歩み去った。

それを目で追ったヒービーは、一人ぽつんと立っているアレックスに気づいた。両手を手すりに置き、じっと甲板を見下ろしている。ふいに背筋がぴんと伸び、ヒービーが目をそらすより早く、アレックスは振りむいた。その目は暗く、厳しい表情を浮かべていたが、ヒービーと視線がぶつかると、彼はふっと笑ってみせてから手すりの外に視線を戻した。

ヒービーは大きく息を吐き出してから、自分がそれまで息を殺していたことに気づいた。

ヒービーが最も恐れていたのは、食事の時間だった。艦長が毎晩、乗客一同を食事に招待することは予想がついたからだ。そして、その予想は当たった。だが幸いなことに艦長はつねに部下の将校を何人か同席させ、ヒービーは彼らの間に席を与えられたので、アレックスとは話をせずにすんだ。

最初の三日間は単調ながら快適だった。艦長は婦人たちに日陰を提供するために、甲板の静かな一隅に帆を張らせ、そこに船の大工が作った椅子が置かれた。安楽椅子とハンモックを合体させたようなその椅子は、船の動きに合わせてやさしくゆれた。

天候はおだやかで、婦人たちには見るものがどっさりあったので、事前に手まわり品のなかに入れてあった本や針仕事に興味を持つ時間はあまりなかった。ヒービーはどうにか『分別と多感』の最初の二章を読み終えたが、本を閉じたまま水夫が帆やマストに登るのをながめたり、士官候補生の航海術の勉強に聞き耳を立てたりすることのほうが多かった。

アレックスはほとんどいつも海兵隊員と一緒にい

て、ヒービーの耳にはときたま、砲術についてのひどく専門的な話の断片が飛び込んできた。

唯一の問題は、この季節には珍しく風が弱いため、当初の予定ほど旅がはかどっていないことだった。艦長とサー・リチャードはしばらく船室に姿を消し、戻ってくると副長と何やら話し始めた。三人とも気づかわしげな顔をしている。三人の視線の先には、南から近づきつつある厚い雲があった。

「何か問題でも、サー・リチャード？」ヒービーは二人のそばで足を止めた准将に尋ねた。

「何も心配ないよ」准将は請け合った。「ただ、思わぬ方角から強風が吹いてくる可能性があってね」

「そのせいで、艦がフランス海岸に近づきすぎたりすることはないの？」ヒービーは尋ねた。サルデーニャの南端は無事にまわったとはいえ、バレアレス諸島がフランス海岸との間に立ちはだかるのは、まだかなり先のことのはずだ。

「心配はいらん」サー・リチャードはくりかえしたが、ヒービーは少し不安になった。だが、少なくともフランス艦隊に攻撃される危険はないらしい。サー・リチャードによれば、フランス艦隊は現在トゥーロンの沖合にいるはずで、向かい風に逆らって南進してくることはないという。ときおりマストの上の物見から、正体不明の帆船ありとの報告があったが、どれもごく小型の船ばかりで、強力な火砲を持つオーデイシャス号の敵ではないようだった。

だが夜の間に海が荒れ始め、ヒービーが目を覚ましたときにはマリアは恐怖で泣き叫び、旅行かばんが船室の床を勢いよくすべっていた。艦全体が、螺《ら》旋《せん》を描くような妙なゆれ方をしていた。

ヒービーはもがくようにして寝棚から下り、部屋着をしっかり体に巻きつけた。マリアは船に酔ったわけではなく、おびえているだけらしい。たしか継母の荷物のなかに、阿片《あへん》剤が入っていたはずだ。あれを少しのませれば、マリアは落ち着くだろうか？ドアにノックが響き、開けてみるとちゃんと服を着たサー・リチャードが立っていた。

「ヒービー、すまんが君のメイドに母上の看病を頼んでもいいかね？　ひどく具合が悪いんだが、私はついていてやれんのだ」准将はヒービーの肩越しに泣きわめいているマリアを見やり、またヒービーに視線を戻した。

「私が行くわ」ヒービーは答えた。「マリアは単におびえているだけだから、何か気分を落ち着かせるものをのませれば大丈夫だし」

さっそく駆けつけると、継母はボウルのなかに激しく嘔吐《おうと》していて、カンテラのちらつく明かりのなかで、白い顔が苦しげにゆがんでいた。〝ああ！〟と一声うめくと、セーラはまた吐き始めた。

ヒービーは薬の袋をかきまわして阿片剤を見つけた。すぐに戻ってくると約束して自分の船室に取ってかえし、ごく少量の阿片をグラスの水に落とす。それをすぐに眠くなる薬だと言ってマリアに与えると、数分のうちにマリアはすやすやと眠り込んだ。

もう一つの船室では、物事はそれほど簡単には運ばなかった。セーラの吐き気はひどく、薬の類《たぐい》はもちろん、ごく少量の水でさえ受けつけなかった。ヒービーはコックを捜し、やっとのことで調理場にたどり着いたが、調理場の火は艦長命令ですべて消されており、お湯は手に入らなかった。

ヒービーは何度も壁にたたきつけられながら船室に戻り、継母を楽にさせるために精いっぱいのことをした。体を温かくさせ、ラベンダー水でこめかみを拭《ふ》き、吐くたびに少しずつでも水を飲ませる。

荒れ狂う波のなか、時間はのろのろと過ぎていった。ビルジ水のにおいが船室を満たし、吐瀉物《としゃぶつ》のにおいと混ざり合ってぞっとするような悪臭を放つ。

セーラはすっかり消耗し、意識が混濁しかけているようだった。ヒービーはサー・リチャードが寝棚の横に置いていった懐中時計をのぞいた。六時だ。

セーラに心配しなくていいとささやくと、ヒービーは四苦八苦しながら自分の船室に戻った。奇跡的に、マリアはまだ眠っていた。ヒービーは服を着ると、壁にしがみつくようにして甲板に上がった。

夜明けのはずの空は暗く、黒雲がいくつも渦巻いていた。猛烈な風がひっきりなしに向きを変えながら優美な軍艦を打ち、苦悶《くもん》の叫びをあげている。そして、たたきつけるように雨が降っていた。

甲板に出るなり、ヒービーはずぶ濡《ぬ》れになった。濡れた髪が顔に張りつき、ひりひりする目に入る。よろめきながら艦尾甲板に上がる梯子《はしご》に近づいていくと、将校とぶつかった。

「おい、気をつけろ！　おお、これは。こんなところで何をしているんです、ミス・カールトン？」

「母の具合が悪いんです。船医を捜さないと」

「わかりました。こちらで手配します。さあ、早く船室にお戻りください」海尉はヒービーの腕をつかみ、昇降階段のほうに導いた。

「何があったんですか？」ヒービーは吹きすさぶ風のなかで声を張り上げた。このむちゃなゆれは、悪天候だけでは説明できない気がする。

「最初の突風でトップ・マストが折れたんですよ。折れた部分を切り離そうとしているんですが、これが思うように進まなくて、帆を調節できずにいるんです」そこで誰と話しているかに気づいたらしく、海尉はあわててつけ加えた。「ですが、心配はいりません。この風もじきにやむでしょうから」

とたんに、なかば風にかき消されながらも、絶叫が耳をつんざいた。マストの一部が音高く甲板に落下する。それとともに、索具にからみついて落ちてきたのは、あの若い士官候補生マリーだった。

海尉はヒービーを手荒く昇降階段の入り口に押し込み、メイン・マストに駆けよった。ヒービーはすべる甲板に走り出た。落ちた索具をつかんで叫ぶ。「マリー！　マリー、大丈夫？」次の瞬間、少年の頭蓋骨《ずがいこつ》が割れているのが見えた。ヒービーはあえぎながら顔をそむけた。

彼女は震えながら立ち上がった。水しぶきと涙で、ほとんど何も見えなかった。艦全体が馬のようにはね、甲板が激しく上下にゆれている。マストが落ちたときに、どこかほかの部分も損傷を受けたのに違いない。

「ヒービー！」暴風をくぐり抜けて、アレックスの声が耳を打った。振りむくと、アレックスと一団の海兵隊員が見えた。そこにも落ちた索具があり、一同は懸命にからまり合った索具と格闘していた。

「ヒービー、つかまっていろ！」よろめきながら近づいてくるアレックスを見て、ヒービーは彼が裸足《はだし》なのに気づいた。やがて近づいてきたアレックスは、痛いほどの力でヒービーの腕をつかんだ。「むちゃなまねを！　こんなところで何をしている？」

「私……船医を呼びに。お継母さまが……」

「下に下りるんだ」アレックスはヒービーを引きずって歩き始めた。緋色《ひいろ》の軍服は濡れて黒く見え、髪が頭に張りついている。激しくゆれるカンテラの明かりのなかで、歯が白く光っていた。

ふいにゆれがおさまり、艦が水の上で静止したかに思えたのも一瞬のことで、次には猛烈な風が咆哮《ほうこう》とともに吹きつけ、巨大な波が押しよせてきた。あっと思ったときには、ヒービーは足元をさらわれていた。何かが強く肋骨《ろっこつ》を打ったあと、腕をつかまれたまま倒れ込む。塩水が口に流れこみ、視界をふさいだ。息が苦しい。次の瞬間、ヒービーは何か固いものにたたきつけられた。起き上がろうともがいたとき、下にあるのが甲板ではないことに気づいた。

海に落ちたのだ。

私、死ぬんだわ。ヒービーは自分でも驚くほど静かな気持ちで思った。死ぬというのはこういう感じがするものなのね。ああ、アレックス……。

腕を締めつけていた圧迫感が消えたかと思うと、乱暴に顎の下をつかまれた。気がつくと、ヒービーは水面に顔を出していた。「水を蹴《け》るんだ！」耳元で声がして、ヒービーは足をばたつかせた。「息を吸って！」同じ声に命じられ、苦しいのをこらえて息を吸い込むと、空気が胸に流れ込んできた。「いい子だ」アレックス・ベレズフォードが言った。「しっかりつかまっていろ――そして祈るんだ」

はたして祈ることなどできるのかしら。誰かに体を支えられ、ヒービーはおぼろな意識のなかで水を蹴った。励ますようなアレックスの声。そして次の瞬間、ありがたいことにすべてが闇《やみ》に包まれた。

10

なんて寝心地の悪いベッドかしら。しかも濡《ぬ》れている。屋根が雨もりしているのね。それにこの寒さ。あとで宿屋の主人に文句を言っておかないと……。

ヒービーは身じろぎ、口に濡れた砂がつまっているのに気づいて吐き出した。どこもかしこも痛い。息をすると節々がきしみ、喉はひりひりし、目はほとんど開かなかった。ふらつきながら頭をもたげたヒービーは、ゆるく傾斜した砂浜にうつぶせに横たわっていることに気づいた。潮がゆっくりと引くと、かじかんだ足が波にさらわれる気がした。

どういうこと？　どうにか肘をついて上体を持ち上げ、それから身を起こす。少しずつ記憶が戻ってきた。巨大な波。海への転落。耳元で響いたアレックスの声。ヒービーを叱咤《しった》し、生きるよう命じた声。「アレックス！」ひりつく喉から悲痛な叫びがほとばしったが、返事はなかった。ヒービーはよろよろと立ち上がり、あたりを見まわした。だだっ広い砂浜のどこにも人影はない。雨はやみ、風も弱まっているが、空はどんよりと曇り、五月にしては季節はずれに冷たい空気が肌を刺した。

ヒービーはかじかんだ手で腫《は》れた目をこすり、もう一度浜辺を見渡した。何もない。波打ち際に、嵐《あらし》で打ち上げられた漂着物の山があるだけだ。でも……つまずきながら近づいていくと、人間の体があった。うつぶせに倒れ、ぴくりとも動かない。

「アレックス！」

死に物狂いで仰向けにし、胸に耳を押しあてる。何も聞こえないわ。そう思ったとき、血の気のない唇がかすかに動いた。「アレックス！　起きて！」なおも反応はなかったが、ヒービーはやけになってアレックスの冷たい顔をぴしゃりとたたいた。さらにもう一度。「ほら、起きて！」耳元でどなる。「こんなところで死んだりしたら許さないわよ！」

充血した青い目の片方が、いかにも大儀そうに開いた。「乱暴な言葉を使うんじゃないよ、キルケ」しわがれた声で言う。「良家の子女ともあろう者が……ああ、ちくしょう！」アレックスは体の向きを変え、激しく吐いた。嘔吐《おうと》がおさまるまで、ヒービーはアレックスにしがみついていた。「すまない」

「すまない？」ヒービーは食ってかかった。無性に腹が立っていた。「私はね、自分の命を救ってくれたあなたが死んでしまったのかと思ったのよ。どうしてそこで〝すまない〟なんて言葉が出てくるの？」ヒービーはわっと泣き出した。

「ああ、キルケ」アレックスは笑ったが、痛みをこらえていることは明らかだった。「行こう。君が凍え死にしないうちに、どこかに避難しないと」

互いに支え合いながら、二人はよろよろと立ち上がった。アレックスがヒービーの手を取り、二人はなだらかな砂丘をゆっくりと上がっていくと、やがて海岸線と平行に伸びる細長い池にぶつかった。左手には鋭く切りたった崖《がけ》がある。

「ちくしょう」アレックスが吐きすて、ヒービーを見下ろした。「安全な場所に着くまで、しばらく乱暴な言葉は大目に見てもらうしかなさそうだな」

ヒービーのほうは、アレックスが悪態をついたことに気づいてさえいなかった。「ここがどこだかわかる？」しわがれた声で尋ねる。

「ああ。フランスだ。とはいえ、そう悲観することもない。まずだいいちに、この池の水は真水だ。喉を潤して、顔を洗うとしよう。あと少しでもスペイン寄りに流れ着いていたら、二人ともきっと崖にたたきつけられていただろう」

水を飲み、顔を洗うと、たしかにずいぶん気分がよくなったが、ヒービーはなおも寒さで震えていて、おなかもぺこぺこだった。

「歩けるかい？」アレックスがヒービーの手を引っぱって立たせた。「ここに置いていったら、僕が戻ってくるまでに凍え死にしそうだからな」

「どこに行くの？」ヒービーは気力を振りしぼって足を動かした。靴は両方ともどこかに行ってしまい、急いで着替えたために靴下は最初からはいていなかった。せめてもの救いは、踏んでいるのが足の下で崩れていく砂ではなく、固い土だということだった。

「南下してスペインに入る」

「だけどスペイン南部は占領されているのよ！」

「ゲリラのなかに友人がいる。国境さえ越えられれば、あとは安全だよ。国境まではそう遠くはない。まあ五十キロというところだろう」

「遠くないですって！」

「騾馬《らば》を盗めば、どうということはないさ。アルジュレの向こうの丘陵地帯に入れば、休憩できる場所もある」二人はしばらく無言で歩きつづけた。ヒービーは継母とサー・リチャードを思って唇を噛《か》んだ。二人とも、私は死んだものと思っているに違いない。いまごろどんな気持ちでいるだろう？

「フリゲート艦は大丈夫かしら？」

アレックスはヒービーを見下ろした。「おそらく。あの海域なら操艦余地は十分だから、折れたマストの処理さえすめば、切り抜けられるだろう」

単なる気休めではなく、ちゃんと説明してくれたのがうれしかった。何も心配はいらないと陽気に断言されたら、信用する気になれなかっただろう。だがヒービーは乗組員の有能さを信じていた。少しでも望みがあれば、艦を救ってくれるはずだ。

「ヒービー……」アレックスはどう言おうかと迷うように言いよどんだ。「敵に見つかったら、君はすぐに逃げてくれ。物陰に身を隠し、南に向かうんだ。必要なものは盗めばいい。ただし見つからないように。スペインに入ったら、村を見つけて村長に会いに行け。身分を明かし、何が起きたかを話すんだ。よほど運が悪くないかぎり、占領軍に協力している連中にぶつかる心配はない。万が一そうなったら、サー・リチャードがどれほど裕福かということを強調するんだぞ。そうすれば、やつらは君をフランス軍ではなく、サー・リチャードに売るほうを選ぶはずだから」

「でも、あなたはどうするの？」そう尋ねてから、ヒービーはアレックスが軍服の上着を脱ぎ、シャツ一枚になっているのに気づいてはっとした。アレックスは答えなかった。「捕まれば、あなたは銃殺されるんでしょう？　ねえ、そうでしょう？」アレックスはついに、しぶしぶながらうなずいた。「でも、私ならいきなり銃殺されることはないわね？　彼らも私をスパイだとは思わないでしょうから」

「そのとおりだよ、ヒービー」アレックスは厳しい口調で言った。「君ならまず彼らに手込めにされ、それから射殺されることになる」

「まあ」ヒービーはかすかな声でつぶやいたが、すぐに気を取りなおした。「だったら、見つからないよう注意するだけのことだわ。あなたは何度もこういうことをして、無事に生還しているわけだし」

「いつもは変装しているし、味方の援護もある。こんなふうに骨まで濡れそぼって疲れきり、面倒を見るべきお嬢さんを連れているわけでもない」アレックスは険しい口調で言い、それからふっと口元をゆるめてつけ加えた。「それをのぞけば、たしかにしていること自体は同じだな」

「面倒を見てもらう必要なんてないわ」ヒービーが断言すると、アレックスはまた口元をゆるめた。

「それに、どこかで服と騾馬と食べ物を盗めば、寒さも濡れた服も疲れもおさらばだわ。見て、あそこに小屋があるわ。あの小屋から何か盗めるかも」

「あきれたね、ヒービー」よろめく足を踏み締めて歩きつづけながら、アレックスが言った。「君の母上が、他人の財産にそこまで無頓着《むとんちゃく》な人間になるような育て方をしたとは思えないが」

ヒービーは笑う元気もないほど疲れきっていたが、それでもどうにかしゃがれた笑い声をあげた。アレックスは小屋の戸をぐいと引っぱり、鍵《かぎ》がかかっているのを見て取ると、留め金を石でたたきこわした。

小屋は粗末で汚く、魚のにおいがぷんぷんした。だがヒービーはその光景をこのうえなく美しいものに感じた。片隅に漁網が積み上げられていたが、二人は言葉もなくそちらに向かい、タールを塗ったごわごわした網にくずれるように腰を下ろした。アレックスが網を何枚かはがしてヒービーの体にかけた。それから別の網を引き上げて自分の体を覆ったが、寒そのときにはすでにヒービーは眠り込んでいた。

目を覚ますと、ヒービーは一人きりだった。手探りすると、横にアレックスが眠っていた形跡がある。網は冷たいが、もともと温まりにくい素材らしく、アレックスが消えてからどれくらいたつのかはわからなかった。かすかな曙光《しょこう》がドアを縁取っていた。ヒービーはしばらくじっと横たわったまま泣きたいのをこらえた。せっかく愛する男性と一夜をともに過ごしながら、その記憶がまったくないのだ。隣に横たわっていたアレックスの体のぬくもりや手の感触。大切に胸にしまっておくべきその種の記憶が、ただの一つも存在しないんだわ。

アレックスが出ていってから、どれくらいの時間がたつのだろう？　眠い目をこすって見まわすと、すぐそばに水がなみなみと入った素焼きの水差しが置かれていた。ヒービーはさっそく喉を潤すと、暗い床をそろそろと戸口に向かった。軽く手を触れると、戸はきしみながらもあっさりと開いた。しばし戸口にたたずみ、海をながめる。波はまだ高いが、風はすでにおさまり、雲もほとんど消えて、朝日が顔を出そうとしていた。五月らしい美しい一日になりそうだ。ヒービーは胸のなかでオーデイシャス号の無事を祈ってから、浜辺を見渡した。

騾馬が近づいてきた。騾馬を引いているのは、縁がだらんと垂れさがった帽子をかぶった長身の男だ。肩に毛布をはおり、膝下までの半ズボンの広い裾《すそ》がはためく下はむきだしのふくらはぎと素足だ。

ヒービーはあわてて小屋に引っ込んだ。胸が激しく鳴っている。フランス人だわ！　武器を求めて薄暗い小屋のなかを見まわし、さっきの水差しのことを思い出した。水差しを頭上に構えて戸口に駆けより、戸の陰で待機する。男が外で騾馬を叱《しか》っているらしく、押し殺した声で悪態をつくのが聞こえた。

それから戸がきしみながら開いた。

大きく息を吸い、さっと前に出て水差しを振り下ろす。次の瞬間、ヒービーは仰向けに網の上にたたきつけられていた。水差しが壁にぶつかって割れ、男の体がまともにのしかかってきた。膝で思いきり急所を蹴《け》ろうとしたヒービーは、大声で名前を呼ばれ、すんでのところで動きを止めた。

「まあ、アレックス。てっきりフランス人かと思って」あえぐように言う。アレックスは立ち上がった。

「君を襲おうという気を起こしたフランス人は気の毒だな」彼はにやりと笑った。

「怪我《けが》をしなかった?」ヒービーも立ち上がり、スカートの乱れを直そうとしながら尋ねた。

アレックスはおかしそうに鼻を鳴らした。「ひとまず急所は無事だったようだ」

アレックスがこの手の軽口をたたくたびにどぎまぎしているようでは、先が思いやられる。ここは割りきるしかないわ。「すごい反射神経ね」

アレックスは横目でヒービーを見た。「もともと反射神経は発達しているほうだが、君の居場所にはとくに敏感らしい。おいで。外で朝食にしよう。周囲に目を配っていたいんでね」

ヒービーは毛布にくるまって小屋の陰にうずくまり、アレックスが盗んできた朝食をむさぼった。信じられないほど熟成したチーズにパン半個、だいぶ古くなった魚の加工品らしきもの、オリーブの実、にんにくと脂肪が主原料らしいソーセージ。

「おいしいわ」ヒービーは食べ物をほおばりながら言い、アレックスから藁籠《わらかご》入りの小さな水差しを受け取った。それを無意識にぐいと飲んでしまい、うっとうなった。「なんなの、これ?」息ができるようになると、ヒービーはあえぐように言った。

アレックスは用心深くにおいを嗅《か》いでから、ごくりと飲んだ。「たぶん濃縮した山羊《やぎ》の乳じゃないか。

な」そう言って、彼はパンを噛んだ。「残念ながら君の服は調達できなかったが、その毛布にくるまっていれば、少しは暖かいはずだ」

「どこで見つけたの？」ヒービーはアレックスの服と食料、それに騾馬を手ぶりで示して尋ねた。見れば、騾馬の鞍《くら》からはマスケット銃がぶらさがり、アレックスのベルトにはナイフがさしてある。

「三キロほど向こうのちんけな農場だよ。男所帯らしい」アレックスはパンの耳を捨てて立ち上がった。なかば顔をそむけるようにしているが、口元が苦痛でかすかにゆがむのにヒービーは気づいた。

「アレックス、あなた怪我をしているの？」よく見ると、シャツに血がついている。しかも、出かける前は塩水の染みはついていても上等なシャツを着ていたのが、いまは織り目の粗いシャツを着ている。

「いいや」アレックスはヒービーに背を向けて騾馬の腹帯を締めた。ヒービーはそっと立ち上がり、手を伸ばして血の染みがついている脇腹《わき》に触れた。鋭く息を吸い込む音がして、アレックスが振りむいた。青い目が黒ずんで見える。「ほんのかすり傷だ」

「見せて」

「だめだ」

「見せるのよ！」

アレックスはあきらめたように肩をすくめると、シャツのボタンをはずし、左の肋骨《ろっこつ》の下からななめに走る、赤く腫れ上がった傷をあらわにした。

「何がかすり傷よ」ヒービーは腰に手を当ててアレックスをにらんだ。「これだから男って……。私はペチコートをはいていないっていうのに」

アレックスのしかめ面が思わせぶりな笑みに変わりかけるのをじろりとにらんで続ける。

「包帯がいるわね」

「いらないよ」

「だめよ。そんなごわごわしたシャツでは傷がこすれてしまうわ。自分のシャツはどうしたの？」

アレックスは閉口したようにため息をつき、鞍囊《ぶくろ》からシャツを引っぱり出した。シャツは切り裂かれ、しかも血だらけだった。

「アレックス！　その傷だけでこんなに血が出るわけないわ。ほかにどこを怪我したの？」

「どこも。それは相手の男の血だ」

ヒービーは口を開けたが、すぐにまた閉じた。相手はフランス人、つまり敵なのだ。口を封じなければ逆に追われ、二人とも死ぬことになる。

ヒービーはシャツを受け取って広げた。「ナイフを貸して」背中の汚れていない部分を細長く切り取る。「シャツを脱いで」アレックスはあきらめの表情を浮かべてシャツを脱いだが、ヒービーが布をもう一枚切り取り、彼が盗んできた強い酒に浸して傷口にあてがうと、それはどこか滑稽《こっけい》な不安の表情に変わった。

「よせよ、ちくしょう。痛いじゃないか！」

「言葉に気をつけてほしいわね」落ち着きはらって言うと、ヒービーはてきぱきと包帯で傷をおおった。

「はい、もうシャツを着ていいわよ」

「ありがとう」アレックスはみじめな目でヒービーを見た。「君がこんなにおせっかいだったとはね」

「どういたしまして」ヒービーはにこやかに反論した。「生きのびるためにはあなたに無事でいてもらわないと。あなたの面倒を見るのは当然だわ」

アレックスは挑発には乗らず、小屋のなかを調べてなんの痕跡《こんせき》も残していないことを確かめると、ヒービーを鞍にのせた。「そうやって頭から毛布にくるまっていれば、遠目には、場違いには見えないはずだ。なるべく早く君の服を調達しないとな」

「それに、騾馬をもう一頭ね？」

「集落から離れたところで飼われていないかぎり、無理だろうな。貴重な家畜が消えたとなると、捜索

「今夜はどこで眠るの？」

アレックスは前方に壁のように立ちはだかってい
る山のほうを顎で示した。「あそこだ」

ヒービーはあえいだ。「でも、あんな山には登れないわ！　迂回して海岸沿いに進むんでしょう？」

「捕まりたければそれがいちばんだろうな」アレックスは簡潔に答えた。「あと八キロほど行くと、ピレネー山麓《さんろく》の丘陵地帯に入る。そこにいつも使っている小屋があるんだ。山登りは明日からだな」

そのあたりにはもう人家はなかった。アレックスは鞍にかけてあった銃を点検し、片手に銃、もう一方の手に騾馬の端綱を握って歩き出した。これまでののんびりした足取りと違い、大股でずんずん進んでいく。少しすると軽く走り出し、そしてまた大股の速歩に戻る。騾馬はおとなしくあとに従った。

坂を一つ上がりきると、アレックスは足を止めて周囲の様子をうかがい、ヒービーを見上げた。「大

隊が出される可能性が高い。あちらでペチコートを一枚、こちらでショールを一枚という程度なら、しばらくは気づかれないだろうが」

二人はアルジュレの町を大きく迂回《うかい》して進んだが、ひやりとしたのは五、六回だけだった。ときたま地平線上に騎馬の人影が見え、野良仕事をしている男たちが好奇の目を向けてくることもあったが、アレックスが土地の方言で挨拶《あいさつ》したり、手を振ったりすると、それ以上じろじろ見られることはなかった。

ソレードの村を出ると、アレックスはヒービーと騾馬を茂みのなかに残してどこかに消え、一時間後にパンとチーズ、粗末な革靴、ペチコートを古い毛織りのショールに包んで持ち帰った。

アレックスがいない間、不安を忘れようとして行く手にそびえる険しい山々をながめていたヒービーは、木陰でペチコートをはいて出てくると尋ねた。

丈夫かい？　あまり上等な鞍じゃないが」

彼の声はいくぶん苦しげに聞こえた。息が切れているのかもしれない。そう思ったヒービーは、ひと息つかせようとして言った。「変わった歩き方ね」

「ライフル部隊のまねだ。このほうが速く進める」

どうやら息は切れていないようだが、声がざらついている。ヒービーは鞍から身を乗り出し、夕暮れの光のなかで目を凝らした。なんだか顔色が悪い。

「アレックス、大丈夫？　傷が痛むの？」

アレックスはまた歩き出した。「いや、べつに」

それから三十分ほど、二人は無言で進みつづけた。細い道はしだいに険しくなり、あたりが暗くなっていく。道が鋭く折れ曲がったところで、アレックスがふたたび足を止めて耳を澄ました。ヒービーは鞍の上からさっと身を乗り出し、額に手を当てた。

「熱い！　アレックス、あなた、熱があるわ」

「たいしたことはない」苦しげな息づかいがはっきりとわかる。まさか、あの傷が早くも化膿《かのう》して？

ヒービーは騾馬から下りようとした。「乗って。私が歩くわ」

「だめだ」アレックスがぐいと手綱を引っぱったので、ヒービーはバランスを失いそうになって鞍にどすんと落ちた。「マラリアだよ。寒い思いをしたりすると再発する。歩いていればなんとか持ちこたえられるが、騾馬になど乗ったら眠くなるに決まっている。君が道を知らない以上、それでは困るんだ」

ヒービーは反論したいのをぐっとこらえた。ここはアレックスの判断を信頼するしかない。アレックスは硬直した自尊心に縛られて、騾馬に乗ったほうがいいときに歩きつづけるほど融通の利かない人間ではないはずだ。だが、口をつぐんでいようという
ヒービーの決意は、ほどなく限界に達した。

11

山道はどこまでも続いているように感じられた。ここまで勾配《こうばい》が急になると走るのは無理だったが、それでもアレックスは足を止めなかった。いまではライフル部隊式の歩き方はやめ、規律正しい行軍歩調で歩きつづけている。おそらく左右の足を交互に前に出すという催眠作用のある作業に没頭することで、雑念を寄せつけまいとしているのだろう。

やがて、ひょいと角を曲がると、二人は平らな石を雑に敷きつめた狭い平地に立っていた。水が岩肌を伝って粗末な水槽に流れ込み、平地にあふれてぬかるんだ水たまりを作ってから、縁からこぼれて下の地面に流れ落ちている。平地の奥には、山の斜面のごつごつした岩にしがみつくようにして、大きな小屋がずんぐりした姿を見せていた。

ヒービーは騾馬《らば》から下り、アレックスに近づいて尋ねた。不安が声をとがらせていた。「これが例の小屋なの？　言っておくけど、そうであろうとなかろうと、今日はこれ以上先には行きませんからね」

アレックスはおかしそうな笑みを浮かべてヒービーを見下ろした。「しいっ。もっと声を小さくして。ああ、これがそうだよ。様子を見てくるから、ここで待っていてくれ。ぬかるみに入るんじゃないぞ」

アレックスはマスケット銃の引き金に手をかけ、そろそろと小屋の入り口に近づいていった。ヒービーは疲れた様子の騾馬を水桶《みずおけ》に導き、水を飲ませてやった。勝手にどこかに行ってしまう心配はなさそうだ。ヒービーは端綱の端に石をのせ、ぬかるんだ水たまりを飛び越えて小屋に入っていった。

小屋の内部は意外なほど広かった。ただ、岩山の斜面をそのまま奥の壁にしているため、ひどくいびつな形をしている。石の暖炉と煙突を備えた大きな土間に、粗末な木のベンチとテーブルが置かれ、床には古い藁《わら》の山がある。土間は入り口から最も遠い部分で急にせばまり、その奥の板張りの壁には古びた馬具とからの麻袋がかけられていた。

アレックスは壁に片手をついて立ち、何やら考え込んでいるように見えた。ヒービーは足音をしのばせて歩いていき、すばやく額に手を当てた。

「すごい熱！　いますぐ横になるのよ！」

アレックスはもたれていた壁から身を起こし、ヒービーの手をつかんだ。ヒービーはつかまれた手をぐいとひねり、アレックスの手首を押さえた。

「脈も速いし」しかも日焼けした顔は青ざめ、目には生気がなく、体が震えているのも感じられる。

「おせっかいな女性だ」アレックスは苦しそうに言った。「休む前にいくつかしておかなくてはならないことがある。まず、それを片づけさせてくれ」

「だめよ」ヒービーはアレックスの手首をつかんだまま言った。不安が胸を震わせる。どうやら思った以上に重症らしい。それにしても、体力と精神力だけでよくもここまで持ちこたえたものだ。「何をすればいいか言ってくれれば、私がするわ。ずっとあのいまいましい騾馬に乗りっぱなしだったんですもの。少し体を動かさないと」

それを聞いて、アレックスがまた笑みを浮かべた。

「なんて言葉を使うんだ、ヒービー！」

「言葉って〝いまいましい〟のこと？　帰国するころにはもっとひどい言葉を使っていることでしょうよ。あなたがお手本を見せてくれているもの」ヒービーはアレックスをベンチに連れていった。「さあ、ここに座って何をすればいいか教えて」

意外にも、アレックスはあっさりと折れた。「いいだろう。まず騾馬の鞍《くら》をはずしてここに持ってくる。それから騾馬をつなぎに行く。さっきの道を上がっていくと、小屋の屋根のそばを通りすぎたあたりに、左に入る細い道がある。その先にはちょっとした草地があって、小川が流れている。そこなら水と餌《えさ》には不自由しないし、人目につく心配もない」

ヒービーはさっそく外に駆け出し、重い木の鞍を運んできて、馬具がかかっている板張りの壁に立てかけた。そしてベンチのほうに疑わしげな視線を投げたが、アレックスは立ち上がろうとはしなかった。これならほうっておいても平気だろう。

騾馬はおとなしくついてきて、小川のそばの若木につながれる間もじっとしていた。だが小屋に戻ってみると、アレックスはベンチを離れ、小屋の奥の、幅が狭くなった部分の壁から板をはずしていた。壁の向こうには、暗い空間がぽっかり口を開けている。手伝おうと駆けよると、それは大きな戸棚のような空間で、ベッドが置かれていた。

アレックスは縦長の板を四枚はずしたところで手を止めた。「このとおり、壁板ははずせるようになっている。必要なら、内側から固定もできる。誰かが来たら、われわれの存在を暴露しかねない品々と一緒にここに入り、板をはめ込むんだ」アレックスは奥の空間に手を伸ばし、小さなカンテラを取り出した。「明かりをつけるのは戸が閉まっているときだけにして、誰かが来たらすぐに吹き消す。さもないと、板の隙間《すきま》から明かりがもれる」アレックスは一語一語を苦しげに絞り出した。

ヒービーは穴の端から奥をのぞき込んだ。「これはあなたが作ったの？」

「この小屋を見つけたときは、隙間風が当たりにくいこの奥まった場所に、ベッドが置いてあるだけだった。境の壁となかの棚を作ったのは僕だよ」

ヒービーはアレックスを見つめた。状態は刻一刻と悪化しているらしく、彼は指の関節が白くなるほどきつく板の端をつかんで、身を支えている。「なかには何があるの？」ヒービーは隠し部屋にもぐり込んだ。「ちょっと見せて。それがすんだら、ここで横になって。お願いよ、アレックス。あなたに倒れられたら、私の力では持ち上げられないもの」

棚には衣類が積まれていた。ごわごわしたシャツや半ズボン。バックルつきの靴が一足と毛織りの靴下、そして分厚いマント。ナイフが刺さった小さなまるいチーズもあった。これだけ皮が厚ければ、たいていの鼠《ねずみ》は歯が立たないだろう。まずそうなソーセージが一つと、水筒もある。ベッドは干し草をつめた大きな麻袋を板の上にのせたもので、上にざっくり織った毛布が数枚かかっている。

ヒービーは食料品を持って隠し部屋を出た。「もういいわよ。横になって、アレックス」

アレックスがおとなしく寝床に身を横たえたので、ヒービーはほっとした。だが、彼はまだ眠ろうとはしなかった。「聞いてくれ、ヒービー……」

「もういいから黙って、アレックス。何をすればいいかはわかっているわ。私たちの存在に気づかれないよう気をつけること。ぬかるみに足跡を残さないこと。外の様子に注意して、人が来たら板をはめてここに隠れること。さあ、おとなしく横になっていて。何か食べるものを持ってくるから」

だが、少ししてチーズとパンと水を入れた水筒を持って戻ってくると、アレックスは昏々《こんこん》と眠っていた。ヒービーは後ろ髪を引かれる思いでそばを離れ、外の様子を点検した。闇《やみ》があたりを包み始め、ふもとの村々とおぼしき位置に、かすかな光の粒が散らばっている。ヒービーはカンテラを灯《とも》してテーブルに置き、外に出て戸を閉めた。暗いなかで見ても、明かりは少しももれていない。それを確かめると、ヒービーは急いでなかに入り、アレックスのほうに心配そうな一瞥《いちべつ》を投げてから腹ごしらえをした。

することがなくなってしまうと、にわかに心がざわついてきた。あれほど強靭《きようじん》な男性がここまで衰弱しているのを見ると、不安にならずにいられない。死んでしまうのかしら？　そんなことはないわ。ヒービーはきっぱりと自分に言い聞かせた。前にもこうなったことがあると言っていたじゃない。そうよ、ちゃんと看病をしていればきっとよくなるわ。

明かりを取り上げ、服を着たままベッドに横たわる男を見下ろす。いままで病人の看護をしたことはないし、自分では何一つできない状態の男性の世話をするはめになったことも、もちろんなかった。

「弱気になっちゃだめよ、ヒービー」声に出して言う。自分の声を聞くと、不思議と気持ちが落ち着いた。「お継母さまがこうなったと想像してみて。その場合、私はどうするかしら？」かなり無理のある仮定だったが、考えをまとめる役には立ってくれた。

まずだいいちに、楽な服装をさせ、保温に気を配ることだわ。こんな服は着せておけない。ヒービーはベッドに這《は》い上がり、アレックスの服を脱がせ始めた。男性――しかも自分が思いを寄せている男性にそんなふうに手を触れるのは大それたことに思えたが、やがて現実的な問題の数々がばつの悪さをいらだちに変え、ヒービーは後ろめたい思いを忘れた。

アレックスの体はずっしりと重く、簡単には動かせそうになかった。楽なところから始めることにして、まず靴を脱がせる。ついでベルトの留め金をはずして引き抜くと、シャツのボタンをはずして前をはだけさせた。手を当ててみると、胸は乾いていて熱く、心臓の鼓動が速かった。包帯の傷口付近にはかなり血がにじんでいるが、そのあたりの皮膚がとくに熱を持っている様子はなかったので、朝になって明るくなるまでそのままにしておくことにした。

シャツはごわごわしていて、汗でぐっしょり濡《ぬ》れていた。棚の衣類を探ると、やわらかい麻のシャツが数枚あった。これなら寝間着になりそうだが、そのためにはいま着ている服を脱がせなくてはならない。体を順に左右に転がして片方ずつ袖《そで》を抜こうと考えたが、うまくいかなかった。そこで頭から抜こうとしたが、これも失敗した。業を煮やしたヒービーはアレックスの上に馬乗りになり、病人の首の後ろに両手をまわして思いきり引っぱった。これは成功し、彼女は意識のない男に抱きつく格好になった。ヒービーは急いで濡れたシャツを脱がせ、新しい・シャツを着せる作業にかかった。ようやく作業が終わると、ヒービーはしばらくアレックスを抱えたまま座り込んでいた。「ああ、アレックス」湿って乱れた髪をなでてつぶやく。「愛してるわ」

できるだけそっとベッドに横たわらせ、ボタンをはめてシャツの裾《すそ》を引き下ろす。それからヒービーはごわごわしたズボンに目を向けた。こんなものをはいていたら安眠できそうにない。ベルト部分で傷がこすれ、夜の間に傷口が開く恐れもある。

ヒービーは唇を噛《か》み、おずおずとズボンのボタンに手を伸ばした。「しっかりして、ヒービー」自分を叱《しか》りつける。「相手は病人よ。それに、男の人の裸なら、ギリシャ・ローマ時代の彫刻でさんざん見ているじゃない。あれと何も違いやしないわ」

生身の男性の裸体が、ヒービーが期待したほど彫刻に似ていたかどうかはともかく、アレックスはほどなくやわらかい毛布にすっぽりとくるまれ、以前よりも快適そうに見えた。ヒービーはアレックスに水を飲ませようとしたが、唇を湿らせるのがやっとだった。そこで、水と布を棚のすぐ手が届く場所に置き、小屋のなかから自分がいた痕跡《こんせき》を一つ残らず消すと、仕切りの壁に板をはめ込み始めた。

その作業はちょっとパズルを思わせたが、ヒービーはさほど苦労もせずにすべての板を所定の位置にはめ込んだ。最後に横木を押し込むと、壁はしっかり固定された。アレックスの隣にもぐり込み、明かりを吹き消すと、不安でいっぱいな心を抱えてなじみのない場所にいるにもかかわらず、疲れきっていたヒービーはたちまちのうちに眠り込んでいた。

だが、その眠りは長続きしなかった。誰かにたたかれて目覚めると、アレックスが熱にうかされてひっきりなしに寝返りを打っていて、暴れたせいで腕が両方とも毛布から出てしまっていた。ヒービーはカンテラを灯して仕切りの板をはずし、冷え冷えとした外の部屋に出た。靴をはき、体が冷えないように重いマントを着込んでふたたび看病に取りかかる。

状況は絶望的に思えた。何度くるんでもアレックスは毛布をはねのけてしまい、枕《まくら》の上で苦しげに頭を動かしつづけた。口のなかにごく少量の水を垂らすことはできても、自力で水を飲める程度までアレックスの意識を取り戻させることはできなかった。

不安はつのる一方だったが、ふと思い出したいくつかの会話の断片を心の支えに、ヒービーは看病を続けた。継母の友人に、息子が重い熱病にかかった女性がいたのだ。その女性は、夜になると決まって息子の熱が上がるので、夜が怖くてたまらないと言った。それにサー・リチャードも、熱にうかされて船医と二人の水夫の三人がかりで押さえつけてもはねのけてしまうほど暴れた水夫が、その後けろりとよくなったという話をしていた。

彼女は何度かうとうとしては、そのたびにはっと目を覚ました。アレックスの状態はいっこうによくならず、やがてうわごとを言い始めた。最初は不明《ふめい》瞭《りょう》だった言葉がしだいにはっきりしてきたが、意味はさっぱりわからなかった。それでもヒービーはかいがいしく看病を続けた。はねのけられた毛布をこまめにかけなおし、枕のしわを伸ばし、濡らした布で額を冷やし、少しでも水分をとらせようとした。

ようやく朝が来た。小鳥のさえずりが聞こえてくる。最初はとぎれとぎれだった鳴き声が、しだいにふくれ上がってにぎやかな合唱に変わっていく。ヒービーはこわばった体を伸ばして立ち上がり、水の容器を持って小屋を出た。幸い天気はよさそうだ。この状況で雨が降って寒くなったら、どうしたらいいかわからないところだわ。冷たい水で簡単に顔を洗い、水とチーズで腹ごしらえをすると、また元気がわいてきた気がした。それに、朝の光のなかにいると、それだけでなんとなく楽観的な気分になれる。

ヒービーは戸を大きく開けはなったままアレックスのそばに戻った。手首に指を当て、脈が猛烈な速さで打っているのを感じながら、熱が下がるよう念じる。やがてアレックスが口を開き、はっきりした声で言った。「もちろん、君を愛しているとも」

ヒービーははっとして身を起こした。「アレックス?」だがアレックスは目を閉じたまま、落ち着きなく体を動かしていた。まだ意識がないのだ。

「はっきり答えてくれ」アレックスがふたたび口を開いた。「クラリッサ、どうしてじらすんだ? 僕が本気だということはわかっているはずだ」

両手に顔を埋《うず》めたヒービーは、涙が手のひらを濡らすのを感じた。ほかの女性にプロポーズしたという事実はアレックスから聞いていたけれど、それを目の前で言葉にされるのはあまりにもつらい。おまけに、なんだか盗み聞きをしているような気分になった。彼はまだ何か言いたいのかしら?

「しいっ、アレックス。しいっ」ヒービーはささやいた。「しゃべらないで眠って。私はここにいるわ、アレックス」

「ヒービー?」私の声が聞こえたのかしら?「ヒービー、よせ!」そう言うと、アレックスはまた静かになった。

ヒービーはその場に座り込んだ。いまのはどういう意味？　考えてもわかるはずがない。でもこれだけははっきりしている——私の名前はアレックスのなかに拒否の感情を、そしてクラリッサの名前は愛情を呼び覚ますらしいということ。

午後もなかばを過ぎるころには、ヒービーは何をどういう順番でするかの手順を練り上げていた。まず十分ほどアレックスのそばにいて、話しかけたり水を飲ませたり、額を濡らした布で拭《ふ》いてあげてから、今度はテラスの周囲を歩きまわって、山の斜面に人影がないかどうかを確かめながら日ざしのぬくもりを楽しむ。ついで騾馬の様子を見に行き、もっと草が豊富な場所につなぎなおしてやってから、またアレックスのそばに戻る。

そうしているうちにしだいに気持ちが落ち着き、だんだんと希望がわいてきた。アレックスはよくもならないかわりに、悪くもなっていない。必要な作業はなんとかこなせるし、食料もあと数日分はある。それに、よく歩いているおかげで、ヒービーは良家の子女にしては力もあり、丈夫なほうだった。アレックスが道案内をできる程度に回復すれば、ヒービーが男の格好をして手綱を取り、アレックスを騾馬に乗せて、峠を目指して山道を登っていけばいい。

そういう結論に達したとき、ヒービーはテラスの端に立ち、両手を腰にあてがって、しじゅうベッドの上にかがみ込んでいたせいで痛む腰を伸ばした。気持ちに余裕ができたせいか、いまになって自分がいかにひどい姿をしているかに気づいた。海水で固まった髪はくしゃくしゃにもつれ、足は土埃《ぼこり》で黒ずみ、船の上であわただしく着替えたのを最後に、これでもう二日か三日、同じ服を着ている。

ヒービーは小屋に駆け込んだ。アレックスのそばでちょっと足を止め、燃えるような額にそっと手をのせる。さっきより静かに眠っているようだ。ひび割れた唇の間にまた少し水を垂らしてやると、ヒービーは隠し部屋の棚を物色し、ついに粗悪なオリーブ油の石鹸《せっけん》と破れたシーツを見つけた。

山腹にじっと目を凝らし、人影がないことを十分に確かめると、水槽のそばに立って汚れた服を脱ぐ。一糸まとわぬ裸身を陽光にさらしたあと、両腕を水のなかにつっ込んだ。冷たさに思わず声をあげ、ぶるっと身ぶるいしながらも、ヒービーは石鹸を泡立てて全身をくまなく洗い、ついで頭を水槽につっ込んで髪を濡らした。石鹸が粗悪なこともあり、塩水でがちがちに固まった髪は頑強に抵抗したが、それでもついに、もつれた髪を指でほぐすのに成功した。

それからタオルがわりのシーツを体に巻いて日当たりのいい平地の端に腰を下ろし、日光が髪を乾かしてくれるのを待った。十五分もすると、アレックスをほうっておくのが心配になってきた。まだ湿った髪のままで立ち上がり、朝から何度もしたように反射的に丘の斜面を見渡した。とたんに、ヒービーは凍りついた。

はるか下方で、つい昨日ヒービーとアレックスが上がってきた道を、隊列を組んだ男たちが登ってきていた。マスケット銃の銃身が陽光をはじき、赤い軍服がまぶしく目を射る。騾馬や驢馬《ろば》のひづめや軍靴が上げる土煙もはっきり見える。人数は？　ヒービーは首を伸ばし、見え隠れする兵隊の数を数えようとした。十二人。十五人かもしれない。

ヒービーは身をひるがえし、食いいるような目つきで周囲を点検した。水槽の縁に石鹸がのっている。すばやく取り上げ、縁についた泡を拭《ぬぐ》い取った。水は澄み、石鹸の泡は完全に消えている。ぬかるみは一度も踏んでいないから、足跡も残っていない。

急いで小屋に入り、さっきまで使っていた腰掛けを暖炉のそばに戻し、昼食の残りと食器を隠し部屋の棚に押し込んだ。そして自分の靴と服も棚にほうり込むと、もう一度外に走り出て、地面にこぼさないよう注意しながら水の容器をいっぱいにした。

騾馬はあのままにしておくしかない。運がよければ、兵隊たちは草地に通じる細道には入らずに、そのまま通りすぎていってくれるだろう。小屋の戸は少し開けておくことにした。そのほうが不審を招かずにすむ気がする。最後に騾馬の鞍の上に麻袋を投げかけると、ヒービーは隠し部屋にもぐり込んだ。

ぎこちなく板をまさぐっていると、手のひらに棘《とげ》が刺さった。「落ち着いて」ヒービーは自分に言い聞かせた。「落ち着いてやるのよ。パズルだと思って」すると、すべての板がぴたりと所定の位置におさまり、横板でしっかり固定された。あとはアレックスのそばにそっと身を横たえるだけでいい。

彼らがここに上がってくるまで、どれくらいかかるだろう？　もぞもぞと体を動かして楽な姿勢をとり、毛布の端を引っぱって、まだ少し湿っている脚を覆う。後ろから寄りそって体に腕をまわすと、アレックスは何かつぶやいておとなしくなった。薄いシャツを通して、たくましい筋肉の感触と体の熱さが伝わってくる。「いい子だからじっとしていてね」ヒービーはささやいた。「しばらくの辛抱だから」

じりじりしながら待っていると、やがて外でかけすがけたたましい鳴き声をあげ、部隊が接近していることを示す物音が少しずつ聞こえ始めた。呼びかわす男たちの声、金属が岩を打つ音、そしてついに、馬具がじゃらじゃら鳴る音とともに、一行は小屋の前のテラスに到着した。

どうせ長居はしないわ。ヒービーは自分に言い聞かせた。小屋のなかを調べ、馬に水を飲ませ、休憩するだけ。それがすんだら行ってしまうに決まっているわ。

小屋の戸がすさまじい音をたてて開いた。ヒービーは小さな悲鳴を押し殺し、身を硬くした。足音が床の上を近づいてきて、誰かが騾馬の鞍にかぶせてあった袋を蹴《け》り落とした。フランス語で何か言っているのが聞こえたが、意味はわからなかった。笑い声があがり、外で誰かが号令をくだした。

外からは忙しげに動きまわる気配が伝わってくる。ふいに、すぐ足元で馬がいなないた。一瞬何が起きたのかわからず、混乱しかけたが、ヒービーはすぐに事態を把握した。隠し部屋の外側に、馬や騾馬をつないでいるのだ。馬をつないでいる？

小屋のなかにふたたびブーツの足音が響き、床にものをほうり出す音、暖炉に薪《まき》をほうり込む音がした。ここに泊まるつもりなんだわ！　ああ、そんな。ああ、お願い。ヒービーは胸のなかで祈った。どうか彼らをここに泊まらせないでください。

12

神からの救いの手はさしのべられなかった。フランスの兵士たちは、どこであれ与えられた場所で休憩するのに慣れた人間特有の、無造作な手際のよさで作業を続けた。唯一の救いは、彼らがかなり大きな音をたてていることだった。

懸命に耳をそばだてるうち、断片的ながらもフランス語の会話を聞きとれるようになった。スペイン《エスパーニョ》い。……かわいい娘《フィーユ・ジョリ》……明日《ドマン》……。誰かが明日会うはずのスペイン人の彼女のことで冷やかされているらしい。ありがたいわ。この小屋を監視の拠点にするわけではないらしい。

ヒービーは膝立ちになり、ぴくりとも動かないアレックスの体の上に身を乗り出すようにして、板の節穴に目を押しあてた。暖炉には火が焚《た》かれ、部屋のぐるりにもカンテラが灯《とも》されている。暖炉を囲むように背嚢《はいのう》が並べられ、数人の男がすわり込んでいた。一人は何かを薄切りにして足元の鍋《なべ》に落とし、別の男は大きなやかんと鉄鍋を火にかけるために、暖炉に横棒を渡そうとしているようだった。

ふいに何人かの男が外から入ってきて、隠し部屋に近づいてきた。外からは見えるはずもないのだが、ヒービーはあわてて仕切りの壁から身を引いた。だが、男たちはどうやら壁の外側を荷物置き場と決め、鞍《くら》や鞍嚢《ぶくろ》を積み上げに来たらしかった。

ヒービーはまたそろそろとベッドに腰を落とした。細心の注意を払って棚の上を手探りし、布に水を含ませて、アレックスの口に垂らす。ついで容器に指を入れて、濡《ぬ》らした指をすすった。こぼすのが怖くて、容器を持ち上げる勇気はなかった。

毛布を持ち上げてその下にすべり込み、また後ろからアレックスに寄りそう。むきだしの脚と脚が触れ合い、ヒービーは裸なのを思い出してどぎまぎした。頬が赤くなっているのに気づき、笑い出しそうになる。いまのアレックスは、ベッドのなかに裸の女が一ダースいても気づくはずがない。そう思うと気が楽になり、ヒービーは肌が触れ合うぞくぞくする感覚と、すねの毛がふくらはぎをくすぐる感触にゆったりと身をゆだねた。そしてアレックスの体に腕を巻きつけると、浅いまどろみに落ちていった。

やがてヒービーは、話し声と物音が大きくなったのに気づいて目を覚ました。どうやら兵士たちが、夕食をとりに小屋に入ってきたらしい。仕切り板の隙間《すきま》から、豆とベーコンと玉葱《たまねぎ》の煮えるにおいがしのび込んできて、からっぽの胃袋をさいなんだ。

そのとき、アレックスがまた何かつぶやきながら、もぞもぞ動き出した。やめさせようとしたが、アレックスはヒービーの腕のなかで向きを変え、寝床のなかで向かい合う格好になった。「ワインを」はっきりした声で低く言う。「赤ワインだ」

「ねえ、いい子だから静かにして」ヒービーはアレックスの口元に唇を寄せてささやいた。

「ワインだ！」さっきより大きな声だった。ヒービーはとっさに手で口をふさいだが、アレックスはうるさそうに頭を振って振りはらった。「亭主！」

ヒービーは苦しまぎれに自分の唇でアレックスの唇をふさいだ。それは効果てきめんだった。アレックスがやさしくキスを返してきて、ヒービーはひとまずほっとした。熱がもたらした酒場の幻想は、じきに消えるだろう。あとはこれをキスだと思わず、片手でぴたりと抱きよせているアレックスの首筋の感触を意識しないようにすればいい。

そろそろと唇を離すと、アレックスがびくっと体を動かし、その拍子にかかとが仕切りの壁にぶつかったようだった。ひどく大きな音がした気がして、ヒービーはびくりと身をすくめたが、騒々しい物音や声にまぎれて、壁の向こう側には聞こえなかったらしい。あるいは聞こえはしたが、外につながれている馬がたてた音だと思われたのかもしれない。

だが、物音は聞きとがめられずにすんでも、英語の話し声はそうはいかないだろう。なんとしてもアレックスを黙らせておかなくては。アレックスの唇が無意識のうちにヒービーの唇を探りあてた。されるがままになっていたヒービーは、極度の不安で気もそぞろで、アレックスの両手が体をまさぐり出しても、すぐには何が起きているかに気づかなかった。

アレックスの手が肩から胸元へとすべり下りた。ヒービーは唇をふさがれたままあえぎ、その手の下からもがき出ようとした。だがアレックスの力は強く、かなりの力を込めないと、振りほどけそうになかった。それに、振りほどいたところで、そのあとはどうなる？　この隠し部屋は、二人入ると窮屈なくらい狭いのだ。ヒービーはまたもがいたが、裸でそんなことをすればアレックスを刺激することになり、かえって事態を悪化させるだけだと気づいた。

いまやヒービーはあおむけに横たわり、アレックスの体の重みを感じていた。彼は本能のおもむくままに、なおも愛撫《あいぶ》の手を動かしつづけている。ギリシャ・ローマ時代の彫像がすべてを教えてくれるわけではないことと、男性の肉体にはほかにも謎《なぞ》があることを、ヒービーは少しずつ悟り始めていた。マルタの家の庭で、よく眠れなかった理由を尋ねたとき、アレックスはなんと言ったっけ？　男の体は途中でやめるようにはできていなくて、いったんキスしてしまえば、そのまま行くべきところまで……。

ああ、アレックス！　こんな形で結ばれるなんてあんまりだわ。かつてぼんやりと夢見たアレックスとの愛の行為とは、あまりにも違いすぎる。ここは人里離れたフランスの山小屋で、壁一枚向こうには敵国の兵士がいて、しかも肝心の恋人は、熱にうかされた夢の世界に住むまぼろしの女を抱いている。

抵抗するわけにいかないことはわかっていたし、心の一部は抵抗することを望んでさえいなかった。だが頭ではわかっていても、男を知らない処女の肉体は容易には屈服せず、ヒービーはアレックスの唇で唇をふさがれたまま、くぐもった苦痛の叫びをもらした。闇《やみ》のなかで、涙が顔を伝い始めた。だがそうしながらも、ヒービーは両手でアレックスの肩をなで、アレックスの脚に脚をからめていた。

「愛しているわ」唇を合わせたままささやく。「アレックス、いとしい人……」すると不思議なことが起きた。痛みとショックと不安にさいなまれ、すぐそばでフランス語の軍歌が響くなか、自分の体がアレックスの動きに合わせて動き始めるのを感じたのだ。しだいに強まっていく官能のうずきにうながされ、ヒービーはいっそうきつくアレックスにしがみついた。彼の愛撫の手が、体のいたるところに火をつける。何か深い感情――いまのヒービーには理解できない感情が込み上げてきた。それとともに、ヒービーは全身が緊張するのを感じた。一瞬遅れてアレックスが体を硬直させ、ヒービーの肩に押しあてた唇からくぐもった叫びをもらすと、がっくりとヒービーの上に折り重なって動かなくなった。

闇のなかに横たわりながら、ヒービーはまるで熱にうかされているような気分だった。壁の向こうの騒々しさも、自分たちがわずか壁板一枚の厚さで死とへだてられているにすぎないことも、咳《せき》一つ、くしゃみ一つ、あるいは一人の兵士の好奇心ですべてが終わってしまうことも、もはやどうでもよかった。うずく体をアレックスの下に横たえたまま、とぎれとぎれにまどろむ。アレックスの体が触れている部分はほてっているものの、足は冷えきって感覚がなかった。ヒービーはいまの出来事を自分がどう感じているのか見極めようとしたが、答えは見つからなかった。

仕切りの向こうはいつしか静かになっていた。男たちのいびきと暖炉の火がはぜる音に、小屋の外ですれ違いざまにとりとめのない会話をかわす歩哨《ほしょう》の声がかぶさる。やがて夜が明けると、男たちはぶつくさ言いながら起き出して動き始めた。

コーヒーのにおいが鼻をくすぐり、ヒービーは生《なま》唾《つば》がわいてくるのを感じた。唾をのみ込むと、干上がった喉が痛んだ。いつになったら出ていってくれるのかしら？　やがて男たちは荷物をまとめ始め、ようやく出発した。ヒービーが不安な思いを胸にじっと息を殺していると、足音は小屋の屋根の上を、さらに騾馬《らば》をつないである小さな草地に通じる細道の前を通りすぎ、そして消えた。

ヒービーはのしかかっている体を力いっぱい押しのけ、アレックスの下から這《は》い出した。震える手で仕切り板をはずし、マントを引きずって隠し部屋を出る。そしてマントにくるまり、床に散乱しているごみを踏まないように注意しながら、足音をしのばせて戸口に向かった。小屋の外はがらんとしていた。

ものを感じたり考えたりする力を完全に遮断したままでヒービーは体を洗い、服を着た。半ズボンの裾《すそ》はくるぶしまで届いたが、ベルトをきつく締めればずり落ちることもなく、スカートより動きやすかった。シャツの裾をズボンのなかに押し込むと、ショールを肩にかけて前で交差させ、背中にまわして端を結ぶ。それから毛布の端をほぐして長い紐《ひも》にし、それで髪を束ねて、ごつい革靴をはいた。この靴も、ようやく足になじんできたようだ。

身支度がすむと、ヒービーは大きく息を吸い込んでアレックスのそばに戻った。アレックスは身じろぎもせずに横たわっていた。額にこぼれたひと房の髪のせいで、妙に少年っぽく見える。「ああ、いとしい人」ヒービーはささやき、手を伸ばして水の容器を取ると、アレックスの顔を洗い始めた。

食欲はなかったが、食べ物を少しだけおなかに入れ、むさぼるように水を飲むと、ヒービーはベッドのそばにすわってアレックスの手を握り、自分の身に起きたことについて考えを整理しようとした。純潔を失った以上、たとえほかに結婚したい相手が現れても、結婚はできないだろう。フランスの山小屋で意識のない男に処女を奪われたという説明を、信じて受けいれる男がいるとは思えない。

そしてアレックスにはすでに婚約者がいる。ふいに悪寒が背筋を走った。昨夜のことは、絶対にアレックス本人に知られてはならない。さもないとアレックスは難しい立場に立たされ、おそらくは私との結婚を選ぶことになる――愛する女性との婚約を破棄するほうが、傷物にした娘を捨てるよりは罪が小さいというだけの理由で。ヒービーはアレックスとの結婚生活を想像してみようとしたが、すぐにきっぱりとそれを脳裏から払いのけた。愛する女性がいながら、しかたなくほかの女を妻にした男との結婚生活だなんて。考えるだけでも耐えられない。

気丈にふるまおうとする努力もむなしく、大粒の涙が浮かび上がり、ぽろりと頬を伝い落ちた。空いたほうの手で涙を拭《ぬぐ》うと、しわがれたささやき声が耳を打った。「泣かないでくれ、キルケ」

「アレックス！　ああ、アレックス！」ヒービーはわっと泣き出し、アレックスの胸に身を投げかけると、力いっぱい抱き締めた。しばらくそうしているうちに病人の肌はしっとりと汗ばんでいて、熱が下がっているのに気づいた。「ごめんなさい」震える声で言って身を起こし、立ち上がって水筒に手を伸ばす。「ほっとしたら涙腺《るいせん》がゆるんじゃったみたい。はい、お水よ。お願いだから飲んでちょうだい」

アレックスが片肘をついて身を起こすと、ヒービーは上体を起こしたままゆっくり水を飲めるよう、まるめた毛布を背中に押し込んだ。だが表情を読まれるのが怖くてアレックスの視線を避けているのに気づき、無理に視線を合わせた。深く落ちくぼんだアレックスの目にショックを受けながらも、ヒービーは震えをおびた笑みを浮かべてみせた。

「かわいそうに」アレックスはかすれた声で言った。「君にとっては悪夢だっただろうな。少しは眠れたのかい？　ここに来てからどれくらいたつ？」

「ふた晩よ。まあ、うたた寝くらいはできたわ。あなたったら本当に手に負えない患者だったのよ。ワインを持ってこいと叫ぶし、水は飲もうとしないし、毛布ははねのけるし」

ヒービーに向けられたアレックスの笑みが、ふいに凍りついた。かっと目を見開いてヒービーを見つめる。頬骨のあたりがじわじわと赤らみ、何か恐ろしいことを思い出したような表情が顔に広がった。

「ヒービー……僕は……僕は君に……いや、いくらなんでもそんなはずは――」語尾をにごし、まるめた毛布にもたれかかる。その目はなおも食いいるようにヒービーの顔を見つめていた。

ヒービーはとっさに心を決めた。「どうしたの、アレックス？　眠っている間に見た夢のことでも思い出した？」そう言って、無理に笑ってみせる。「こんなことを口にしていいのかどうかわからないけれど、誰か女の人と……つまり……キスをしている夢を見ていたみたいよ。とうてい口にできないような寝言ばかり言っているから、両手で耳をふさいで外に駆け出すはめになったわ」

「夢だって？」アレックスの喉がぐびりと鳴った。

「正確には、熱によるうわごとだと思うけど」ヒービーは訂正した。「気にしないで。ちょっとからかっただけ。そんなにショックは受けていないわ」

アレックスはほっとした顔をした。まだ弱っているせいで、彼がいつもの鋭い観察力を欠いていることにヒービーは感謝した。それでもやはり目を合わせるのは気まずいらしく、アレックスはヒービーの肩越しに、仕切りの向こうに視線をさまよわせた。

「おいおい、ヒービー。家事どころではなかったのはわかるが、君はいったい何をしていたんだ？」

ヒービーはアレックスの視線をたどった。「ああ、あれね。あれはフランスの兵隊たちがやったのよ」

昨夜わが身を襲った驚くべき出来事のせいでフランス軍部隊の記憶は薄らぎ、朝の光とともに、たやすく忘れ去られる悪夢の一種に変わってしまっていた。

「フランスの兵隊！」アレックスはもがくように身を起こした。気恥ずかしい夢や空想は、きれいさっぱり吹き飛んだようだ。「ヒービー、ふざけているなら、もう少し元気になりしだい尻をたたくぞ」

「ふざけてなんかいないわ」ヒービーは答え、立ち上がって、部隊が残していったごみを調べ始めた。「昨日の午後遅くなってから、十五人くらいの部隊がやってきて、ここに泊まっていったのよ」

「そして、君はやつらにすてきな夕食を作ってやったというわけか」もう驚く気にもなれないという口調でアレックスが言った。

「まさか。何もかもあなたに言われたとおりにしたわ。自分たちがいる痕跡《こんせき》をすべて隠し、水を確保して隠し部屋にもぐり込み、仕切り板をはめ込んだの。外の部屋がうるさくて、よく眠れなかったけど」ヒービーはまだ温かい灰をつつき、あちこちへこんだコーヒーポットを掘り出した。「見て。コーヒーが残っている」誇らしげに言い、また灰をかき集めてポットを埋め込む。「もっと何か見つかるかも」

「ヒービー、ごみあさりをやめてこっちに来るんだ」ヒービーはしぶしぶベッドのそばに戻った。

「つまり、僕が熱にうかされてうわごとを言うなか、すぐそこにフランス兵が何人もいるのに、君はひと晩ずっとここに座っていたのか？」

「そうよ」アレックスの愕然《がくぜん》とした顔を見て、ただでさえすり減っていた神経がぷつりと切れた。ヒービーはぴしゃりと言った。「ほかにどうすればよかったの？　キルケを気取って出ていっても、魔法で彼らを豚に変えられたとは思えないし」

「どうやって僕を静かにさせておいたんだ？」

「もう大声は出さなくなっていたし、向こうもうるさくしていたから。コーヒーをいかが？」

「コーヒーなんかどうでもいい。ヒービー、僕を見るんだ」アレックスの目に温かい称賛があふれているのを見て、ヒービーは泣き出しそうになった。

「今回の君のような経験をしながら、こうも落ち着いて適切に対処できる男を、僕は一人も知らないよ。

それを冗談めかして話せる男もね」

急に息が苦しくなった。声が出てこない。ヒービーは口ごもりながら言った。「へまをして、せっかく助けてもらった命をむだにしたくなかっただけよ」彼女はアレックスのそばを離れ、コーヒーポットを取り上げた。「いらないなら、私がもらうわ」

振りむくと、アレックスは足を床に下ろし、毛布の端からのぞくそのむきだしの脚を見下ろしていた。「僕を着替えさせるのは、フランス人諸君にお願いしてやってもらったのかな？」

ヒービーはアレックスの後ろの棚から古びたブリキのマグを取り、コーヒーを注《つ》いだ。「私がしたに決まっているでしょう。あんな格好をさせておいたら、治る病気も治らないもの」アレックスがマグを受け取り、おやおやというふうに眉を上げてみせる。「もう、やめてよ！　男の人の裸なんて彫刻で見慣れているもの、珍しくもなんともないわ」

「いちじくの葉はついていなかったはずだが」アレックスがちゃかすように言い、コーヒーをぐっと飲んだ。「おそろしくまずい代物だが、ひと口のコーヒーをこんなにありがたいと思ったのは初めてだ」

いちじくの葉うんぬんについては聞き流し、ヒービーは手をさし出した。「まだ残ってる？　ありがとう。ほんと、ひどい味ね。でも熱いものを飲めるだけでうれしいわ。バケツに水を汲《く》んで熾火《おきび》にかけておけば、ぬるま湯程度にはなりそうね。包帯を取りかえるから、そのあとで体を洗ってちょうだい」

「ズボンを返してもらうまではいやだね。それと、君には外に出ていてもらう」

「ズボンなんかはいたら包帯を巻けないわ」ヒービーは水を入れたバケツを熾火の上にのせると、両手を腰に当ててアレックスをにらんだ。「毛布を腰に巻いて、シャツを脱ぐのよ。それとも怖いの？」

アレックスはにらみかえした。「その言い方——

その目つきと格好も――昔の乳母にそっくりだよ。わかった。あっちを向いていてくれ」

思うように作業がはかどらないらしく、アレックスは小声で悪態をついた。ヒービーは準備がすむのを辛抱強く待ちながら考えていた。昨夜の出来事のおぼろな記憶が、アレックスの自分に対する態度に何か影響を与えているのかしら。どうもそうらしい。かつてヒービーにどんな感情を抱いていたにしろ、アレックスはクラリッサの手紙が届いた時点でそれをねじ伏せ、今回の災難のなかでもヒービーを単なる仲間として扱ってきた。だが、いまのアレックスは、かつてのようにヒービーを女性として強く意識しているようだ。問題は、二人の間に男女の関係ができてしまったことを、どうやって隠すかだ。

バケツを運んできて、古いシーツを細く裂くと、古い包帯をそっとほどく。アレックスの体に腕をまわし、引きしまった胸板に頬を押しつけながら、ヒービーは相手が不自然なほどじっとしているのを感じた。どうやら息をつめているらしい。

奇跡的に、傷口は化膿《かのう》する様子もなくふさがり始めていた。ヒービーは新しい包帯を巻き、ズボンと清潔なシャツと石鹸《せっけん》を渡して小屋の外に出た。すべてすめば声をかけてくれるだろう。

やがてすぐ後ろで声がして、小屋の戸口に立っていたヒービーをぎょっとさせた。「パンはもうこれだけかい?」

「だめよ、寝てなきゃ!」

アレックスは戸口にすがって身を支えていたが、見るからにつらそうだった。濃くなった不精髭《ひげ》の下で、顔が苦痛で引きつっているのがわかる。

「いや。腹ごしらえをすませしだい出発だ。朝食を用意している間に騾馬を連れてきてくれ」

「私が歩いて、騾馬にはあなたが乗るのよ。そうすると約束するまでは、一歩も動きませんからね」

喧嘩腰《けんか》に言われて、アレックスはにやりと笑った。

「約束するとも。だが、この先の登りはきついぞ」

つながれた場所におとなしく立っていた騾馬を連れて山道を下り、鞍をつけると、ヒービーは余分な毛布と水をつめた水筒と残っている食料をすべて取り出して、隠し部屋の仕切り板をはめた。外に出ると、アレックスは鞍にまたがっていた。口のまわりが白っぽく、目を閉じている。ヒービーは端綱を取り、ふたたび山道を上がっていった。何百メートルか進むと、道は二手にわかれていた。一方の道は上に向かい、それよりも幅の広い、昨日のフランス軍部隊の足跡がはっきりとついている道は、山腹をまわり込むように伸びていた。

「上？」アレックスを振りむいて尋ねる。

アレックスは目を開けて微笑し、悲しげな口調で答えた。「上だ」

13

ヒービーはつづら折りの険しい山道を登るのを楽しんでいた。脚にまつわりつくスカートのせいで大股でさっそうと歩くことができずにいた人間にとって、裾《すそ》の広いズボンはまさに天啓だった。二日間も狭い小屋に閉じこもっていたあとだけに、解放感と新鮮な空気がうっとりするほどすがすがしい。体を動かしていると気がまぎれ、足元に注意しなくてはならないので、くよくよと考え込む心配もなかった。

騾馬《らば》は小さなひづめをちょこまかと動かして、危なげのない足取りでついてきた。ヒービーはしばらくの間、ひっきりなしに後ろを振りむきたくなるのを我慢していた。そんなことをして、アレックスに過保護な母親鳥のようにふるまっていると思われたくない。男としての本能と誇りがヒービーの保護者としてふるまうべきだという思いをかきたてるなか、なすすべもなく騾馬の背にゆられているもどかしさは相当なもののはずだが、アレックスは信じられないほど辛抱強くそれに耐えているようだった。

やがて道が鋭く折れ曲がっているところにさしかかった。そろそろ休憩しても罰は当たるまい。ヒービーは振りむき、目の前に広がる絶景に感嘆の声をあげた。「すごいわ！　こんな高いところに登ったのは初めてよ。見て、アレックス。海が見えるわ」

足元には春の花が顔をのぞかせている。山の空気は冷たいため、平地より開花の時期が遅いのだ。

数分後、過保護な態度などとっていないことを見せつけるのはもう十分だろうと判断し、ヒービーはアレックスを見やった。アレックスはマスケット銃を鞍《くら》の前に横たえ、片手でゆったりと手綱を握り、雲一つない頭上の空をのんびりと旋回する猛禽《もうきん》たちを見上げていた。視線を感じたらしく、彼は笑みを浮かべてヒービーを見た。「息が切れたかな？」

「ちょっとね。でもすごく楽しいわ。窮屈な思いをせずに歩きまわれるのって、とても気分がいいのね。イギリスに戻ったら、裾が二つに割れたスカートを流行させられないかしら？　ズボンがこんなに……人を自由にするものだなんて思わなかった」

アレックスはヒービーの奇抜な衣装を真顔で見やった。「社交界のばあさん連中が黙っていないだろうな。だが、田舎に大きな領地を持つ男と結婚するという手がある。そうすれば、どんな格好をして領内を闊歩《かっぽ》しようと君の自由だ」

ヒービーはそそくさと前を向き、山登りを再開した。昨夜あんなことがあった以上、誰にプロポーズされようと、結婚を承諾することはできない。「変わり者のオールド・ミスになって、田舎のコテージでで暮らすという手もあるわよ」ヒービーは精いっぱい軽い口調を装って、肩越しに言葉を投げつけた。

それから一時間、黙々と歩きつづけたところで、アレックスが少し休んで水を飲むよう勧めた。ヒービーはアレックスに先に水を飲ませ、その顔に血の気が戻り、周囲を見渡す目が鋭く油断のない表情をたたえているのを見てほっとした。

「フランス人がいそうなの？」なおも警戒をゆるめようとしないアレックスの様子に不安を誘われて尋ねる。

アレックスは肩をすくめ、マスケット銃を握りなおした。「どうかな。国境の向こう側はジブラルタルのすぐ手前まで連中が押さえているから、ゲリラが活動中だという情報が入らないかぎり、パトロールの必要はない。昨夜《ゆうべ》の部隊に遭遇したのは、よほど運が悪かったんだな。おそらく山腹を移動して、高所から海岸線を監視しているんだろう」

「それじゃあ、国境を越えたからって、いまより安全になるとはいえないわけ？」ヒービーは水筒に栓をしてアレックスに返した。

「いや、はるかに安全だよ。スペインに入れば、フランス占領軍を敵視しているパルチザンの援護が期待できる」アレックスは斜面の上のほうを指さした。「そこでいったん坂がとぎれているのが見えるかい？　あそこまで行ったら、休憩して腹ごしらえをしよう。その先は、いま以上に道が険しくなる」

ヒービーはぐいと肩をそびやかして登りつづけた。大半の友人よりはるかに体を動かすことに慣れているとはいえ、マルタで長距離のぶらぶら歩きをするのと、山麓《さんろく》の丘陵地帯をがむしゃらに登りつづけるのとでは、まったく勝手が違う。顔がほてって汗ばみ、後ろで束ねた髪が風にあおられて目に入った。

ようやくアレックスが指さした地点にたどり着く

と、ヒービーは自然が作り出した岩の踊り場にくずれるように座り込み、上のほうを見まいとした。ここより上では、山の斜面全体が霜に覆われた岩の集まりのように見え、その間を細い山道が、曲がりくねった糸のように頂上まで続いている。

アレックスがひょいと地面に下りたち、ほっとしたようにため息をついて伸びをした。信じられないほどの回復ぶりだ。おそらく、基礎体力と日ごろの健康管理の賜物《たまもの》だろう。アレックスは鞍嚢《ぶくろ》から残りの食料を出してヒービーの横に座り、ベルトにさしたナイフを抜いてパンとチーズを切りわけた。

二人は心地よい沈黙のなかで食事をした。静けさのなか、ひよどりが虹《にじ》色にきらめく翼をひらめかせて舞い下りてきてしばし岩の上で羽を休め、上空で輪を描くのすりの鳴き声がはっきりと耳を打つ。

ヒービーはその声につられて空を見上げ、目に入った髪をいらだたしげに払いのけた。

「見せてごらん」アレックスがうなじで髪を束ねている紐《ひも》をほどき、からまり合った長い髪をそっと指でほぐす気配が伝わってくる。「どうしてこうなったんだ？」アレックスはいぶかしげに尋ねた。「えらく清潔だが、めちゃくちゃにもつれている」

リズミカルな動きが妙に心地よく、ときたま玉になった部分がほぐれずに、ぐいと髪を引っぱられるのも気にならなかった。「髪を洗った直後にフランスの部隊が来たの。テラスの端に座って髪を乾かしていたら、丘を上がってくるのが見えて。それで、もつれたまま乾いてしまったんだと思うわ」

「なるほど。ふむ、まずはこんなものだと思うが、しかし……そうだ」アレックスの指が今度は前よりもてきぱきと動き始め、ヒービーは彼が髪を三つ編みにしていることに気づいた。うなじに触れる指先の感触が、後ろにもたれてアレックスの胸に身を預けたいという願望をかきたてる。そして、アレックスの腕のなかで体をひねって唇を……。

「三つ編みのしかたなんてどこで習ったの？」肉体の声高な要求をぐっと抑え込んで尋ねる。

「馬のしっぽを編むのと要領は同じだよ」アレックスは答え、長いおさげの端を紐で結んだ。「さあ、できた。もう髪が目に入ることはないはずだ」

ヒービーはそそくさと立ち上がった。早く出発したほうがよさそうだ。こうして近々と身を寄せ合い、アレックスの体のぬくもりや指の感触を感じていると、いやでも昨夜のことを思い出してしまう。

「こんどは君が乗るんだ、ヒービー」アレックスが騾馬のそばに立ったまま言った。

「だめよ！　私は元気そのものよ。それに、あなたはまだ当分はおとなしくしていないと」

アレックスは険しく目を細めた。「ヒービー、こっちに来て騾馬に乗るんだ。ぐずぐずするな！」

「いやよ。それと、どならないでちょうだい。私はあなたの部下じゃないんですからね」

「部下でなくて残念だよ。部下なら言われたとおりにするからな」長い間があった。アレックスはぷいとヒービーに背を向け、がらりと口調を変えて言った。「ヒービー、頼むから言うとおりにしてくれ。君があの坂で転んで足を痛めたら、いまの僕には君を抱えて騾馬に乗せる力はない。それが心配で、はらはらしているのがわからないのか？　助けてくれと君に懇願するはめに陥らせないでくれ」

ヒービーは思わぬ言葉に驚き、込み上げてきた嗚《お》咽《えつ》をのみくだした。「私が悪かったわ、アレックス。あなたがそのほうがいいと思うなら、もちろん騾馬に乗るわ。足手まといにはなりたくないもの」弱音を吐かざるを得ないところまでアレックスを追い込んでしまった自分を責めながら、彼女は騾馬に乗った。アレックスは無表情のまま手を貸したが、手綱を拾い、背を向けて歩き出そうとしたとき、人の悪い笑みがちらりとその顔をよぎった。「ベレズフォード少佐！」ヒービーは怒って叫び、騾馬の腹を蹴《け》ってアレックスと肩を並べようとした。「よくも汚い手を使ってだましてくれたわね。卑怯《ひきょう》よ。紳士のすることとは思えないわ！」

「おおせのとおりだ、ミス・カールトン」アレックスは落ち着きはらって答えたが、その声はかすかな笑いを含んでいた。「だが、作戦は成功だ」

ヒービーは全身から非難の色をにじませて、むっつりと黙り込んだ。こんなふうにすねるのは、大人げないとわかっている。だが、なんだか急に疲れてしまったのだ――けなげに明るくふるまうのにも、昨夜のことなどなかったようなふりをするのにも。いまはただ、アレックスの腕のなかで思いきり泣きたかった。そして、それが無理である以上、次善の策はアレックスに腹を立てることだった。

それから一時間、ヒービーは大きくよろめきながら山道を登っていく騾馬の背で、鞍の持ち手にしがみついていた。アレックスの背中をにらみつけ、間違っても心配などしてやるものかとばかりに彼の欠点を数え上げる。だが残念ながら、騾馬も顔負けの頑固さと、クラリッサという名の赤毛の美女に恋をしたこと以外、欠点は一つも見つからなかった。

あまりに唐突に国境の峠に到達したので、ヒービーは騾馬が平坦《へいたん》な地面に立っているのに気づいて驚いた。「この先はずっとくだり坂だよ」アレックスが満足げに言い、騾馬の肩にもたれてヒービーを振りむいた。「そろそろ口をきく気になったかい？」

「とんでもない」ヒービーは硬い声を出した。「あなたのせいで泣きそうになったんですからね」

「嘘《うそ》をついちゃいけないな、ヒービー。君ほど勇敢な娘《こ》が泣いたりするはずがない。行こう。夜までには味方のところにたどり着けるはずだ」

ヒービーは騾馬の脇腹《わき》を蹴り、唇を噛《か》み締めてアレックスのあとに続いた。悪気がないことはわかっている。アレックスは私の勇敢さを褒めることで気分を高揚させようとしただけ。だがその言葉は、意図したのとは逆の結果をもたらしてしまっていた。

ヒービーは強くまばたきをして唾《つば》をのみ込んだ。有能で分別のあるヒービーは、もちろん泣いたりしない。そしてキルケは、何かいやなことがあったら運の悪い船乗りを動物に変えて憂さ晴らしをすればいいのだから、泣く必要がない。でも、私はもう昔のヒービーでもなければ、キルケでもない。ここにいるのは新しいヒービー――傷物になった女だ。報われぬ恋に身を焦がす女で、敵の占領下にある異国にほうり出されたイギリス女。そして、この新しいヒービーは、思いきり泣きたいと思っている。

「待って！」ヒービーが叫ぶと、アレックスが足を止めて振りむいた。「ちょっと下りるわ」

「どうしたんだ？」アレックスが近づいてきて、ヒービーを抱え下ろした。

ヒービーはじろりとアレックスをにらんだ。「この茂みに用があるのよ。かれこれ三時間以上ぶりに、やっと見つけた茂みだもの。利用しない手はないわ」ヒービーはつんつんと棘《とげ》だらけの灌木《かんぼく》の陰に身を隠し、やがて涙をきれいに拭《ぬぐ》い、鼻をかんでから連れのそばに戻った。

道はうねうねと曲がりくねって谷間に続いていた。下りるにつれて道幅が広くなり、岩が減ってきた。ここまで来ると進むのもぐっと楽になり、急な上り坂と格闘していた午前中と比べると、ずいぶんと旅がはかどっている感じがした。山腹の緑も峠のこちら側のほうが豊かで、大きな栗《くり》の木立が、いまや西の空に低くかかっている太陽の光をさえぎって、心地よい木陰を作ってくれている。

「そろそろ着くの？」尋ねると、アレックスは無言で下のほうに手を振ってみせた。見ると、そこここから細い煙が立ちのぼっている。やがて目の前に、二人が進んでいる道と直角に交差する道が現れた。その道は荷馬車が通れそうなくらい幅が広かったが、そちらに入ったとたん、アレックスが足を止めた。

向こうから人の声と車輪の響きが近づいてきた。

「僕に任せろ」アレックスがあわてて言うと同時に、荷を積んだ二台の荷馬車を囲んで歩いてくる集団が視界に入ってきた。

ヒービーは固唾《かたず》をのんで見守った。男が四人に、若い女が二人いる。薪《まき》を集めていたのか、家畜の放牧をしていたのか、一日の仕事を終えて村に戻るところらしい。アレックスは騾馬の首に置かれたヒービーの手に自分の手を重ね、好奇心むきだしの目を二人に向けて近づいてくる一団に視線を据えたまま、静かに道の端に立っていた。

やがて〝アレックス少佐！〟という叫び声があがったと思うと、二人は人の輪のなかにいた。人々は笑いながらアレックスの背中をたたき、ヒービーに笑いかけると、アレックスがなだめるのも無視して早口のスペイン語でまくしたてた。ヒービーは安堵《あんど》がもたらした脱力感のなかで、ぐったりと鞍に座り込んだまま彼らを観察し、好ましいと感じていた。

髪も目も黒く、いくぶんずんぐりした体つきの男たちは、一様にごわごわした毛織りのタイツの上に膝丈の半ズボンを重ね、バックルつきの重そうな靴をはいている。シャツはたっぷりの余裕を持って仕立てられ、その上に着ている革の上着は、袖《そで》なしもあれば長袖もあった。女の一人はヒービーと同じくらいの年齢に見えた。内気そうな髪の長い娘で、裾をからげた飾り気のないドレスの下から、頑丈な靴と埃《ほこり》にまみれたペチコートをのぞかせていた。もう一人の女はいくぶん年かさで、表情豊かな細面をしている。こちらは先頭の荷馬車の御者台に座ってゆったりと手綱を握り、いきいきと目を輝かせてアレックスに笑いかけていた。

興奮して騒いでいた一団がふいにぴたりと口をつぐみ、いっせいに村に続く道を見やった。一瞬遅れて、ヒービーの耳も彼らが聞き取った音をとらえた。いくつものひづめが固い地面を打つ音だ。

「フランス人《ロス・フランセス》だ！」男の一人が言い、あっと思ったときにはヒービーは荷馬車の荷台に座っていた。ズボンの上に麻袋が投げかけられ、かたわらにマスケット銃が押し込まれた。男の一人が自分の帽子をすばやくアレックスの頭にかぶせ、騾馬は荷馬車の後ろにつながれて、一日の労働を終えて家に帰る集団に、疲れた仲間がにわかに二人加わった。

一同はふてくされながらもあからさまな敵意は見せずに脇によけ、少人数の騎馬部隊を率いる隊長は、彼らに鋭い一瞥《いちべつ》をくれただけでさっさと通りすぎていった。一同はふたたび荷馬車を引く雄牛の速度に合わせて歩き出し、ヒービーは荷馬車の枠に頭をもたせかけたまま、疲れはてて眠りに落ちていった。

やがてアレックスにそっと肩をゆすられて目覚めると、荷馬車は教会に面した小さな広場に止まっていた。白壁の家と土地の花崗岩《かこうがん》を使った石造りの家が混在して広場の三方を囲み、広場から四方に伸びる細い道は、遊んだり、鶏《にわとり》や犬を追いかける子供たちでにぎわっている。家々の戸口の前では、老婆たちが座って野菜の下ごしらえをし、男たちが疲れた足取りで家に向かっていた。

「ここは安全な場所だ」アレックスは言い、疲れた目をこすっているヒービーに笑いかけた。「アナと一緒に行け。君の面倒を見てくれる」

「だけどアレックス！」ヒービーはあわてて荷馬車から降りようとしながら言った。年配の女性たちが、ヒービーの服装に驚きの目を向けている。そのうちの一人は十字を切った。「私、スペイン語はぜんぜん話せないのよ！」

「大丈夫。あたしは英語を話せるわ」雄牛を御していた女が言い、荷馬車から飛び降りた。スカートがふわりとひるがえる。三十歳くらいの背が高い女性だった。「あたしはアナ・ウィルキンズ。ミセス・アナ・ウィルキンズよ。兄の家に案内するわ。アレックス少佐の友達なら、誰でも大歓迎よ」

強いスペイン訛《なまり》に、ロンドンの下町訛が混ざっていた。女はヒービーをうながして比較的大きな家の一つに向かいながら、なおもしゃべりつづけた。

「少佐なら心配いらないわ。いま村長と話してる。さあ、ここよ」薄暗く静かな空間が、さわやかな涼風のようにヒービーを包み込んだ。鎧戸《よろいど》は閉ざされ、隙間《すきま》からさし込んだ夕暮れの光がテラコッタの床に縞《しま》模様を描き、大きな暖炉の左右に置かれた樫《かし》材のどっしりした家具の上にもこぼれ落ちている。

「これがあなたのおうち？」ヒービーは尋ねた。「とてもきれいだわ」

「兄のエルネストの家よ。あたしは兄のために家の切り盛りをしてるの。夫が死んだから」アナがドアを開けると、階段が現れた。「お風呂に入る？」

「ええ、ありがとう。ご主人のこと、お気の毒だわ。イギリスの人だったの？」こんな山奥の村で社交的な会話をしているなんて、現実とは思えない。

「そうよ。アリー・ウィルキンズといったの。少佐の部下だったんだけど、マラリアにかかって」アナはヒービーを見た。「少佐も同じ病気にやられて、いまでもたまにぶりかえすみたい。今日も具合が悪そうね」

「ええ、二日間寝込んでたのよ。私たち、フリゲート艦でジブラルタルに向かう途中で海に投げ出されて。アレ――いえ、少佐が私を助けてくれたの」

アナは当然だというふうにうなずくと、階下に向かってどなった。「ドナ！　ちょっとおいで《ベンガ・アキ》！」

　現れた女は早口の指示を浴びせられ、口のなかで何やらつぶやきながら引っ込んだ。アナは目をむいて天井をにらんでみせると、ヒービーを寝室に案内した。大きなベッドは栗材のヘッドボードつきで、白いシーツがふっくらしたマットレスを覆っている。

「お風呂のあと……」アナは衝立《ついたて》の後ろから腰湯用の小さな浴槽を引っぱり出した。「あんたがベッドに入ったら食事と飲み物を持ってくるけど、眠かったら食べずに寝てもいいからね。わかった《シー》？」

　メイドは女主人の帰宅に備えて湯を用意していたらしく、ものの数分後には少年を一人従えて、ふうふう言いながら階段を上がってきた。二人がさげた手桶《ておけ》からは、やわらかな湯気が立ちのぼっていた。浴槽に湯が満たされると、アナは二人を部屋から追い出し、ベッドの足元の衣装箱を開けて、タオルを数枚と、上等だがくたびれた白い寝間着を出した。

「服を脱ぐのを手伝おうか？」

　ヒービーが力なくボタンや紐をまさぐっているのを肯定のしぐさと受け取って、アナはヒービーの服を脱がせ始めた。疲れきったヒービーには恥ずかしいと感じる余裕はなく、これまでの冒険が自分の体に残した爪痕《あと》に思いを向ける余裕もなかった。自分の体が打ち身や痣《あざ》だらけかもしれないと気づいたのは、アナが小さく声をあげ、ヒービーの肩をつかんでよく見えるように向きを変えさせたときのことだった。

「海のなかで、あちこちぶつけたみたいね」ヒービーは自分のすねと腕に視線を落として言った。

「海のせいだけじゃないね」アナは厳しい声で言い、ヒービーの体をまわして姿見の前に立たせた。薄暗いなかでも、二の腕と肩に残った指の痕と、白い腿にできた痣がはっきりと見て取れた。「あんたに乱暴した男は、少佐が殺した。違う《ノー》？」

「違うわ！」

「信じられないね」アナはぴしゃりと言った。「少佐はどういうつもりなんだろう、そんなことを黙ってるなんて。文句を言ってやらないと！」

「だめよ！」せっぱつまった口調に、アナは男の愚かしさを罵倒《ばとう》するのをやめてヒービーを見つめた。

「少佐は知らないの？」ヒービーはうなずいた。

「だけど、なんで？　これは新しい痣だよ。そこのよりも」アナはヒービーのふくらはぎを指さした。

ヒービーは小さな嗚咽をもらしたが、気づいたときには温かい腕にすっぽりと包み込まれていた。

「さあ、アナに話してごらん。誰がやったの、あひるさん？」

あひるさんというばかげた英語の呼びかけに、ヒービーの心はついにくじけた。「アレックスよ。昨夜」ささやくと、ヒービーはわっと泣き出した。

14

「少佐が？　少佐があんたに乱暴したの？」アナは信じられないという口調で言い、ヒービーの肩をベッドカバーでくるむと、ぎゅっと抱き締めた。

「ええ……いいえ。つまり相手はアレックスだけど、彼は自分が何をしてるかわかっていなくて……」

アナはスペイン語で何やらつぶやいてから、怒ったように英語で言った。「これでも男を見る目はあるつもりだったんだけどね」そして、亡夫から学んだとおぼしき強烈な悪態を口にした。「おまけに平気な顔ですましているなんて。さあさあ、あひるさん、泣いたらお風呂に入って、ベッドにお入り。少佐とはあたしが話をつけてあげる。男らしく責任を取らないようなら、兄さんからも話してもらうからね。そうなったら泣くのは少佐のほうよ！」

「だめ！」ヒービーはもがいて、アナの目が正面から見えるようにした。「お願い、何も言わないで。熱でアレックスは何があったか気づいていないの。意識が朦朧《もうろう》としていたのよ」アナのきょとんとした顔を見て、ヒービーはフランス部隊の到着と隠し部屋で過ごした恐ろしい一夜について、つっかえながら語った。「何かぼんやりした記憶はあるらしくて、朝になって探りを入れてきたけど、私が夢だと思い込ませたの」そう締めくくり、タオルで目元を拭《ぬぐ》う。

「だけど、なんで知られたくないわけ？　そうと知ったら、少佐はあんたと結婚するだろうに」

「無理よ。少佐にはイギリスに婚約者がいるもの」ヒービーは肩をすくめた。「黙っていると約束して。お願い、アナ」アナはしぶしぶながらうなずいた。

「ありがとう。お風呂に入ってもいい？」

アナはヒービーがベッドから下りるのに手を貸してくれた。「そばについていようか？」

「ええ」ヒービーはくすんと鼻を鳴らした。「だらしのないところを見せてごめんなさい。こうして女の人と話ができるのって、すごくほっとするわ。アレックスもよくしてくれたけど、彼は男だから」

「そりゃそうだ」アナはにこりともせずに言うと、石鹸《せっけん》をスポンジにこすりつけて泡立て始めた。

ヒービーは頭が枕《まくら》に触れると同時に眠ったが、やがて〝アレックス！〟と叫んで目を覚ました。部屋は暗く、ベッド脇《わき》の蝋燭《ろうそく》の明かりのなかで、窓辺に座っていたアナがあわてて近づいてくるのが見えた。アナに手を握られ、スペイン語で静かに語りかけられているうちに、まぶたが重くなってきて、ヒービーはふたたび眠りに落ちた。

目が覚めると部屋には誰もおらず、半開きの鎧戸《よろいど》から光が流れ込んでいた。広場からただよってくる喧噪《けんそう》が心をなごませる。服はどこだろうと思いながら身を起こしたとき、階段に重い足音が響いてドアが開いた。昨日の年配のメイドが、相変わらずぶつぶつ言いながら、盆を持って入ってきた。

ヒービーはわずかばかりのスペイン語の知識をかき集め、思いきって言ってみた。「ブエノス・ディアス、セニョーラ」

メイドはじろりとヒービーを一瞥《いちべつ》して挨拶《あいさつ》に答えたが、メイドの抑揚たっぷりな発音を聞いて、ヒービーは自分の発音がまったくなっていないことを思い知らされた。盆を受け取り、〝ありがとう〟と言ってみようかと思ったが、やめたほうが無難だと判断し、微笑してうなずくだけにした。老婆は来たとき同様、重い足音を響かせて出ていった。

老婆からヒービーが起きたことを聞いたらしく、数分後にアナが現れた。両腕に衣類を抱え、くっきりした黒い眉の間にしわを寄せている。

「おはよう、アナ。どうかしたの？」ふいに不安に襲われ、ヒービーは盆を脇に押しやって立ち上がろうとした。「まさかアレックスに話したわけじゃないわよね……例のことを？」

「約束したからね」アナは答え、ベッドの裾《すそ》に衣類を置いた。「だけど、あんたたちの旅の話はしてみたわ。たしかに少佐は覚えていないみたいね。若いお嬢さんにとって、男と二人きりでここにたどり着くのは大変だっただろうねと言ったら、少佐はそのとおりだと答えたわけ。だから、あんたが一緒でよかったね、少佐、でなきゃあの子はフランスの犬野郎どもにおもちゃにされてたよ、と言ったら、少佐はまったくだと言ってから、だけど自分は病気になってあんたに怖い思いをさせたし、肝心の夜にはあんたを守ってやることができなかったのに、あんたはとても勇敢で落ち着いてたとつけ加えたの」

アナはスカートを一枚ずつ広げ始めた。

「だから言ってみたわけ。ああいうちゃんとしたイギリスのお嬢さんが、妹みたいに扱ってくれる男に助けられたのは幸せだったって」アナはヒービーに眉を上げてみせた。「そしたらね、少佐は赤くなったのよ。そういうの、なんて言うんだっけ？」

「紅潮する？」

「そう、その紅潮よ。それも、悪いことをした男がぎくっとした感じじゃなくて、心のなかでいけないことを考えた男がどぎまぎしてる感じの。だから、もう少佐に腹は立ててないわ。ただ心配なだけ」

「心配？」ヒービーはききかえした。「何を？　時間がたてばたつほど、アレックスはますますあれは夢だと思い込むようになるわ。まあ、きれいなスカート。そのうちのどれかを貸してくれるの？」

「そうよ。どれでも好きなのを選んで」アナは白い木綿の長靴下をベッドに並べると、なかば独り言のように言った。「心配なのは少佐の記憶じゃないんだけどね。でもまあ、なるようにしかならないし、もうしばらく様子を見るしかないね」

顔を洗って着替えるように言うと、アナは出ていった。ヒービーはアナの謎《なぞ》めいた言葉に首をひねったが、やがて肩をすくめてベッドから出た。立ち上がったところで、体ががちがちにこわばり、あちこちが痛むのに気づいてぎょっとする。全身の打ち身がいっせいにうずき出したように感じられ、脚の筋肉は、昨日酷使されたせいで激しく抗議していた。

それでも湯で顔を洗い、清潔な服を着るのはうれしかった。長靴下をはいて赤い靴下留めをつけ、たっぷりしたペチコートをはく。次はピンタック入りのシュミーズと、袖《そで》がふくらんだ白い木綿のブラウスだ。ヒービーは濃い青地に細い赤の縦縞《たてじま》が入ったざっくりしたスカートを頭からかぶり、ふわりと広がったスカートの裾からくるぶしが少しのぞいている様子をまんざらでもない思いでながめた。あとはブラウスの上に重ねる半袖の上着とショールが一枚。このショールはたぶん頭にかぶるのだろう。

アレックスがそっともつれをほぐしてくれたことを思い出しながら、髪をほどいて編みなおす。ずっしりと背中に垂れたなめらかな三つ編みに、わずかばかりの巻き毛が顔を縁取っている。鏡のなかから見返す顔は、以前とは少し違っていた。うっすらと日焼けし、痩《や》せたせいで頬骨が目立ち、禁欲的な髪型が広い額と灰色の目を際立たせている。いまの私を見たら、お継母さまはどう思うかしら？　そう思ったとき、いまごろセーラが苦しんでいるはずだと気づき、ヒービーはにわかに込み上げてきた不安を懸命にねじ伏せなくてはならなかった。

ショールを持って階下に下りると、居間はがらんとしていた。玄関のドアを開けて外をのぞく。日陰にテーブルとベンチが置かれ、アレックスが数人の男と話をしていた。アナもそばに立っている。

ヒービーが近づいていくと、アナが振りむいた。男たちも立ち上がり、珍妙な英単語を織りまぜたスペイン語で挨拶をしてくれた。ヒービーが笑みを浮かべ、再度スペイン語の挨拶に挑戦すると、さっきより好意的な反応が返ってきた。男たちは立ち去り、ヒービーとアレックスとアナがあとに残された。

アレックスは長い間、まじまじとヒービーを見つめた。「ヒービー、今日の君は――」

「〝すてき〟だなんて言ったら」ヒービーは釘《くぎ》を刺した。「金切り声をあげるわよ」

「今日の君は魅惑的だが、なんだかいままでと違うと言おうとしたんだ」アレックスは小首をかしげてヒービーを見つめた。食いいるような視線を向けられて、ヒービーはちょっぴり身じろいだ。

「そう？　日焼けしたのはわかっているけれど。お継母さまはきっと、かんかんになるわ」

「いや、そういうことじゃない。君はいまでもキルケだが、ただ……ひと足飛びに大人のキルケになったみたいだ」

「キルケ？」アナが割り込んできた。「誰よ、そのキルケって？　この娘《こ》が大人っぽく見えるのは痩せたからよ、きっと」

「うん……」アレックスはあいまいに言って立ち上がった。そして前に船の上でしたように、両手でヒービーの顔を包み、親指で頬骨をなぞった。「きっとそうなんだろうな。目がずいぶん大きく見える」

アナがわざとらしく咳《せき》払いをし、その一幕に終止符を打った。アレックスは無表情なまま腕組みをし、ヒービーはショールを頭にかぶって、端を結ぶのに没頭しているふりをした。「あたしたち、いつ出発するの、少佐？」アナがきびきびした口調で言った。

「準備はすっかりできているわ」

「出発？」

ヒービーの問いに、アレックスの声が重なった。

「あたしたち？　誰のことを言ってるんだ？」

「あたしとあんたとヒービーよ」アナは簡潔に言った。「あたしが一緒に行って、三人でうまく話を合わせれば、ヒービーのお母さん《マドレ》はあたしが最初からあんたたちと一緒だったと思い込むわ。二人きりじゃなかったってことにしとけば、あんたはヒービーと結婚しないですむんでしょう。違う《ノー》？」

アレックスは鋭くヒービーを見やった。「なるほどね。それについてはヒービーの意見も聞く必要があるが、君が都合よくフランスの海岸につったっていたなどという話で、ヒービーの母上を納得させられると思っているんじゃないだろうな？」

アナはじろりとアレックスをにらんだ。「決まってるでしょう、ばかね。だけど、どんなにうるさいことを言う母親だって、海に落ちたとか海岸に打ち上げられた直後とかに、あんたが女の子の……ええと、なんだっけ？　そうそう、貞操を傷つけるとは思いやしないわ。だから、こんなのはどう？　あんたたちはスペインの海岸に流れついたことにするの。意識がなかったことにするのがいいわね。そこにあたしの知り合いの農夫が通りかかってあんたたちを助け、少佐だと気づいてゲリラに連絡した。それであたしが駆けつけたってわけ」

アレックスは目をなかば閉じるようにしてアナとヒービーを見比べた。「もう少し手を加えれば使えるかもしれないな。だが本当にいいのか、アナ？　まったく危険がないとは限らないんだぞ」

アナはこばかにするように手を振った。「いい気分転換よ。ヒービーの面倒も見られるし、ジブラルタルでいかしたイギリス人下士官が見つかるかもしれないし。かわいそうなアリーが死んでからもうだいぶたつし、あの人のことはいまも忘れられないけど、もう一度結婚するのもいいと思うのよね」

「どう思う、ヒービー？　君の母上は信じるかな？　それに、君自身は作り話をするのに抵抗はないかい？」

「ほかにはどんな選択肢があるの？」ヒービーは意地の悪い口調になるまいとしながら尋ねた。

「事実をありのままに告げることだ」

「そうなると、サー・リチャードはあなたに私との結婚を要求するでしょうけれど、あなたはレディ・クラリッサと婚約している。ややこしいことになるのは確実ね」アレックスが何か言おうとするのをさえぎって、ヒービーはぴしりと言った。「それに、結婚するなら、私は恋愛結婚をしたいの」

「では決まりだな」アレックスはそっけなく言った。「ただし十分な口裏合わせが必要だが」そう言ってよれよれの帽子を頭にのせ、すたすたと広間を横切っていった。「あと三十分で準備をすませる」

「はっ！」アナはアレックスを見送って言った。

「これだから男って！　あんたは少佐の……」片手を宙で振りまわす。「だめ、言わないで。これも英語の練習よ。ええと、少佐のおこりじゃなくて誇りだ。あんたはね、少佐の誇りを傷つけたのよ。これで少佐はジブラルタルに着くまで機嫌が悪いわね。ちょうどいいわ。あんたに腹を立ててれば、あんたがどんなにいい女かとか、どんなにあんたが欲しいかなんてことは考えないだろうから」

「アレックスが愛しているのはレディ・クラリッサ・ダンカンよ。私じゃないわ」

アナは鼻を鳴らした。「だけど、ここにいるのはあんたで、少佐は男だもの。おいで、ヒービー。荷造りしながら、キルケって誰なのか教えてよ」

かなりくたびれた旅行かばんを二つ持って広場に戻ったときにも、アナはまだキルケにこだわっていた。そして、二つのかばんを荷馬車にほうり込んで言った。「だけど、少佐はなんであんたが魔女に似てると思ってるわけ？　ずいぶんな言い草だと思うけど」

「キルケはあなたが考えているような魔女じゃなくて、魔性の女なのよ。魔法の力で男をまどわす……つまり、男の心を奪ってしまう女だわ」

「いい言葉ね、魔性の女か」アナはその言葉を、舌の上で転がすように発音した。「どうやって魔性の女になったのか教えてよ、ヒービー。かっこいい下士官を見つけたら、あたしも試してみるわ」

「あなたは、何も習う必要なんてないわよ」アナが黒い瞳をきらめかせ、色っぽく腰をゆらして歩くのを見て、ヒービーは笑いながら言った。

「何を笑ってるんだ？」アレックスが二人に合流し、籠《かご》に入れた食料品を荷馬車に積み込んだ。

「男たちのこと」二人の女は声をそろえて答えた。

のちに振りかえると、徒歩でジブラルタルを目指した日々は、ヒービーにはまるで物語のなかの出来事のように感じられた。夢のなかにいるような、靄《もや》に包まれた日々。三人はひたすら歩きつづけた——緑の農地や埃《ほこり》っぽい平原を通り抜け、ピレネーと比べるとただの丘のように感じられる峰を越え、雪解けで増水した川にかかる古い橋を渡って。

ときどきフランス軍の部隊に遭遇したが、畑から畑に移動中の、あるいは隣村に向かう途中の農民という三人の偽装は真に迫って見えたらしく、問いただされることは一度もなかった。アレックスは友人、もしくは友人の友人の家に宿を求め、ヒービーのスペイン語の語彙《ごい》は少しずつ増えていった。

だが、なぜかアレックスと二人きりになる機会はなく、話すのもありきたりなことばかりだった。危険だとわかっていても、かつての親密感が恋しかった。驢馬《ろば》の横を歩きながら、ヒービーは自分に言い聞かせた。どうせじきに会えなくなるのだから、早めに別離に慣れておいたほうがいいのだ。

その夜、ヒービーはふらりと外に出た。その夜の宿を提供してくれたのは、アナの遠縁に当たる大家族だった。アナは生まれたばかりの赤ん坊に夢中になり、アレックスは村長や主だった住人たちが詳細に語る、イギリス軍との前線に近いこの地域でのフランス軍の動きに耳を傾けていた。ヒービーは一人取り残されたような、落ち着かない気分になった。このままここにいたら、ふたたびアレックスの腕に抱かれることを願いながら、寝るまでずっとアレックスを見つめつづけることになりそうだ。

彼女は川の湾曲部に打ち上げられた大きな流木を見つけて腰を下ろし、水面を飛びまわって虫を捕るつばめをながめた。あたりは静かで、ヒービーはアレックスのことを考えながら、とろとろとまどろんだ。アレックスへのうずくような思い。それを断ち切るだけの強さが欲しい。彼はまもなくイギリスに戻り、愛する人と結婚して家庭を築くのだ。こんな気持ちを持つのは間違っているし、危険でもある。自分の恋心やあの夜の出来事をアレックスに知られることは、決してあってはならないのだから。

背後で足音が響き、ヒービーははっとしてまどろみから覚めたが、あわてて立ち上がった拍子に片足が川にはまってしまった。アレックスが飛んできて、ヒービーを河原に抱え上げた。その顔には、ヒービーの災難をおもしろがるような笑みが浮かんでいる。

「ヒービーはアレックスの腕のなかにいるのに気づき、あわてて体を離した。柳の枝につかまって濡《ぬ》れた靴を脱ぎ、何度も振って水を切る。こうして二人きりで夕暮れの光のなかにいると、アレックスのたくましさと美貌《びぼう》があらためて強く胸に迫ってくる。ゆったりした麻のシャツ、長い脚をぴったり包むズボン、一日置きにしか剃《そ》らないせいで黒々としている不精髭《ひげ》。すべてがアレックスの力強く優美な肉体と、完璧《かんぺき》に整った厳しい顔立ちを際立たせていた。

たじろぐほど強烈な欲望の波が込み上げてきて、ヒービーは思わず視線をそらした。目が合ったら胸のうちを読み取られそうで怖かった。

「ヒービー？　どうしたんだ？」

「なんでもないわ！　だからほら、ちょっと驚いただけ。白昼夢にふけっていたら急に足音がしたから、ついびくっとして」ヒービーは身をかがめて靴をはき、ことさらに念を入れて紐《ひも》を結んだ。

「悪かった。脅かすつもりはなかったんだ」ヒービーが身を起こすと同時に、アレックスが一歩足を踏み出した。ヒービーは反射的に流木の後ろにまわり込み、横倒しになった木をへだててアレックスと向かい合った。アレックスが眉間《みけん》に軽くしわを寄せてヒービーを見た。「ヒービー、僕は何か君の気に障るようなことをしたかい？　ここ何日か、ずっと避けられている気がするんだが」

「やだ、違うわよ。そんなんじゃないわ」落ち着くのよ。ヒービーは厳しく自分を叱《しか》りつけた。「ただ、あなたとはもう少し距離を置いて接したほうがいいんじゃないかと思って。だってほら、もうじきジブラルタルだし、私たちが親密な……親しい関係だという印象を持たれたらまずいから」

アレックスはヒービーを見つめたまま、流木にもたれて腕を組んだ。「他人行儀な態度に切りかえるのは、ジブラルタルが見えてからでも間に合う。いまから練習する必要があるとは思えないな」

彼女は形勢が不利なのを感じた。「でも、やっぱりいまから慣れておいたほうがいいと思うのよ。あなたは婚約しているし、最近の私たちは少し……」

「親密にふるまいすぎだったと？」アレックスがそっけなく助け舟を出す。

「親しげに、よ」ヒービーは言いかえした。

「いいだろう。これからは、お互いに退屈な夜会で紹介されたばかりのようにふるまおう。もっとも、僕が君の母上なら、逆に何かあったんじゃないかと勘ぐりたくなるだろうな。二人の人間が一緒に異国の海岸をさまよえば、多少は相手に親近感を抱くようになるのが自然だ。だがまあ、母上のことは君のほうがよく知っているだろうから」

そこまで言っていないわ、とヒービーが反論しようとしたとき、アレックスが続けた。

「異国の海岸といえば、アナはやけに熱心にお目付《デュエ》け役《ンナ》を演じているな。何を考えているのやら。君たち二人は、僕が隙《すき》あらば君に襲いかかって悪さをするとでも思っているのか？」

ヒービーの頬がみるみる薔薇《ばら》色に染まるのを見て、アレックスはふいに口をつぐんだ。

「悪かった！　赤面させるつもりはなかったんだ。

だけどわかってほしいな、ヒービー。僕が君をいまいましいほど魅力的だと思っていることは事実だが、君の名誉を傷つけるようなまねは絶対にしない。それは約束できる」

襲いかかるうんぬんという露骨な言葉に思わず息をのんだヒービーの頭に、やがてアレックスの言葉の後ろ半分がじわじわと染み込んできた。「いま、私が〝いまいましいほど魅力的〟だって言った？」問いつめる口調で言う。

「そうか！　そういえば、この冒険が終わったら、悪い言葉を使ったことを謝罪する約束だったな」アレックスは片手で髪をかき上げ、苦笑しながらヒービーを見やった。「ああ、たしかにそう言った。だが、同じことは前にも何度か言ったはずだ」

「前のときは、私が〝魅惑的〟で、〝人をひきつける力がある〟とは言ったけど、〝魅力的〟とは言わなかったわ」用心をかなぐり捨てて彼女は指摘した。危険を承知で、言わずにはいられなかったのだ。「同じことだよ」

「違うわ。人を引きつける力があるというのは、子猫や赤ん坊を形容するときにも使う言葉よ」

アレックスがもたれていた流木から身を起こした。じっと見つめられて、ヒービーの胸の鼓動が高まった。「子猫だなんて思っていないよ、ヒービー。小さな山猫ならともかく、子猫とはね。イギリスに戻ってよき家庭人になっても、君を完全に忘れることは決してないだろう。君は魔性の女だからな」

ヒービーは息が止まったように感じた。さらりとかわして立ち去るべきだとわかっていたが、彼をぴたりと見つめたまま、その場を動けなかった。アレックスが一歩近づいてきた。ふと気づくと、ヒービーの足も吸いよせられるように前に出ていた。あと一歩前に出れば、アレックスの腕のなかだ。

15

「ヒービー！」アナの声が呪縛《じゅばく》を破り、ヒービーは体ごと横を向いた。顔が真っ赤になっているのがわかった。「ヒービー、どこにいるの？」

「ここよ、アナ」土手を駆け上がり、手を振って合図をする。「アレックスと話しているだけ」

アナは鋭い目で二人を見比べ、ヒービーの腕を取って家に戻り始めた。「もう寝る時間よ。明日は前線を越えてイギリス領に入るんだし、頭をはっきりさせとかないと」そう言って、戸口で足を止めようともせずに階段に向かう。「おやすみ、少佐」

「おやすみ、アナ。おやすみ、ミス・カールトン」

寝室に入ると、アナはカンテラの火を強くしながら、問いかけるように眉を上げた。「ミス・カールトン？　あんたたち、喧嘩《けんか》でもしたの？」

ヒービーはのろのろと上着の紐《ひも》をほどいた。「アレックスは私が他人行儀だと思っているのよ」アナはきょとんとした顔をした。「堅苦しくてよそよそしいって。あなたがぴったり私にくっついているのは、自分が何か私に身の危険を感じさせるようなことをしてしまったせいだと思ったみたい。だから、そうじゃないと言ったのよ。ジブラルタルに着いたとき、あまり親しげに見えないように気をつけたほうがいいと思っているだけだって」

「それで？」

「そうしたらアレックスが何か……私が魅力的だというようなことを言って、それで……ああ、アナ。何が起きたのかわからないわ。とにかく気がついたらアレックスと見つめ合っていて……」

「それで少佐を愛してると気づいた？」アナはあっ

さりと言い、スカートをたたんで椅子に置いた。

「もうとっくに気づいていたわ」ヒービーもあっさりと答えた。「マルタにいたときに。でもありがたいことに、アレックスにそれを悟られるようなことを言ったりしたりする暇がないうちに、レディ・クラリッサの手紙が届いたのよ」

「それで、少佐のほうは？」

「レディ・クラリッサを愛しているわ。でも、あなたがいつか言ったとおり、ここにいるのは彼女ではなく私で、アレックスは男よ。そして、彼はどうやら私を魅力的だと思っているみたい。そんな人はいままで一人もいなかったのに」

「えっ《ケ》？」アナは驚いた顔をした。「一人も？　なんでまた？」

ヒービーは靴下を脱ぎながら肩をすくめた。「平凡な娘だったからよ。いまでも平凡だけれど、アレックスといるとそうじゃない気分になれるの。それまでの私は、友達にするにはいいけど、とくに光るところもなければ魅力もない、感じがいいだけの娘だったのよ。みんな私に悩み事を相談するだけで、私にも胸に秘めた悩みがあるとは思ってくれなかった。お継母さまはしょっちゅう、私が美人じゃないことを嘆いているし」

アナは何やら複雑な、いかにもスペイン語っぽい言葉を口にした。「ばからしい。あんたの母親の横面を引っぱたいてやりたいわ。何もわかってないくせに！　どんな女性だか想像がつくわね。金髪で、背が低くて四十歳くらいでぶくぶく太ってくるタイプね。上品ぶった笑い方をする骨なしくらげ。違う？」辛辣《しんらつ》な描写に笑いをこらえているヒービーを、アナはにらみつけた。「よく聞いて！　あんたは骨なしじゃないし、魅力もある。それに感じがいいだけじゃなくて、愛してくれる男ができると美人になるタイプよ。とくに――」いたずらっぽく目をきらめかせて続ける。「彼氏に抱いてもらうとね」

「だけど、アレックスと私がそういうことをするのは間違っているのよ」ヒービーはベッドにもぐり込み、掛けぶとんを引き上げた。「アレックスにはほかに好きな人がいて、その人と結婚するんだもの。それに、男性がある女性を抱きたいと思ったからって、その人を愛しているとは限らないでしょう？」

「残念なことにね」アナはため息をつき、ヒービーの隣にもぐり込んで明かりを吹き消した。「困ったことに、男っていうのはみんな――」誰と話しているかに気づいたらしく、アナは途中でやめた。「おやすみ、ヒービー。主のおぼしめしがあれば、明日はおっかさんに会えるわよ」

翌日もそれまでの日々と同じように過ぎていき、ヒービーには自分たちの旅がついに終わろうとしていることが信じられなかった。だが昼が近づくにつれて、アナの緊張した様子とアレックスの鷹《たか》のように鋭い目つきのせいで神経が敏感になってきて、角を曲がったとたんにイギリスの騎馬部隊と鉢合わせしたときには、驚きのあまり声をあげそうになった。

アレックスが騎馬隊の若い指揮官と話をしている間、ヒービーはアナにきつく手を握られたまま、荷馬車のそばに立っていた。二人とも小声で話しているので話の内容は聞こえなかったが、相手の士官は何度かヒービーのほうに視線を向け、アレックスの話に耳を傾けながら、何度もうなずいた。

やがてアレックスは戻ってきた。ヒービーが今日初めて見る笑みが、その顔を輝かせていた。「オーデイシャス号はあれ以上の死者を出さずに入港を果たした。君の母上もサー・リチャードもご無事だが、お二人とも君のために喪《うず》に服しておられる」ヒービーがアナの肩に顔を埋めて泣き出すと、アレックスは口をつぐみ、ヒービーがどうにか気持ちを落ち着けて濡《ぬ》れた目で笑いかけるまで待った。「ファージング中尉が使者を走らせて君の到着を知らせると言ってくれている。そこで相談だが、母上はどちらをお喜びになるかな――少しでも早く他人から吉報を聞くのと、多少遅くなっても、まずは君の無事な姿を見るのと」

「早く知らせてほしいわ」逆の立場だったら、私なら絶対にそのほうがいい。ヒービーは結論を聞くために少し馬を寄せてきた士官に向きなおった。「ファージング中尉、そうしていただければ、とてもありがたいですわ」

中尉はヒービーに敬礼し、部下の一人に命じた。「サー・リチャード・レイサムにお会いして、義理の令嬢ミス・カールトンはご無事であり、信頼できる連れとともに二時間以内にそちらに到着されるとお伝えしろ。レディ・レイサムには、サー・リチャードの所在を把握できなかった場合のみ接触して、その際も、用件をお知らせする前に必ずメイドのつき添いを求めるよう。予期せぬ吉報は、ときに凶報に劣らぬ衝撃をもたらすものだからな」部下は命令を復唱し、馬を駆って去った。「護衛として部下を一人おつけします、少佐。残念ながらお三方全員に馬をお貸しする余裕はありませんが、この先の道はきわめて安全です。ピーターズ！ 少佐とお連れの方々を町までご案内しろ。ではお嬢さん、無事のご帰還にお祝いを申し上げます」

継母の無事を知ったいま、ヒービーには安全地帯までのわずかな距離が、はてしなく長いものに感じられた。あの騎兵はいつごろサー・リチャードに会えるだろう？ 悪夢のような航海と、継娘を失ったショックは、継母の健康状態にどんな影響をおよぼしているだろう？

ヒービーはアレックスに話しかけ、それらの疑問をぶつけてみたかった。どれもアレックスには答えられるはずのない質問ばかりだが、話をするだけで心が慰められるに違いない。だが、アレックスは一歩進むごとに冷ややかに、よそよそしくなっていくようだった。初対面のときに感じたあの修道士めいた雰囲気がふたたび顔を現し、その後の日々のなかでヒービーが知るようになったアレックスを遠くに追いやってしまったかのように。

先触れの使者は無事に任務を果たしたらしく、城門に着くとすでに馬車が待っていた。馬車はヒービーの両親の宿舎がある総督邸に向かうようだったが、ヒービーは頭が麻痺《まひ》したようになっていて、車窓の外の町並みもまったく目に入らなかった。

途中でアレックスが何か言いかけたのは、ぼんやりと覚えていた。そして、アナがぴしゃりとこう言ったことも。〝いまはやめて。この娘《こ》に必要なのは母親よ〟やがてどこかの石段の下で馬車が止まり、扉が開いた。馬車から降りるか降りないかのうちに、ヒービーは泣きながら駆けてきたセーラに、息ができないほど強く抱き締められていた。

それからどれくらいたったのか、ふと気づくと、ヒービーは継母と一緒に優美な居間に座っていた。セーラはまだ喪服姿で、ハンカチで目を拭《ふ》くのと、ヒービーにキスをするのと、かたわらに立って再会した母娘《おやこ》に笑いかけている夫の手を握り締めるのを、かわるがわるくりかえしている。

ヒービーは誰かが握らせてくれたらしいグラスからワインをたっぷり飲むと、周囲を見まわした。「アレックスとアナの姿はどこにもなかった。「アレックスとアナの姿はどこにもなかった。

……少佐とミセス・ウィルキンズはどこ?」

「ベレズフォード少佐は外よ。家族水入らずのほうがいいだろうからって。本当に思いやりのある人ね。でも、ミセス・ウィルキンズというのはどなた?」

「ミセス・アナ・ウィルキンズよ。私たちを助けてくれたスペイン人女性だわ」それでもまだセーラがきょとんとしているので、ヒービーはさらに言葉を継いだ。アレックスやアナの話と矛盾が生じないよう、気をつけなくては。「ベレスフォード少佐の部下だった下士官の未亡人で、スペインのパルチザンとつながりがあるの。海岸に打ち上げられたあと、こちらに向かえるようになるまで、二人ともずっとアナのお兄さんの家にお世話になっていたのよ」

　セーラが食いいるような強い視線を向けてきた。

「そうすると、その人はずっとあなたのそばにいて、いわばお目付け役をしていてくれたわけ？」

「ええ、そうよ。スペインでの初日からずっと」ヒービーは答え、指をからめて魔よけのおまじないをした。「流れ着いたのがスペインで助かったわ。少佐はあの国のゲリラを大勢知っているのよ」

「ああ、よかった！」セーラがほっとしたように目を閉じた。「さぞかし怖い思いをしたでしょうね、ヒービー。そのミセス・ウィルキンズだけど、ちゃんとした人なんでしょうね？ つまり……まさかとは思うけど、軍人相手の商売女ということはない？」

「ひどいわ！」ヒービーは憤慨して言った。「もちろんちゃんとした女性よ。お兄さんはイギリスでいう独立自営農民《ヨーマン》階級の人だし、不道徳なことは家族が許すはずがないわ。今回だって、ベレスフォード少佐にぜひ私のお目付け役として同行してほしいと言われて、ここまでついてきてくれたのよ」

　セーラが夫とちらりと視線をかわすと、サー・リチャードはうなずいて戸口に向かった。「すぐ戻るよ」部屋の外で男たちの声がしたかと思うと、すぐに遠ざかった。サー・リチャードはアレックスとざっくばらんな男同士の話をしているのに違いない。もちろんアレックスは、二人が流れ着いた地点についての話題以外なら、すべての質問にみじんの後ろめたさも感じずに答えることができるはずだ。

「それで、お継母さまは大丈夫なの？」ヒービーは気づかわしげな顔で尋ねた。「オーデイシャス号ではとても具合が悪そうだったけれど。それに私、船が沈没したんじゃないかと心配でたまらなかったわ」

「もうなんともないわ」セーラは請け合った。「サー・リチャードはね、嵐《あらし》が少しおさまって私の頭がまともに働くようになるまで、あなたの事故のことを黙っていてくれたのよ。二人とも、あなたが陸に打ち上げられた可能性に一縷《いちる》の望みを託そうとしたわ。それに、波にさらわれたときにベレズフォード少佐が一緒だったというから、それだけでも多少は希望を持てる気がしたし」

「少佐はすごかったわ」ヒービーは熱を込めて言った。この際、アレックスに恋心を抱いているのではないかと疑われても構わない。彼が命を救ってくれたことを、みんなに知ってほしかった。「私一人なら、きっとひとたまりもなく溺《おぼ》れてたわ」

セーラはハンカチで目元を押さえた。「そうでしょうね。本当にすばらしい青年だわ。これで少佐があなたと――」言いかけて口をつぐむ。「いまさら言ってもしかたがないわね。きっとレディ・クラリッサは少佐にお似合いの女性なんだろうし」

「それで、マリアは？」ヒービーは尋ねた。理想的なレディ・クラリッサの話などしたくない。

「あの娘ったら！」セーラはうんざりしたように言った。「船酔いしたのはしかたがないけれど、今度はホームシックだから家に帰りたいと言い出してね。そのくせ、いざ船を見ると、とたんに泣き出すの。サー・リチャードは、メイン・マストに縛りつけてでも次のマルタ行きの船で帰すと言っているわ」

サー・リチャードがくつろいだ笑みを浮かべて戻ってくると、安心しろというふうに妻にうなずいててみせた。アレックスと話してほっとしたらしい。

「少佐はどちらに？」セーラが尋ねた。「まだきちんとお礼も言っていないわ。あれほどの勇気と心配りに、十分に感謝できるはずもないけれど」

「将軍に報告をしに行ったよ。しばらく忙しくなるはずだ。何日間もスペインを旅して、あちこちのゲリラからどっさり情報を得ただろうからな」

「それで、アナは？」ヒービーは泣き出したいのをこらえて尋ねた。アレックスと二人きりで話がしたかったのに、彼は行ってしまった。ちゃんと仲直りもしないまま。「ぞんざいに扱うようなことはしたくないわ。とても親身に面倒を見てくれたんですもの」

「もちろんよ」セーラが言い、立ち上がった。「捜しに行きましょう、ヒービー。帰国を急ぐならなるべく力になってさし上げたいし、急がないなら、ぜひゆっくりしていっていただきたいわ。とにかく、一刻も早く感謝の気持ちをお伝えしないと」

ハンサムな下士官との再婚願望を持つアナにとって、しばらくジブラルタルに滞在するのは願ってもないことだろう。そこでヒービーは言った。「ゆっくりしていくよう勧めてあげれば喜ぶと思うわ。いままでも上手だけれど、もっと英語力をつけたいと言っていたから。それに、アナがいてくれれば、私もうれしいし」

「ああ、いらしたわ！」セーラはヒービーの手を離し、客間の窓辺にたたずんでいたスペイン人女性に手をさしのべた。「ミセス・ウィルキンズ、本当になんとお礼を申し上げたらいいか。あなたのような立派な方が娘についていてくださったなんて、これほど喜ばしいことはありませんわ。主人も私も、ご不便や危険を顧みずに娘に同行してくださったあなたに、大きなご恩を感じておりますのよ」

アナはさしのべられた手を取り、上手に膝を曲げてお辞儀した。「ありがとうございます。あたしはヒービーが大好きですし、少佐のことも尊敬してます。お手伝いせずにはいられませんでした」

「ぜひゆっくりしていらしてくださいな」セーラはアナを戸口に導きながら続けた。「詳しいことは私の部屋でご相談しましょうよ」

だが、セーラの部屋に着くころには、ヒービーはふらついていた。アナがヒービーの腕をつかみ、そっと椅子に座らせた。「疲れきってるんですよ。海に落ちたのと、怖かったのと、長旅をしたのと、奥さまが心配だったのとで。もう気を張らなくていいから、きっとゆっくり眠れるでしょう」

「まあ、私ったら気がつかなくて」セーラはあたふたと言った。「メイドを呼ぶわね、ヒービー。私も手伝うから、すぐに寝床に入るのよ」

「あたしがします」アナがきっぱりと言った。「奥さまもお休みにならなきゃいけませんし、ヒービーはあたしになついています。いまはなじみのないメイドの世話は受けたくないでしょうし。部屋に案内してくだされば、この娘の面倒はあたしが見ます」

案内された部屋に入ると、ほっとするような静けさと涼しさがヒービーを包んだ。鎧戸《よろいど》を閉ざして午後の日ざしを遮断した広い部屋と、疲れた体を心地よく受け止めてくれそうなやわらかいベッド。さっそく身を沈めようとすると、アナが制止した。

「ちょっと待って。服を脱いで寝間着を着なきゃだめ。その痣《あざ》を誰にも見られたくないでしょう」

アナがとっさにああ言ってくれてよかったわ。苦労して服を脱いだヒービーは、自分の体を見下ろして思った。左右の腿と二の腕にある緑と薄紫の痣が、少し色褪《いろあ》せてはいるものの生々しく目に入る。ヒービーはおずおずと指の痕《あと》に触れ、痛さにたじろいだ。

「少佐はあんたを傷つけようとしたわけじゃないのよ」アナが言った。「すごく力が強いだけで」

「わかってるわ」ヒービーは言い、眠気と闘いながら寝間着を着た。「ここにいてくれる、アナ？」

「いいよ」アナは言い、掛けぶとんを引き上げてヒービーの肩を覆った。「そのつもりよ。あんたにはあたしが必要になるかもしれないし」ヒービーが目を閉じるのを見守りながら、アナはほとんど独り言のようにつけ加えた。


翌朝、セーラが足早に入ってきた。すっかり顔色がよくなり、明るい色のひらひらした服を着ている。

「具合はどう、ヒービー？」アナに気づくと、セーラはにっこり笑った。「ウィルキンズさん、あなたがいてくださってどんなに助かっているか！　本当にしばらくご滞在いただけますの？　あなたなしで、お兄さまはお困りになりません？」

アナは笑みを返した。「ええ、奥さま。しばらくあたしがいないほうが、兄のためにはいいと思います。村に兄の奥さんにぴったりの未亡人がいるんですけど、あたしがいるとなんの不自由もないので、兄は面倒くさがって――ええと、なんて言うんでしたっけ――その人に言いよろうとしないので」

「それはうれしいこと。何かお入り用なものがあったら遠慮なくおっしゃってくださいな」セーラは少しためらった。「失礼なことを申し上げるようですけど、今回の旅の性格上、旅費はそれほどお持ちにならなかったはずですわ。ご迷惑でなければ、こちらに滞在中は娘の話し相手をしていただいて、イギリスで良家の女性に同じ仕事をお願いする場合と同額のお手当をさし上げたいと思いますけど」

「あたしは構いませんけど、ヒービーがなんて言うか」アナは言い、ヒービーがぱっと顔を輝かせるのを見て続けた。「じゃあ、お受けします。ヒービーがあたしを必要としている間はってことで」

「よかったわ。では、一カ月分のお手当を前払いするということでよろしいかしら?」契約が成立すると、セーラは立ちあがった。「ヒービー、あなたはまだ休んでいらっしゃい。私はちょっと出かけてくるわ。とても腕がいい仕立屋がいてね、私の喪服もあっと言う間に仕立ててくれたの。明日ここに来てもらって、あなたとウィルキンズさんの服を注文しましょう。それと美容師も呼ばないとね、ヒービー。明後日《あさって》になれば、あなたも買い物に出られるかもしれないわ。とにかくよく休むのよ」

ドアが閉まるなり、ヒービーは寝床から出てアナを抱き締めた。「ああ、ありがとう! 私、もう起きるわ。横になっていると、いろいろ考えてしまって……いつまでもくよくよしてるのは……」

「そうね」アナは思いやりのある声で言った。「客間で静かにしてる分には、おっかさんも文句は言わないだろうし、窓から外でも見てるといいわ」

客間にはバルコニーがあり、庭を見下ろせるようになっていた。蔓《つる》植物をからませた衝立《ついたて》が目隠しの役目を果たし、座り心地のいい柳編みの椅子と足台がいくつか置かれている。アナはヒービーを椅子に座らせ、レモネードを取りに行った。アナが出ていくのと入れかわりに、従僕が現れた。

「失礼いたします。階下《した》に、お嬢さまにお目にかかりたいという紳士がお見えでございます。お嬢さまはお留守ではないかと申し上げたのですが」

「どなた?」

「ベレズフォード少佐でございます」

ヒービーはためらった。どうしたいのか自分でもわからない。すると、従僕がつけ加えた。

「ですが、付き添いの方がご一緒でないようですから……」

そのひと言で、ヒービーの心は決まった。「ウィルキンズさんはすぐ戻ってくるわ。お通しして」

椅子にもたれ、努めて平静な表情を作る。部屋のドアが開いた。従僕がベレズフォード少佐の到着を告げて引きさがる。ドアが閉まり、静寂が落ちた。

「ヒービー？」

「ここよ。バルコニーに出ているの」

アレックスがバルコニーに出てきた。一分の隙《すき》もない軍服姿が、見慣れない印象を与える。

「おはよう」ヒービーはにこやかに言った。「船に置き去りにした荷物が見つかったようね。座ってちょうだい」上出来よ。社交の場でのお作法どおり、あくまでも愛想よく。胸が早鐘を打っていて、椅子の腕木をつかんでいないとアレックスに抱きついてしまいそうだとは、誰も気づかないだろう。

アレックスが向かいの椅子に腰を下ろし、長い脚を前に伸ばした。「元気かい、キルケ？」

「おかげさまで。でも、その呼び方はまずいわ」

「そうかもしれないな。だがこんな呼び方をする機会は、もうこれっきりなさそうだ」

「どうして？」ヒービーははっとして上体を起こした。「また訪ねてきてくれるんでしょう？　これっきり来なくなったりしたら、妙に思われるわ」

「明日、イギリスに向けて発《た》つ。今日はお別れを言いに来たんだ」

どうしてそんな無造作な言い方ができるの？　まるで一日か二日留守にするだけだというように。

「明日？」ヒービーはこともなげに言ってのけた。私は泣かないわ。絶対に泣いたりしない。「まあ、それはまた早業ね！　報告することがどっさりあるんじゃなくて？」

「暗号で日誌をつけていたし、報告書は昨夜《ゆうべ》、半徹夜で仕上げた」アレックスは真顔でヒービーを見た。「ここに到着した時点で、すでに指令が待っていてね。明日の朝、ポーツマス行きの船に乗る」

「うれしいでしょうね。本国を出てから、どれくらいになるの？」ヒービーは言い、返事を待たずに続けた。「きっとお父さまもお兄さまも大喜びなさるわね――もちろんレディ・クラリッサも」

「そうだな。長らく会っていないからな」そう答えたアレックスの視線が自分に向けられているのを感じながらも、ヒービーは彼を見ようとしなかった。いまのアレックスは初対面のときのように、寡黙な仮面の陰に引きこもろうとしている。ならば私も本当の気持ちを知られるわけにはいかない。

「近々、新聞の告知欄にお二人の結婚広告が載ることになりそうね」あくまでも明るく言ってアレックスを見上げたヒービーは、相手の微妙な表情の変化を見とがめた。「あら、驚いているの？」

「いや、そういうわけじゃないが、まだ細かいことは何も決まっていないんでね」

「そういうことはレディ・クラリッサがやってくれているわ。プロポーズを受けると決めたその日から――」ヒービーは軽やかに笑ってみせた。「女ってそういうものよ。きっとお母さまと二人で、細かいことまですっかり決めているわ。教会に飾る花も、披露宴のメニューも、誰を招待するかも。未来の夫でしかないあなたの出る幕はなさそうね」

客間のドアが静かに開き、そして閉まった。アナは足音をしのばせて、テラスから最も遠い隅にある椅子に向かった。立ちあがって衝立の横からのぞきこめば、バルコニーが見える。ここにいてもお目付け役の役目は果たしていることになるだろう。

会話に軽やかな色調を添える作業はもう十分だと判断し、ヒービーはじっとアレックスを見つめた。なんだか初めて見る人のようだ。アレックスの美貌《びぼう》はすでに見慣れたものになり、彼への想いのなかのささいな要素の一つでしかなくなっている。

アレックスを失おうとしているいま、ヒービーはこれで見納めになるかもしれないその姿をむさぼるように見つめ、細部を一つ残らず記憶に刻みつけようとした。こめかみの髪の生え方、瞳の色の深さ、耳たぶの形。耳の後ろの皮膚の信じられないほどのやわらかさ、首筋の固さが思い出された。

一緒に横たわっていたときの体のたくましさ、熱さ、においが記憶によみがえる。アレックスが片手で髪をかき上げ、ヒービーはとたんに手のひらをくすぐる毛先の弾力ある感触を思い浮かべた。

全身がアレックスを求めてうずく。目を閉じると、手足の長い引きしまった裸体が浮かびあがった。日焼けした部分と服に覆われていた部分とで色の違う肌。高熱に耐え、限界を超えてなお、ヒービーを守るために山登りを続けた強靭《きょうじん》な筋肉。こうしていても、心の目で黒い胸毛をなぞることができる。黒い茂みが先細って下へ下へと続き、やがて……。

ヒービーははっと目を開け、さっき口をつぐんでから、まだ数秒しかたっていないことに気づいた。

「君がそう言うなら、そうなんだろう」アレックスがそっけなく言って立ち上がる。

私がそう言うなら？　何が？　ヒービーは自分が何を言ったのか思い出せなかった。そしていま、アレックスは私の人生から姿を消そうとしている。何か言わなくては。アレックスに触れ、最後にもう一度だけキスをしなくては。

背後の客間で椅子が動いた。タイル敷きの床がきしり、人がかすかに身じろぐ気配がした。それだけで警告は十分だった。ヒービーは立ち上がり、片手をさし出した。「さようなら、アレックス。あなたには本当に感謝してるわ。どうかお幸せに」

アレックスはヒービーの両手を取って口づけをした。「さようなら、僕のキルケ。今度誰かを虜にするときは、よく相手を選ぶことだ。君は自分の力にまったく気づいていないようだから」

そう言うと、アレックス・ベレズフォードはヒービーの人生から永遠に退場した。

16

一、二週間後にはイギリスに向かう船の上だろうというヒービーの予想ははずれ、実際にジブラルタルを離れたときには六週間が過ぎていた。

セーラは継娘を託すのにふさわしい女性くらい簡単に見つかるだろうと思っていたのだが、たまたま帰国予定者のなかにはお眼鏡にかなう人材が見当たらなかった。おまけにヒービーの体調が思わしくなく、気持ちがふさぎがちなことも、セーラにとっては不安の種だった。ヒービーは精いっぱい快活にふるまい、提供される娯楽の数々に興味を持っているように見せかけていたが、ほとんど家にこもりきりで、どんどん青ざめ、痩《や》せていった。

これではいけないと思うのだが、なかなか体が本調子に戻らない。腰が痛み、なんとなく頭がくらくらし、食欲がない。ヒービーはいつまでもめそめそしているからだと自分を責めたが、それでも日中はほとんどアレックスのことを考えずにいられるようになっていた。厄介なのは夜、寝床に入ってからで、ともすればまんじりともせずに横たわり、目を開けて闇《やみ》を見つめたまま、いまごろアレックスはどこで何をしているだろうと考えてしまう。だがヒービーは分別も勇気もふんだんに持ち合わせていたし、これしきのことでくじけるわけにはいかないことをわきまえていた。アレックスが去ってしまっても、自分の人生はまだこれからも続くのだ。

そうこうするうちに、サー・リチャードが海軍少将に昇進してふたたびマルタに配属されることになり、セーラはヒービーをマルタに連れていくか、イギリスの叔母のもとに送り出すかの選択を迫られることになった。

「どうすればいいのかしらねえ」セーラは言い、気がかりそうに継娘を見やった。「そんなに顔色が悪くて疲れやすいのでは、あんな暑い土地で夏を過ごすのはどうかと思うけど、そうかといって、イギリスまで一人旅をさせるわけにもいかないし」

「さしでがましいようですが」アナが口をはさんだ。「あたしではお役に立てませんか？　よろしければ、あたしがイギリスについていきますけど」

「ヒービー？」セーラは継娘の青白い顔を見た。「どう思って？」

「ええ」ヒービーはほっとしたように微笑した。「そうしてもらえると、とてもうれしいわ」

どういうわけかヒービーはジブラルタルが大嫌いになっていた。ここにいると、自分が根なし草になったように感じる。かといって、かつてあれほど幸せだったマルタに舞いもどるのは、空虚な夢のなかに戻っていくように感じられる。その点、イギリスは違う。まだ幼いころに離れただけに、本国にはなんの思い出もない。それにあそこには、もう決して会うことはないだろうけれど、アレックスがいる。

「お継母さまと別れたくはないけど、でも……」

「いいのよ。あなたも社交界にデビューして、少し楽しまないと。ロンドンにはいい医者が大勢いるし、あなたの健康のためにもそのほうが安心だわ」

涙ながらの別れがすみ、平穏無事な航海が始まった。唯一の問題は、ヒービーの船酔いだった。「どうしてかしらね」ヒービーは不思議がった。「いままで船酔いなんてしたことないのに。マリアやお継母さまがさんざん苦しんだあの嵐《あらし》のときでさえ、平気だったのよ。その私が、こんなに静かな海の上で朝ごはんを戻してしまうなんて」

アナはそれについては話を避け、ヒービーに暖かい服装をさせ、適度な運動をさせ、なだめすかしてなるべく食事をとらせることに専念した。

　船は出航後二週間でポーツマスに到着した。サー・リチャードは、身元のたしかな未亡人が経営する下宿屋に二人の部屋を予約しておいてくれた。船がいつ入港するかわからないため、ヒービーの叔母と連絡をとってロンドン行きの手配をするまで、数日はポーツマスで過ごさなくてはならないからだ。

　アナは批判がましい目で下宿屋を検分したが、二つの寝室と専用の小さな居間に満足の意を表した。船旅の余韻が残っているのか、まだなんとなくふらついているヒービーは、翌朝には叔母に手紙を書くよう厳命されてベッドに追いやられた。

　だがその翌日、居間に入っていくと、アナはテーブルに向かって腰を下ろしていた。目の前に暦を広げ、深刻な表情を浮かべている。

「アナ？　どうかしたの？」

「そうでないといいんだけどね、あひるさん」何週間も英語しか使っていないので、会話にスペイン語が顔を出すことはほとんどなくなり、ロンドン下町風の発音も目立たなくなってきている。「ここに来て座って」しばらく言葉に窮したように唇を嚙《か》んでいたアナが、やがて口を開いた。「国境を越えてスペインに入ってから、どれくらいたつ？」

　ヒービーは驚いて目をぱちくりさせたが、おとなしく計算に取りかかった。「ジブラルタルに着くまで一週間ちょっと。あそこに六週間いて、そのあと船の上に二週間。九週間くらいだと思うけど」

「その間、生理はちゃんとあった？」

　驚きのあまり気恥ずかしさを感じるのも忘れて、ヒービーは答えた。「実を言うと、一度もないわ。あんなショックを受けたし、体調もよくないから、そのせいだと思うけど。前に一度ひどい落馬をしたときも、一カ月来なかったことがあるから」

「だけど今回は二カ月で、吐き気とめまいもある」

ぞっとするような悪寒がヒービーの体を這《は》い上がった。「アナ、何が言いたいの？」

「あんたのおなかにはたぶん赤ちゃんがいるわ」

「私が妊娠！　そんなはずないわ！」

「そう？」アナの声はやさしかった。「なぜ？」

「嘘《うそ》よ！　そんなの信じないわ！」ヒービーは立ち上がり、両手で頬を押さえて部屋のなかを歩きまわった。「絶対に信じない！」

「医者に行かなきゃだめよ、ヒービー。それも近いうちに。ロンドンに行ってからより、知り合いが一人もいないここにいるうちのほうがいいわ」

だがヒービーはかたくなに首を横に振り、部屋のなかを歩きまわりながら、同じ言葉をくりかえすばかりだった。「いやよ！　そんなはずないわ」

アナはそっと部屋を抜け出した。そして数分後に戻ってくると、ヒービーの肩をつかんで椅子に座らせた。「ねえ、聞いて。妊娠してないとなると、どこか悪いところがあるんだから医者に診せなきゃだめ。妊娠してるなら、これからどうするか決めるために、なるべく早くはっきりさせないと」

ヒービーが何も言わず、ただうつろな目を向けてくるだけだったので、アナは先を続けた。

「大家のミセス・グリーンにきいてみたの。生理痛がひどいけど、誰かいい医者を知らないかって。そしたらアダムズ先生って人を紹介してくれたわ。とても腕がいいし、やさしくてお父さんみたいな人だから心配いらないって。これからその人のところに行くけど、あんたはあたしの結婚指輪をはめて、お医者さんにこう言うのよ。軍人の夫についてマルタに行ったけど、あそこの暑さが体に合わないから実家で暮らすためにイギリスに戻ってきた。だけど赤ちゃんができたみたいで具合が悪いのに、夫も母親もそばにいないので心細くてたまらないって」

そんなしだいで、ヒービーはその日の午後、徒歩でドクター・アダムズの診療所に向かった。医師は、ミセス・グリーンが請け合ったとおり思いやりのある父性的な人物で、若いミセス・スミスのつらさと不安を十分に理解してくれた。「妊娠二カ月です。でも、もう泣いてはいけませんよ。つわりはじきにおさまるし、母上にも会えるのだから。とにかく十分に体を休め、しっかり食べることです。食欲がなくても、おなかの子供のために食べてください」

下宿屋の小さな居間に戻ると、診察室を出てからずっと黙り込んでいたヒービーが、初めて口を開いた。「アナ、何を食べればいいのかしら？」

「おなかがすいたの？」アナはほっとして言った。「少しは吐き気がおさまった？」

「いいえ。吐き気はするし、おなかもすいてないわ。だけど先生はおなかの子供のために食べろとおっしゃった。だから、そうしようと思って」ヒービーは窓の外を見やった。家々の屋根や、輪を描いて飛ぶかもめ、灰色の雲などのかなたにある何かを見つめるかのように。

アナは唇を噛み、階下に夕食を注文しに行った。ミセス・グリーンは大いに喜んだ。ひどく青ざめ、ほとんど食欲がないらしいお気の毒な若いご婦人のことが心配になってきていたからだ。

鶏《にわとり》の手羽肉とつけあわせの野菜、バターを塗ったパン、それに牛乳一杯という夕食を、ヒービーは骨は折れるが片づけなくてはならない仕事に取り組むかのように、黙々と食べ終えた。そして、からになった皿にナイフとフォークを置くと、アナに笑いかけた。「ありがとう、アナ。ばかなまねをしてごめんなさい。あなたがいてくれて本当によかった。最初からこうなることを心配してたのね？」

アナはそれまでの不安の反動で気分が悪くなり、やっとの思いで笑みを返した。「男と寝たらごく自然に起きることだもの。心配するのは当然よ」

「それでついてきてくれたの？　ごめんなさい、アナ。こんな遠くまで引きずってきてしまって」

「何言ってんの！　あたしはイギリスに来たかったのよ。言ったでしょ、またうちのアリーみたいな二枚目のイギリス人の亭主を見つけたいって」

ヒービーは弱々しくアナに笑いかけた。「アリーじゃなくてハリーよ！　hの音を落とす癖は完全に直ったと思ったのに、それだけは残ってるのね」

「これはいいのよ。亭主自身がアリーって言ってたんだから」アナは言い、目尻の涙を拭《ぬぐ》った。「さあ、もうベッドに入って、ヒービー。赤ちゃんのためには、食べるだけじゃなくて眠ることも大事よ」

ヒービーはおとなしく寝床に入ったが、眠りはせず、枕《まくら》にもたれて考えようとした。今回の発見のショックで、アレックスが去ってからずっと閉じこめられていた氷の檻《おり》が開いたかのようだ。凍っていた心身が溶けはじめ、麻痺《まひ》していた感覚がよみがえろうとしている。じわじわと、痛みをともなって。

「私のおなかにはアレックスの子供がいる」ヒービーは濃くなっていく夕闇にささやいた。「そしてアレックスはたぶんもう結婚している。たとえまだでも、彼は私を愛していないし、近く結婚する身であることに変わりはない。だから、この子は私が一人で育てていくしかないんだわ」

ヒービーはその事実を受けいれようとした。まだ妊娠したという実感はない。だがアレックスの子を宿したのなら、その子を守るのは自分の責任であり、生まれてくる子は、アレックスのために大切にいつくしむべき存在だということはわかっている。

どうすればいい？　叔母さまに打ち明ける？　そんなことはできっこない。ヒービーはこうも落ち着いている自分が不思議だった。ショックのせいかもしれない。とにかく、この状態を利用しない手はない。いまのうちに計画を立てなくては。

翌日の早朝、アナはすでに着替えをすませてテーブルに向かっているヒービーを発見した。目の前に便箋《びんせん》が置かれている。「ヒービー、あんたちゃんと寝たの？」

「あんまり」ヒービーは正直に答えた。「考えていたの――これからどうするかを。お継母さまに手紙を書いたわ」

「今回のことを知らせるの？」アナは少しためらった。「ちょっと待って。話を聞く前に、ミセス・グリーンに朝ごはんを運んでくれるよう頼んでくるわ」

アナが戻ってきたとき、ヒービーは手紙に署名をしていた。「今回のことについては何も書いてないわ。でも手紙を書かないと心配するだろうから」

ヒービーが押しやった手紙を、アナはそのまま押しかえした。「英語を読むのは得意じゃないの」

「お継母さまへ」ヒービーは読み上げた。「私たちは一昨日に無事ポーツマスに到着しました。航海は順調でしたし、グリーン夫人の下宿屋は居心地がよく、女性だけで泊まるのにぴったりです。少し疲れていたので手紙を書くのが遅れてしまいましたが、うれしいことにだいぶ食欲が戻ってきました。これからフルグレーヴの叔母さまに手紙を書き、叔父さまが迎えに来てくださるのを待たずに、貸し切り馬車でロンドンに向かうつもりです。ロンドンに着いたら、もっと長い手紙を書きます。ミセス・ウィルキンズがお母さまによろしくとのことです。サー・リチャードにもよろしくお伝えください。お二人のご健康を願いつつ、従順で愛情深い娘、ヒービー」

何が自分の義務なのか、よくわからない。でも、これだけははっきりしている。何よりもまず、子供のことを考えるべきだということ。妊娠していると頭では納得できても、実感はいまだにない。吐き気はするし、疲れやすく、不安もある。それでいて、自分が母親になろうとしているという気はしない。まあ、そのうち実感もわいてくるのだろう。

「貸し切り馬車？」アナが言った。「それって高いんじゃないの？」

「念のためにサー・リチャードが余分にお金を持たせてくださったのよ。状況によっては、ここで叔父さまの迎えを待つより、二人でロンドンに向かったほうがいいかもしれないからって。料金の相場も教えてくださったわ。ロンドンまではたぶん百十キロくらいね――直行すればの話だけど」

「直行すれば？　ヒービー、あんたいったい何を――」アナははたと口をつぐんだ。ノックが響き、グリーン夫人が朝食の盆を持って入ってきた。

「おまちどおさま。ミス・カールトンにたっぷり召し上がっていただけるように、どっさりお持ちしましたよ」さっと蓋《ふた》を取ると、ベーコンと腎臓《じんぞう》がのった皿が現れた。アナはちらりとヒービーの顔を見ると、きっぱりした手つきで蓋をもとに戻した。

「ありがとう、グリーンさん。本当においしそうだこと。冷めないように蓋をしておかないと」

大家が踵《きびす》を返して立ち去ろうとしたとき、ヒービーが声をかけた。「グリーンさん、お宅には貴族年鑑はあるかしら？」

「うちにはありませんけど、バース街を少しくだったところに、とてもいい貸本屋がありますよ」

「そこにはロンドンの新聞もあります？」

「ええ、種類も全部そろってますし、何カ月も前の分まで取ってありますよ。海軍さんは船が港に入ると、留守中の出来事を知りたがりますからね」

「申し分ないわ。ありがとう、グリーンさん」ヒービーはドアが閉まるのを待ち、それから続けた。

「アレックスのお父さまの領地がどこにあるかを調べる必要があるの。ひさびさの帰国だし、結婚式の準備もあるから、たぶんそちらに戻っていると思うわ。それと、もう婚礼がすんだかどうかも調べないと」ヒービーは蓋をされた皿を落ち着かなげに見やった。「私はトーストとお茶だけでいいわ」

アナはティーポットを持ち上げて、お茶を注ぎ始めた。「何をする気なの、ヒービー？」

「まだ細かい点ではっきりしない部分はあるけど、何をするべきかはわかったと思うの。ただ、計画をどういう形で進めるかは、アレックスがいまどこにいるか、そして彼が結婚しているかどうかで決まるわ」ヒービーはバターナイフを取り上げたが、思いなおし、何もつけないトーストを細切れにし始めた。

「そんな心配そうな顔をしないで、アナ。ばかなまねをするつもりはないし、ごくごく慎重に行動しなくてはならないこともわかっているわ」

貸本屋はすぐに見つかり、店主のミスター・ホジキンは一日分の購読料を受け取ると、婦人たちをいそいそと居心地のいい片隅のテーブル席に案内し、貴族年鑑と過去二カ月分のタイムズ紙を運んできた。

ベレズフォード家の本拠地はすぐに見つかった。

「よかった」ヒービーは声をあげた。「ハートフォード州よ。トリング近郊のタスバラ・ホール。あとで地図も見せてもらうけど、それならあまりまわり道にならないわ。じゃあ、次はタイムズ紙よ。新しいほうから順に結婚欄を調べるの。婚約のほうはアレックスの帰国前に載ってしまっただろうから」

二人はこつこつと作業を続けた。新聞の日付が古くなるにつれて、指がインクで黒ずんできた。

「いくらなんでもこんなに早く式を挙げたはずはないんだけど」一カ月分の新聞を調べ終えたところで、ヒービーが当惑の声をあげた。「でもまあ、まだならそのほうが好都合だわ。できればレディ・クラリッサには会いたくないから。見てよ、この日付。このころはアレックスはまだ船の上だったはずよ」

ヒービーが目を通しているものより一週間前の日付の新聞を手にしていたアナが、ふいに小さく声をあげた。「ヒービー、この死亡欄を見て！ これ、少佐のお父さんじゃない？」

ヒービーはさし出された新聞をひったくり、机に広げた。「『ジョージ・ベレズフォード、第三代タスバラ伯爵。馬車の事故により本拠地であるハートフォード州タスバラ・ホールにて死去……家督相続者は長男ブロードウッド子爵ウィリアム』。なんてこと！ どうりで結婚の告知がないはずよ。身内に不幸があった直後ですもの。じゃあ、お父さまはアレックスがポーツマスに着く直前に亡くなったのね。せっかくの帰国がそんな悲劇と重なるなんて！」

あまりの驚きに、二人はしばらく顔を見合わせて座り込んでいた。やがてヒービーが言った。

「こんなときに押しかけたくないけど、待っていられる状況じゃないわ。それに事故から四週間はたつから、面会を拒否されることはないはずよ。ミスター・ホジキン！」呼ぶと店主は飛んできた。さっきから熱心に新聞を読んでいるこの身なりのいい婦人たちを、未来の得意客候補と見なしていたのだ。

「地図はあるかしら？ ハートフォード州の友人宅経由で上京する計画を立てなくてはいけないの」

あっという間に地図帳が目の前に置かれ、ミスター・ホジキンが正しいページを開いてくれた。

「ありがとう。どこか信頼の置ける貸し馬車屋をご存じ？ 貸し切り馬車を雇いたいのだけど、女二人の旅だから、信頼できる御者でないと困るのよ」

ミスター・ホジキンはお得意さま候補がポーツマスを離れると知ってがっかりしたが、知人にこの店を推薦してもらえることを期待して、懸命に役に立とうとした。「でしたらポーターの貸し馬車屋がいいと思いますよ。この近くですから、なんならあとで若い者にご案内させましょう。うちの母親や家内も安心して預けられる、しっかりした老舗《しにせ》です」

　貸し馬車屋はホジキン氏が太鼓判を押したとおり、しっかりした店だった。ヒービーとアナは明日の予約をすませて店を出た。借りるのは馬車一台と馬二頭、御者一人。トリング近郊の友人宅に寄ってからロンドンに向かいたいというヒービーの希望と、体に負担がかかる強行軍はだめだというアナの主張をじっくり検討した結果、ポーター氏は初日はギルフォードに泊まってはどうかと提案した。そして翌日はバーカムステッドに一泊する。「〈王の紋章亭〉がおすすめですが、満室なら〈王冠亭〉も悪くありません。その後、翌日の午前中にお友達のお宅を訪問しても、夜にはロンドンに着けるはずです」

　料金が計算され、ヒービーは支払いをすませた。

「あんなに払って、御者が一人だけ？」徒歩でゆっくりとグリーン夫人の下宿屋に戻りながら、アナは文句を言った。「武装した護衛はつかないの？」

「アナ、ここはイギリスよ。スペインの荒野とは違うわ。さあ、今度は叔母さまに手紙を書いて、三日後にロンドンに着くことを知らせないと」

　三日後。下宿屋の階段を上がりながら、ヒービーは思った。三日後までに、何もかもきちんと決めてしまわなくては。昨夜立てた計画には、まだいくつも穴がある。それに、タスバラ・ホールにアレックスがいなかったら、そのときはどうすればいい？

17

　それから三日後、馬車はバーカムステッドの〈王の紋章亭〉を出て、西に向かって走り出した。有能な御者のおかげで、ヒービーは旅の疲れをさほど感じずにすんでいた。そして馬車はいま、十一時到着の予定でタスバラ・ホールに向かっている。

「だけど、なんて言うつもりなの？　少佐がそこにいたらの話だけど」アナが尋ねた。

　何度もくりかえされた問い。そして今回もヒービーは首を横に振って答えた。「まだ考案中よ」

　実際、そのとおりだった。計画にはまだいくつも穴があるというのに、アレックスへの告知の瞬間は一刻一刻と近づいてきている。アレックスの子を宿したという事実、そしてあの山小屋でのいきさつを、どうやって告げるかを思うと頭が痛い。

　心身の状態は全体的には改善している。食欲はないがちゃんと食べているし、めまいや脱力感もあまり感じない。だが腰はまだ痛いし、心の奥には冷たく執拗《しつよう》な不安がひそんでいて、隙《すき》あらば躍り出ようと身構えている。アレックスとの会見を間近に控えているいま、くよくよと思い悩むのは禁物だ。そのときの自分の気持ちだの、アレックスの腕に身を投げかけて、すべてをぶちまけたいという衝動と闘っている場面だのを想像してはならない。

　それよりも、いまは冷静に言うべきことをおさらいしておくべきだ。理性的かつ分別ある言葉で事情を説明し、自分の提案がいかに理にかなったものであるかをアレックスに納得させられるように。

　馬車は幹線道路をはずれ、曲がりくねった道に沿って、なだらかなのぼり勾配《こうばい》を描く緑地のなかを走り始めた。やがて大きくカーブを曲がり込んだと思うと、ぐっと勾配が急になった。両側に並ぶ巨大なぶなの木が、道に影を落としている。アナが窓から外をのぞいた。「これは山?」

「いいえ、丘よ。チルターン丘陵。どうやら着いたみたいね」馬車は灰色の石造りの門番小屋の間を抜けて馬車道に入った。やがてぽっかりと視界が開け、前方に無秩序に広がった大邸宅が現れた。何世紀にもわたって増築を重ねたらしく、さまざまな建築様式が混ざり合っている。本体部分はジェームズ一世時代のものらしく、その中央にある重厚な板張りの玄関扉は、喪の黒で覆われていた。

ドアが開き、従僕が足早に現れた。ステップを下ろし、馬車の扉を開ける。そして驚いたように目をみはると、気を取りなおして言った。「失礼いたしました。てっきり弁護士の先生かと」

「ベレズフォード少佐はご在宅かしら?」ヒービーは尋ねた。「本来なら遠慮すべき時期だということは承知していますけど……」

「少佐」ぽかんとした表情で見つめられて、ヒービーは家を間違えたのかと思った。「その……はい。ですが、お客さまにお会いになるかどうか」

「わかっています。でも、スペインから緊急の連絡があって――海軍少将サー・リチャード・レイサムのところから来た者だと伝えてください」

「かしこまりました。なかにお入りいただけますか?」従僕は二人が馬車を降りるのに手を貸し、御者に厩《うまや》の位置を教えた。「どうぞこちらへ」

玄関に入ると、見るからに有能そうな執事がホールを横切ろうとしていた。その顔に浮かんでいた苦渋の表情は、訪問客の姿を目にしたとたんに職業的な無表情さに取って代わられた。「おはようございます。どのようなご用件でございましょうか?」

従僕がそばに行って耳打ちすると、執事の顔はいっそう無表情になった。

「恐れいりますが客間でお待ちください。おとりつぎいたします。ですが——」何か言いかけて口をつぐむと、執事は客間のドアを開けた。「こちらでございます。どちらさまと申し上げましょう？」

「では……キルケと。連れは話し相手です」

「キルケさま。かしこまりました」

待たされたのはせいぜい十分程度のはずだが、ヒービーには、それが永遠にも等しい長さに感じられた。なんて静かな家だろう。炉棚の時計が時が刻む音だけが、息苦しいほどの静寂を破る。

アレックスはここにいる。もうすぐ会える。そう思うと同時にドアが開き、アレックスが現れた。黒一色の装いのなかで、シャツだけが白い。日焼けが薄れた顔には、まったく血の気がなかった。

「ヒービー！」ヒービーを見たとたん、アレックスの目が青く燃え上がった。「いったいどうして？何かあったのか？　なんだかずいぶん——」

「外で待ってるわ」アナが言ったが、その声は二人の耳には届かなかったらしい。アナはそっと部屋を出て、ホールの片隅に腰を下ろした。

「ヒービー？」アレックスは大きく一歩前に出たが、ヒービーが両手を上げて押しとどめるようなしぐさをするのを見て、足を止めた。「座ってくれ」炉端の椅子の片方を引きよせながら言う。「何があったんだ？　スターリングは、君がサー・リチャードの伝言を持ってきたと言っていたが」

「いいえ、私はサー・リチャードのところから来たと言っただけよ。本当のことですもの。アレックス、お父さまのこと、お悔やみを言うわ。せっかくの帰国がこんなことになってしまうなんて」

「ありがとう。たしかにここ数週間は……つらかった。それにしても、なぜ君がここに？　おまけにそんなに痩《や》せて、疲れた顔をして。ジブラルタルからの航海で、よほど海が荒れたのかい？」

「いいえ」ヒービーは唇を噛《か》み、膝に置いた両手をきつくねじり合わせた。せっかく練習したのに、いざ顔を合わせると、言うべきせりふはきれいさっぱり脳裏から消えてしまった。「アレックス、座ってくれない？ そうやって目の前に立ちはだかっていられると、考えをまとめられないわ」

「わかった」アレックスは向かいの椅子に腰を下ろすと、前に身を乗り出して腿に腕をのせ、軽く両手を組み合わせた。「そうだ。何か飲むかい？」

「いいえ！」ヒービーは深呼吸し、口調をやわらげて言いなおした。「せっかくだけど結構よ。アレックス、今日はとても言いにくいことを言いに来たの。よりにもよってこんな時期にお邪魔して申しわけないけど、第三者の手に渡る危険があることを思うと、手紙は書けなかったし、会いに来るのを先延ばしするわけにもいかなかったのよ。目立ってきてからでは噂《うわさ》になりかねないから。それに新聞の告知欄に結婚広告が載っていなかったから、いまならレディ・クラリッサに会う心配もないと思って」

アレックスが口をはさんだ。「クラリッサと僕は……」

「待って。最後まで言わせて。そうでなくても言いにくいことなの」ヒービーは目を上げ、アレックスの気づかわしげな瞳を見つめた。「アレックス、国境地帯にあった羊飼いの小屋を覚えてる？」

「もちろんだ。忘れられるわけがないだろう」眉間《みけん》に小さな縦じわが刻まれている。こんな話が出てくるとは、予想していなかったらしい。

「あなたは重病で、意識が混濁していたわ」

「そのとおりだ」

「目が覚めたときのことを覚えている？ 熱が下がって、フランスの部隊が立ち去った朝のことを」

「はっきりとね！ 君に一部始終を聞かされたとき

のあの気持ちは、もう二度と味わいたくない」

自分がアレックスをさらに大きな苦しみのなかに投げ込もうとしていることを知りながら、ヒービーは心を鬼にして続けた。言葉が喉につかえそうだ。

「あのときあなたは、急にうろたえたわね。それは鮮明な夢を見たことを思い出したからだった」

蒼白《そうはく》だった顔に赤みがさし、アレックスが懸命に目をそらすまいとしているのがわかった。アレックスは言葉少なに答えた。「ああ、覚えている」

「あれは夢ではなかったのよ」ヒービーは静かに続けた。「あなたの記憶に残っていたのは、朦朧《もうろう》としている間に実際に起きたことだったの」

「なんだって？」ささやくような声。愕然《がくぜん》とした表情を見ていられずに、ヒービーは目を伏せた。

「あなたが思い出したのは、私を……私と男女の関係を持ったこと。違う？」

「違わないよ。しかし……嘘《うそ》だろう？　あのとき君が言ったとおり、あれは夢だったんだろう？　君はそのことで冗談まで言っていたじゃないか」

「私が本当のことを話す気になったと思う？」

アレックスに手を取られそうになり、ヒービーはびくりと身を引いた。触れられたら最後、腕のなかに倒れ込んでしまうことはわかっている。アレックスにはクラリッサがいる。私の気持ちを知られてはならない。こんなことで、アレックスの人生を狂わせるわけにはいかないのだから。

「なんてことだ！」アレックスががばと立ち上がり、ぎくしゃくした足どりで二歩遠ざかると、椅子の袖《そで》に片手をかけ、ヒービーに背を向けて立った。「あの夜か？　フランス兵が小屋にいる間に？」

「そうよ。だからどうすることもできなかったの。もがくことも、声をあげてあなたを起こすことも。そんなことをしたら見つかってしまうから」

長い沈黙のあとで、アレックスが口を開いた。

「それで、君はじっと横たわって、僕に……。ヒービー、なぜそんなことに耐えられたんだ？」

「十五人のフランス人より、あなたのほうがいいわ」そう言ったとき、ヒービーは自分の言葉がどんなふうに受け取られるかに気づいていなかった。

アレックスがくるりと向きなおった。顔が蒼白で、気分が悪そうだ。「そうだな。どうせ手込めにされるなら、相手は十五人より一人のほうがましだ」

「あれはそんなことではなかったわ。だってあなたは……」だがアレックスは聞いていなかった。

「痛い思いをさせてしまったんだろうな」ヒービーは膝に視線を落とした。「ヒービー？」重ねて問われ、しかたなしにうなずく。「そして朝になると、君は起きて身を清め、服を着て、君を慰み物にした役立たずの病人の世話をし、何があったかをおくびにも出さずに、徒歩で山を越えて未知の危険な土地に向かったわけだ。前に君は勇敢な娘だと言ったが、これほどとは思わなかった」

「あなたは役立たずなんかじゃなかったわ」ヒービーは激しく言った。「あなたがいなかったら、私は死んでいたわ。それに、何があったかなんて言えるわけがないでしょう？」

「そうと知っていれば、ジブラルタルに到着すると同時に君と結婚したのに。君にもわかっているはずだ」

「ええ、そうね。そしてあなたはレディ・クラリッサを捨ててスキャンダルを巻き起こし、私は愛のない結婚を強いられることになるわけね」

顔を上げると、アレックスがじっと見つめていた。端整な顔が凍りつき、無表情な仮面と化している。

「今後、恋愛結婚の対象になる男が現れて、君にプロポーズしたとする――もちろん、僕があんな目に遭わせたあとで結婚する気になれたと仮定しての話だが。そのときはどうする気だ？」まるで捕虜を尋問するような口調。だがヒービーは、その厳しい言葉の裏にひそむ苦痛を聞き取っていた。

「結婚はあきらめたわ」静かに答える。「愛のない結婚をする気はないし、愛した人をだますことはできない。それに、この種の過去を眉一つ動かさずに受けいれられる男性がいるとは思えないもの」

アレックスはまた何歩か遠ざかり、振りむいてヒービーを見た。涙で曇った視界のなかで、窓を背にしたその姿は、輪郭のぼやけた影絵のように見えた。

「アナが君に付き添ってきたということは、彼女は知っているんだな？　いつ話した？」

「話したんじゃないの。あの人は見たのよ」

「僕が君の体につけた痣《あざ》をだな」その声には自己嫌悪の響きがあふれていた。「なるほど、それでわかった」と涙が伝い始めた。ヒービーの頬をゆっくりアナが君のそばを離れようとしなかった理由も、安全な場所にたどり着くなり、君が僕から遠ざかろうとした理由も。実に賢明だ。そんなまねをするような男は、またいつなんどき襲いかかるかわかったものではないからな」

「アレックス、やめて！　そんなことは心配していなかったわ」

「では、僕を許すというのか？　君が言っているのは、そういうことか？」

「そうじゃないわ！　許すことなんて一つもない。あなたは自分の行動に責任を持てる状態じゃなかったんだもの」

「正常な知能の持ち主である以上、自分の行動のすべてに責任を持つのは当然だ。君をそういう目で見ていなければ――君が欲しいという気持ちをきっぱり断ちきっていれば、いくら病気で自制心が弱っていても、こんなことにはならなかったはずだ。君が指摘したとおり、僕は婚約者のいる身で、君に引かれる資格はなかったのだから」アレックスは大股で椅子に戻ってきて、どさりと腰を下ろし、ヒービーの頬をなすすべもなく流れ落ちている涙に気づいた。

「ああ、ヒービー。頼むから……」

アレックスはヒービーの前に膝をつき、ハンカチをさし出しながら抱きよせようとした。ヒービーはハンカチは受け取ったが、反対の手でアレックスを押しのけた。「やめて、アレックス……」

アレックスは平手打ちをくらったかのようにひるんだ。「そうだったな。悪かった。無神経にもほどがある。二度と手を触れないと約束するよ」

ヒービーはやわらかい布に顔を埋《うず》め、柑橘《かんきつ》類と白檀《びゃくだん》のなつかしい香りにくじけそうになる心を叱《しっ》咤《た》していた。どうにか涙を拭《ふ》いて顔を上げると、アレックスは唇をきつく結び、両手を組み合わせてヒービーを見つめていた。

「ヒービー、なぜいまになって打ち明けたんだ？」

「それは……それは……」どうしても言葉が出てこない。ヒービーはぐいと頭をもたげ、深呼吸をしてから言った。「妊娠したからよ」

アレックスはそのショックによく持ちこたえた。ぐっと椅子にもたれ、目を閉じた様子に、ヒービーの言葉が与えた衝撃がわずかにうかがわれた。

アレックスはすぐに目を開けた。「間違いないのか？」ヒービーがうなずく。「すると、いまは……二カ月くらいかな？」

「そうよ」最悪のことを告げてしまうと、ヒービーは少し元気になった。それにしても、このしつこい腰痛さえ消えてくれれば。「だから、この時期に来なくてはならなかったの。手紙を書いて、それが他人の手に渡ったら大変なことになるわ。そうかといって、おなかが目立つようになってから来るのもまずいし――それこそ大騒ぎになってしまう」

「たしかに。会いに来てくれてよかった。そして、僕がここにいて」アレックスは椅子の上で身を起こした。顔にいくらか血の気が戻っている。「こうなった以上、われわれがするべきことは――」

「アレックス、最後まで言わせて。しょっちゅう横から口をはさまれては、用件を話せないわ」

「だがこの場合、選択の余地はほとんどないよ」

「一つだけあるわ。いろいろ考えてこうすることにしたの」ヒービーは背筋を伸ばし、きっぱりと言った。「私はどこか地方の小さな町に行くわ。ささやかな家を買って、喪服を着て結婚指輪をはめ、夫に死なれたばかりの未亡人として生活を始めるの。夫は海軍にいて、海で死んだことにしてね。そして、そこで子供を産んで育てるの。ただし」ヒービーはアレックスが何か言おうとするのを無視して続けた。「あなたにも力を貸してほしいの。自分のためならこんなことは頼まないけど、おなかの子供のためなら、私はずいぶん恥知らずになれるみたい。自分でも不思議だけど、子供のためなら、あなたにお金をねだることも、身内をだますことも、平気でできるのよ。私には自分の財産はほとんどないの。なんとか食べてはいけるだろうけど、それではだめなのよ。贅沢《ぜいたく》はできないまでも、子供にみじめな思いをさせたくない。生まれるのが男の子なら、教育を受けさせて独り立ちできるようにしてやらなくてはならないし、女の子なら持参金がいるわ」

「ヒービー……」

「あなたには、その家を見つけ、子供の養育費を負担してほしいの。ほかには何もお願いしないわ」

アレックスが組んだ両手の上からヒービーを見つめた。「叔母上と叔父上はどうする？　母上とサー・リチャードは？」

「そこが問題なのよね」アレックスが提案を受けいれてくれたらしいことにほっとして、ヒービーは認めた。「ロンドンに着いたら、なるべく早く家出するしかないわ。社交界に出る勇気がないから、田舎に行くとでも置き手紙をして」

「叔母上たちは警察に捜索を依頼するだろうな」

「うまく身を隠せば見つからないわ。お継母さまとサー・リチャードは……まあ、二人とも遠くにいるし、どうするかはゆっくり考えればいいわ」

「マルタにもすぐご注進の手紙が行くと思うがね」

アレックスはそっけなく言い、控えめなノックの音を聞いて口をつぐんだ。ヒービーの頬の涙が乾き、戸口に背を向けて座っているのをすばやく確かめてからノックに応《こた》える。「なんだ？」

ヒービーの耳は、ドアが開く音をとらえた。続いて、かすかな咳《せき》払い。「勝手ながら、お嬢さまにお茶とビスケットをお持ちいたしました、御前」

「ありがとう、スターリング。そこのテーブルに置いてくれ」

執事は立ち去ったが、ヒービーはまじまじとアレックスを見つめていた。「御前？」

アレックスはお茶を注《つ》ぐのを中断して振りむいた。

「転覆した馬車には、父だけでなく兄も乗っていたんだ。手綱を取っていた父が心臓発作を起こし、父は即死し、兄のウィリアムは投げ出されて頭を打った。最初はそれほど深刻な症状もなく、起きて動きまわるようになっていたんだが、先週になって激しい頭痛を訴えて意識を失った。脳出血らしい。医者にも手のほどこしようがなく、兄は意識を回復しないまま息をひきとった。つい昨日のことだ」

「そこに私が現れて、こんな話をしたのね」ヒービーは震える指で唇を押さえた。「ああ、アレックス！　お父さまばかりか、よくなると思っていたお兄さままでそんなことになるなんて。本当に、本当にごめんなさい。もう失礼するわ。そんなときに、これ以上お邪魔をするわけには……」

「もう兄のためにできることは何もない。最期を看《み》取《と》れたのがせめてもの幸いだった。兄とはそれほど親しくなくてね。年が五つも離れていたし。それでも事故のあとの何週間かはゆっくり語り合えた。よかったと思っているよ。だが、いまは弁護士が来るまで、できることは何もない。それに子供ができたとなると、当然ながら優先順位も変わってくる」

「じゃあ、頼みを聞いてくれるのね？　だったらロンドンの不動産屋を紹介してくれる？　場所はサフォークかノーフォークにしようと思うの。あのあたりなら知人も親戚《しんせき》も一人もいないから。お金はどのくらい必要なのかしら。ずっと外地にいたから、本国の物価はまったく見当がつかなくて」

「だめだよ、ヒービー」

「だめ？　業者にはあなた自身が接触したいということ？　それもそうね。私は信託財産を管理している銀行の住所を調べて、必要な手続きをしないといけないし。考えることがどっさりあるわ」

「僕が言っているのは、そんな正気の沙汰《さた》とも思えない計画には賛成できないということだ」

ヒービーは受け取ったばかりのカップを下に置いた。受け皿の上で、繊細な磁器がかたかたと音をたてる。「つまり、助けてくれないということ？」

こんな仕打ちをされるとは夢にも思わなかった。これからどうすればいい？

「わかったわ」ヒービーは立ち上がった。声が震えていないのが自分でも不思議だった。踵《きびす》を返して一歩戸口に近づいてから、くるりとアレックスに向きなおる。「この子を愛してくれと言っているわけじゃないのよ。この子のために、ほんの少し援助してほしかっただけ。でも、あなたが助けてくれないのなら、私一人でなんとかするわ」

アレックスの美しい顔が急に目の前に迫ってきたと思うと、部屋がぐるぐるまわり始めた。

18

「ヒービー！」まばたきして目を開けると、ヒービーはそっと椅子に抱え下ろされたところだった。アレックスがカップを口元にさしつける。「さあ、飲んで。聞いてくれ、ヒービー。僕は君と子供を見捨てるつもりはない。何も心配はいらない。とにかくいまは少し休むことだ。アナを呼ぼう」

ヒービーはお茶を少しだけ飲み、かぶりを振った。「やめて、呼ばないで。どういう意味？　私の計画には賛成できないって言ったじゃない」

「あんなことを考えるなど狂気の沙汰《さた》だ。子供ができようとできまいと、僕がそんな形で君を見捨てると本気で思ったのか？」

「でもレディ・クラリッサが……」

「レディ・クラリッサ・ダンカンは、いまではレディ・ウェストポートだよ」

「なんですって？」ヒービーはまじまじとアレックスの顔を見つめたが、目に宿っている苦痛の色以外、何も読み取ることはできなかった。「だけどあの人はあなたに手紙を――あなたがあの手紙を読んだとき、私はその場にいあわせたのよ」

「そのとおりだ。兄と話してみてわかったんだが、彼女は僕のプロポーズを受けるつもりなどなかったらしい。ところがその後、射止めたとばかり思っていた公爵家の跡とりに手ひどく振られてね。その反動で僕に承諾の返事を書いたらしい。だが落ち着いて考えてみると、伯爵家の次男坊で財産のない軍人との未来は、あまり魅力的とは思えない。どうやら僕との婚約は誰にも告げていなかったらしくて、彼女はしばらくして、ちょうど僕が君の家の庭であの手紙を読んだころに、いまの夫君を獲得したんだ。帰国の数日後に手紙が届いたよ。僕の帰国を知って、婚約がすでに解消されていることを知らせてやったほうが親切だと思ったんだろう」アレックスは皮肉な笑みを浮かべた。「愉快な話じゃないか。もう少し待っていれば、いまごろは伯爵夫人になっていたのにな」

「まあ、アレックス。本当になんて言ったらいいのか」次々にアレックスを見舞った打撃を思って、ヒービーはたじろいだ。兄と父の死。ふいに肩にのしかかってきた爵位と領地の重圧。愛した女は身分目当てに男に媚《こび》を売る計算高い女の正体を露呈し、おまけにこうして現れたヒービーに、私生児の父親になろうとしていることを告げられたのだ。

「何も言ってもらう必要はない。これで少しは話が簡単になったことに感謝しないと。そうだな、君は気分がよくなりしだい、ロンドンに向かうのがいいだろう。一週間くらいしたら叔母上と叔父上に会いに行くよ。君の手を求めるために」

「私の手を？」ヒービーはぽかんとした。何を言われているのかさっぱりわからない。

「求婚だよ。ヒービー、まさか本気で思っていたわけじゃないだろう？　君が女手一つで子供を育てるのを、僕が黙って見ているなどと」

「もしもあなたが結婚していたら……」

「その場合はちょっと厄介だったかもしれないが、それでも子供はちゃんと認知したし、君が生活に困ったり、ご家族とぎくしゃくしたりしないように、ちゃんと手を打ったさ。そしていまでは、二人が結婚できない理由は一つもない」

胸がむかつくのにはもう慣れたが、この吐き気は強烈だ。ヒービーはまた一口お茶を飲んだ。「あなたとは結婚できないわ。さっきも言ったけど……」

「愛のない結婚をする気はない。たしかに君はそう言った。だが、それは子供を、われわれの子を非嫡出子にしてまでしがみつくべき決意なのか？　君は身ごもったことで自分が変わったと言った。生まれてくる子供のために僕に金をねだり、家族をあざむき、嘘《うそ》で固めた一生を送る一方で、君は子供の将来をたしかなものにする唯一の手段に背を向けるのか？　生まれるのが男の子なら、その子は伯爵家の跡とりになる。女の子なら何不自由なく暮らし、どんな相手とでも結婚できる」

ヒービーはせかせかと室内を歩きまわる長身の姿を目で追った。「それは……そういうふうに言われると……。でも……」アレックスとの結婚。アレックスと結婚して彼の子を産めば、望むものはすべて手に入る。ただ一つ――アレックスの愛以外は。

「でも」アレックスはヒービーの言葉をくりかえした。「でも、か。心配しなくていい、ヒービー。君には指一本触れないと誓う。許可なしには手も握らない。君の寝室には決して足を踏みいれない」

それはそうだろう。ついさっき、愛した女の薄情さに幻滅した男の苦々しげな述懐を聞かされたばかりだ。ほかの女に心を許す気には、とうていなれないだろう。それにアレックスにとって、ついさっき聞かされた恐るべき告白を思い出させられるのは、いとわしいことに違いない。アレックスはあの一件について一生自分を許さないだろう。そして、もう二度と女に心を捧《ささ》げようとはしないだろう。

だが子供のことがある。そしてアレックスは正しい。自分たちの都合を優先する権利は二人にはない。

「わかったわ、アレックス。あなたと結婚するわ」

「ありがとう。後悔はさせないよ」アレックスの言葉に、ヒービーはどうにか小さな笑みを浮かべてみせた。「キルケ……。いや、この呼び方はやめないとまずいな。ヒービー、ちょっとスターリングと話をしてくるよ。未来の奥方が偽名を使って訪ねてきた理由を、何か適当にでっちあげないと。今夜はここに泊まってもらうわけにはいかないが、叔母が住んでいる隠居所がすぐ近くにあるから」

「叔母夫婦は私が今夜ロンドンに着くと思っているの。行かなかったら心配するわ。出発する前に、手と顔だけ洗わせてもらっていい？」

「大丈夫なのか？」アレックスはヒービーの手を取ろうとし、約束を思い出して手を引っ込めた。「家政婦のミセス・フィットンに案内させよう。必要なものがあれば、遠慮なく彼女に言ってくれ」

ヒービーとアレックスがホールに出ていくと、アナとそばにいた感じのいい女性が顔を上げた。

「ミセス・フィットン、ご婦人方をいちばん上等な客室にご案内してくれ。しばらく休憩されるので、必要なものはなんなりと用意してさしあげるように」馬車道に車輪の音が響くのを聞いて、アレックスは口をつぐんだ。従僕が玄関に歩みよった。

「ストーン弁護士の馬車のようです、御前」

「もういいから、そちらにいらして」ヒービーは言い、片手をさし出した。アレックスは一瞬ためらってからその手を取った。「フィットンさんがちゃんと面倒を見てくれるし、すぐに出発しないといけないから。叔母夫婦に、あなたが一、二週間後に訪ねてくると言っておくわ。そうだわ、住所を渡しておかないと」ヒービーは手提げからカードを出し、手早く住所を書きつけた。「これを。チャールズ街のフルグレーヴ夫妻よ。さようなら、伯爵。こんなときにお邪魔して、本当にごめんなさい」

ヒービーとアナは家政婦のあとから階段を上がり、快適にしつらえられた寝室に入った。家政婦が呼び鈴の紐《ひも》を引っぱる。「ただいまお湯をご用意いたします。ほかにお入り用なものはございませんか？」

「ありがとう。それだけで結構よ、フィットンさん。ご不幸があったばかりなのに申しわけないとは思ったけど、どうしてもお知らせしなくてはならないことがあって。伯爵もさぞかしおつらいでしょうね、お父さまが亡くなられたばかりなのに」

「ええ、それはもう」家政婦はきつく唇を結び、それから堰《せき》を切ったように話し始めた。「お身内を二人も亡くされて、おまけにあの薄情女が！　お気の毒なアレックスさま――いえ、御前さま――もよくもまあ、あんなに感じよくしていられるものだと思いますんですよ。たいていの殿方なら手がつけられないほど荒れてしまわれるでしょうに、あの方はお顔がきつくなるだけで、とてもおやさしくて。不機嫌なことなど一つもおっしゃらないんです」

「それじゃあ、レディ・クラリッサのことをご存じなの？」ヒービーがずばりと質問すると、アナが憤慨したような視線を向けてきた。

「いいえ、最初は何も存じませんでしたが、たまたま手紙が届いたときに、その場にいあわせたんです。果物の鉢をお持ちしたんですが、アレックスさまはお気づきになりませんでした。こちらに背を向けておいでででしたし、私も音をたてないようにしておりましたから」家政婦はメイドが水差しとタオルを持って入ってくると口をつぐみ、ドアが閉まるのを待って話を再開した。「手紙をごらんになった瞬間、またどなたかが亡くなられたのかと思いました。あの方は絞り出すような声で〝クラリッサ！〟とおっしゃると、ぎゅっと手紙をまるめて〝いとしい人、ああ、いとしい人〟と、それは苦しそうに」

家政婦はベッドに置かれたヒービーの上着をなでつけて、しわを伸ばし始めた。

「胸が破れてしまわれたんです、おかわいそうに。もちろん、私どもにも最初はまったく事情がわかりませんでしたけれど、あちこちから少しずつ情報が耳に入ってまいりまして」家政婦は鋭い目でヒービーを見やった。「私はむやみと噂《うわさ》話をするたちではございませんが、私どもはみな少佐を――御前さまを――お慕いし、あの方のために心を痛めております。あなたさまはお友達でいらっしゃるようですから、事情を知っていただいたほうがいいと思ってお話しいたしました。さしでたまねをしたのでないとよろしいのですが」

「もちろんそんなことはないわ、フィットンさん。あなたのおっしゃるとおり、友人としてあの人を助けてあげたい気持ちはみんな同じですもの」

ロンドンに向かう馬車のなかで、アナがふいに口を開いた。「それでどうなったの、ヒービー？　いいかげんで話してくれないと気が変になりそう！」

ヒービーは馬車に乗り込んでからずっと黙り込んでいたことに気づいた。「悪かったわ、アナ。あのね、アレックスは私と結婚すると言って聞かないし、レディ・クラリッサがアレックスとの婚約を解消したから、結婚するのに支障はないの」

「ああ、神さま、ありがとうございます！」アナはスペイン語でまくしたててから、ようやく落ち着きを取りもどした。「まあ、ヒービー、これでひと安心じゃないの！　それにしては、あんまりうれしそうじゃないわね」

「アレックスが私の話を聞いて、どんな気持ちになったと思うの？　子供ができたことと、そうなったいきさつを知らされて」ヒービーは苦々しげに言った。「おまけにご家族があんなことになったのに加えて、愛する女性に別れを告げられた直後に、義務感から私と結婚するはめになったのよ」

二人は陰鬱《いんうつ》な沈黙に沈み込んだ。馬車が何キロか進んだところで、アナが思いきって口を開いた。

「だけど赤ん坊のためにはこのほうがいいわ」

ヒービーはぼんやりとうなずいただけだった。馬車がバーカムステッドを通過したところで、アナはふたたび会話の糸口を作ろうと試みた。

「あんたのお母さんとサー・リチャードは大喜びするわね」

「そうね。お相手は伯爵。まさかの玉の輿《こし》だもの」ヒービーは苦く笑った。「ひどい言い方ね。あの二人は本当にアレックスに好意を持っているのに。二人ともきっと私のために喜んでくれるわ」

　快調に飛ばす馬車がウォトフォードを通過したとき、ヒービーが小さくあえいだ。うとうとしていたアナがはっと身を起こした。「どうしたの？」

「朝から腰が痛かったんだけど、急にずきっと来て」腰に手をやったとたんに腹に激痛が走り、ヒービーはふたたびあえいだ。「ああ、アナ。痛い！」

　ヒービーの蒼白《そうはく》な顔をひと目見るなり、アナは窓を開けて身を乗り出した。「ちょっと御者さん！　止めて！」御者が手綱を絞り、鞍《くら》の上で体をひねって振りかえった。「急いで。連れの具合が悪くなったの。最寄りのちゃんとした宿屋まで飛ばして！」

　男は鞭《むち》をふるって馬を急がせ、アナはヒービーの隣に腰を下ろした。手を当てると、ヒービーの額はじっとりと汗ばんでいた。苦痛の靄《もや》をつらぬいて、アナの声がヒービーの耳に届いた。

「あたしの指輪をはめて。あんたの名前はミセス・スミスよ。わかった？」温かい金属の輪が指にはめられ、ヒービーはふたたび両手を握り締めた。

「アナ、これはなんなの？　赤ちゃんに何か？」

「たぶんね。さあ、私の手を握って。宿屋に着いたらすぐにお医者さんを呼ぶからね」

　ヒービーにとって、それからの三十分は靄に包まれていた。誰かに助けられて馬車を降り、建物のなかに入ったようだった。そして力強い腕にすくい上げられ、ベッドに運ばれて横たえられた。聞き覚えのない声が言った。「そこに下ろして、ジョー。そっとね。そしたらドクター・グリフィンを呼んできて。急いで」ふたたび激痛が襲ってきた。アナの声と聞き覚えのない女の声が、どちらも不安を隠そうとしながら、やさしく励ましの言葉をかけてくる。

ついで年配の男の声がした。聞く者を安心させるような自信に満ちた声。「さあ、場所を空けて。妊娠何カ月と言われたかな？　二カ月ね、ふむ」

いつの間にか眠り込んだらしく、ヒービーが目覚めたとき、あたりには朝の光が満ちていた。ひどく弱々しく感じるが、痛みはもうない。「アナ？」

「ここよ、あひるさん」

「赤ちゃんは……」

「だめだったわ。お医者さんも手のほどこしようがないって。こういうことって、ときどきあるものなのよ。最初から育たない運命だったみたいな」

最初から育たない運命だった。私の子。アレックスの子。最初から育たない運命だった……。

「どんなことをしてでも守るつもりだったのに」

「知ってるわ」アナがヒービーの体に腕をまわし、そっとゆらし始めた。

「それでいて、実感はちっともなかったの。それって筋が通ってると思う？」

「ううん」アナは答えた。「でも気にすることないわ」

「いつごろ出発できるの？　きっと叔母さまも叔父さまも心配してるわ」

「明日なら、と先生は言ってたけど。今日ちゃんと休んでればね。午後にまた診察に来てくれるわ」

「叔母さまたちに手紙を書くわ。この宿屋が本街道沿いにあるなら、郵便馬車が通るはずだから」

アナが便箋《びんせん》とペンを取りに行き、ヒービーは短い手紙をしたためた。旅の途中でジブラルタル以来の持病が悪化して予定が狂ったが、明日の晩には到着する予定だと。手紙は午後のうちにロンドンに届くと太鼓判を押されて郵便馬車に託され、ヒービーはアレックス宛《あて》の手紙の文面を考え始めた。

こちらははるかに難しかった。もう結婚する必要はないことを知らせなくてはならないが、他人が読んで事情を察知できるような書き方はできない。そんな形で流産を知らせるのはいやでたまらなかった。アレックスは悲しむだろう。たとえその結果、気の進まない結婚をする必要がなくなったとしても。

さんざん考えた末、ヒービーはこう書いた。

〈伯爵さま。昨日お訪ねした際のおもてなしに一刻も早くお礼を申し上げたくペンを取りました。ご家族を亡くされた深いお悲しみのなかで示してくださった忍耐とご厚意、さらにご助力をあおいだ件についてのお骨折りは、生涯忘れられないでしょう。残念ながら私は旅の途上で体調をくずし、その結果、昨日お話しした計画はすべて白紙に戻りました。したがって、あなたが強く反対された旅行は中止し、しばらくロンドンの叔母夫婦のもとで静かに過ごすことになりそうです。大切な方々のご他界をはじめ、ご帰国と相前後して起きた悲しむべき出来事の数々に、心からお悔やみを申し上げます。つねに変わらぬあなたの友、ヒービー・カールトン〉

これで通じるはずだ。ヒービーは手紙を折りたたんで宛名を書き、戻ってきたアナに封印を頼んだ。

「これをタスバラ・ホールに届けさせてちょうだい。アレックスに直接手渡すように言ってね」

やがて往診に来た医師は、ミセス・スミスの回復ぶりに満足の意を表明した。素朴ななかにも思いやりのある口調で患者に語りかけ、こうなったのはあなたの責任ではないし、この先、健康な子供を何人でも産めるだろうと告げた。でも、もうアレックスの子を産むことはできない。ヒービーは悲しみとともに思った。それに、ほかの誰かの子も。

ロンドンへの旅は何事もなく終了し、馬車がチャールズ街の瀟洒《しょうしゃ》なタウンハウスの外に止まると、ヒービーはほっとした。死んだ実母の妹に当たるエミリー叔母が、階段を駆け下りてくる。きれいでせっかちなところは、昔とちっとも変わらない。

ヒービーをひと目見るなり、叔母は体格のいい従僕を呼び、姪《めい》を寝室に運ぶよう命じた。「気をつけてちょうだい、ピーター！　ああ、あなたがミセス・ウィルキンズね、ヒービーの話し相手をしてくださっている。ようこそ……。こっちよ、ピーター。そっと下ろしてあげて。いけません、ジョアンナ。いとこに挨拶《あいさつ》するのはあとになさい。具合が悪いんだから、休ませてあげないと」夫と従僕、そして娘たちを締め出すと、エミリー・フルグレーヴは閉めたドアにもたれ、包み込むような笑みを浮かべてヒービーを見やった。「かわいそうに、そんなにぐったりして。いったいなんの病気なの？　明日、サー・ウィリアム・ナイトンに往診をお願いしないと」

ヒービーが目顔で助けを求めると、アナはミセス・フルグレーヴの腕を取り、小声で何やらささやき始めた。やがて近づいてきたエミリー叔母はベッドに腰を下ろし、ヒービーの手を軽くたたいた。

「かわいそうに。そういうことなら男のお医者さまに診ていただくのを恥ずかしがるのも無理ないわ。とにかく主治医の先生がおっしゃったように、ゆっくり休んで栄養を十分にとることよ。牛乳と鶏肉をたっぷり、だったかしら、ウィルキンズさん」

「ええ。それとレバーも」ヒービーのぞっとした表情を無視して、アナはきっぱりとつけ加えた。

「とにかくよく来てくれたわね、ヒービー。私たちのためにも早くよくなってちょうだい。ジョアンナはロンドン見物の案内役をするとはりきっているし、小さいウィリアムは退屈しのぎにどれでも好きなおもちゃを貸してくれるそうよ。グレースと私は、あなたを買い物やパーティーに連れていきたくてうずうずしているし。夏のロンドンは人が少なめだけど、十分に楽しめるはずよ。もちろん主人もあなたが来てくれて大喜びしているし。それじゃあね。ウィルキンズさんに手伝ってもらってベッドにお入りなさいな。少し休んで気分がよくなったら、グレースと一緒にまた来るわ。今夜は私たちの分の夕食もここに運ばせようと思って」

ヒービーはその提案をありがたく受けいれ、叔母がそっとドアを閉めると、ベッドに身を横たえた。

「どこが悪いことにしたの?」寝間着を求めて旅行かばんから次々に衣類を出しているアナに尋ねる。

「生理痛がひどいけど病気ってわけじゃないし、主治医は大人になればよくなると言ってるって。それと、あんたはあれこれ質問されたり診察されたりするのが恥ずかしくてたまらないみたいだし、じきによくなるだろうから様子を見たらどうかって」

「大人になれば? アナ、私は二十歳よ!」

アナは肩をすくめた。「叔母さんは納得したみたいだったわよ」発見した寝間着を広げる。「いい家族みたいね。子供たちを見たわ。きれいな女の子が二人と、ハンサムな坊やが一人。三人とも何年も会ってないいとこのことをすごく心配してて。なくした幸せを取りもどすにはもってこいの場所ね」

「幸せを取りもどす」ヒービーは浮かんできた涙をまばたきをして押しもどした。「そうね、アナ。ここで幸せになれなかったら、どこに行っても幸せになれっこないわ」タスバラ・ホールでアレックスと暮らす以外は——ヒービーの心はささやいた。

19

ヒービーは夕食の時間までひと眠りし、手と顔を洗って部屋着を着ると、料理がのった盆をあてがわれて寝椅子に陣どった。エミリー叔母と婚約したての十九歳の長女グレースは、従僕のピーターが運び込んだカード卓を食卓がわりにしている。

「だいぶ元気になったみたいね」グレースがうれしそうに微笑した。女らしい体型をした小柄でややぽっちゃりした金髪娘で、大きな青い瞳にはおっとりと満ちたりた表情が浮かんでいる。「一緒にお店をまわるのが楽しみだわ。私は花嫁衣装を、あなたはデビューのための衣装をそろえないといけないから。でも正確にはデビューじゃないのよね。だってマルタの社交界に出ていたんでしょう？」

「ええ」ヒービーは答えた。「社交界といっても、ロンドンみたいに華やかなものじゃないけど」

「〈オールマックス〉の入場券の手配は任せてちょうだい」叔母が言った。「それともちろん、なるべく早いうちに宮中に伺候して謁見式をすませる手配もね。それにはまず宮中服を用意しないと」

「でも、ずいぶんお金がかかるんでしょう？」ヒービーは心配そうに尋ねた。「お継母さまとサー・リチャードが気前のいいお小遣いをくださったから、ほかのドレスや何かの費用はそれで全部まかなえると思うけど、宮中服までは無理じゃないかしら」

「あら、大丈夫よ」エミリー叔母は言った。「考えてみたんだけど、羽飾りはグレースが使ったのをしまってあるから、それだけでもかなり費用を節約できるわ。あなたは背が高いからグレースのドレスは体に合わないだろうけど、フープは使えるし、そうすれば、あとは生地を買うだけですむから」

宮中に伺候することを考えると、さすがに気持ちが浮きたってくる。いとこと話しているヒービーの顔がなごみ、頬にわずかながら赤みがさしているのを見て、アナはほっとしたように微笑した。

翌朝、ヒービーが朝食をとっているところに、エミリー叔母がさっそうと入ってきた。「よく眠れたかしら？　通りがうるさくなかった？　昨夜《ゆうべ》よりずいぶん元気そうでほっとしたわ。それはそうと、しばらくミセス・ウィルキンズと二人で家にいてもらっても大丈夫かしら？　ほったらかしにして悪いけど、叔父さまは銀行に用があるし、グレースとジョアンナは新しい靴を買わないといけないの。あの子たちにかかると、繻子《しゅす》の上靴が何足あっても足りないのよ！　ウィリアムは歯医者に行く予定だけど、家庭教師と一緒には行きそうにないから、私が引きずっていくしかないわ。お昼には戻るから、午後も暖かかったらドライブでもどう？」

「大丈夫よ、叔母さま。私たちのことは心配なさらないで。アナは荷ほどきの続きをやりたいそうだし、私は寝椅子に横になって本でも読んでいるから。何か貸していただける本はあるかしら？　それと、ええ、ドライブはぜひしたいわ」

数分後、グレースが腕いっぱいに本を抱えて駆け込んできた。「一冊以外は全部小説よ。ええと……ああ、これだわ、バイロンの詩集。お父さまには見せないでね、いやがるから。オースティン女史の『高慢と偏見』はもう読んだ？　バイロンが好みでなかったら、ぜひ読んでみて。お母さまに聞いたけど、午後は一緒にドライブできるんですってね。うれしいわ！」グレースは身をかがめてヒービーの頬にキスすると、陽気な〝じゃあね！〟という声を残して駆け出していった。

「元気いっぱいね、ここんちの人たちは」アナが笑いながら論評した。「いつも走りまわってる。そろそろ起きる、ヒービー？　ほらこれ。きれいな部屋着が出てきたから、アイロンをかけといたわ」

ヒービーはいそいそとベッドを出ると、『高慢と偏見』を手にして寝椅子にまるくなった。ヒービーの肉体はめきめきと回復していた。いままでずっと健康で丈夫だったせいだろう。だが心は混乱しきっていた。うずくまって赤ん坊のことを嘆き悲しみたいと思っている部分もあれば、陽気で愛情あふれる叔母一家との同居を喜んでいる部分もある。そしてヒービーのなかの理性的な部分は、愛のない結婚をせずにすんでよかったとささやき、反抗的で感情的な部分はアレックスに恋い焦がれている。

アナは室内を動きまわり、衣類をたたんでしまったり、ブラシを鏡台に並べたりしながら、くるくると変わるヒービーの表情を見守っていた。「一日二日は、だいぶ気持ちが不安定になると思うわよ。子供を産んだばかりの女によくあるのよね。にこにこしてたと思うと、急に泣き出したり。あんたみたいな場合でも、似たようなことが起きるって聞いたことがあるわ。まあ、あまり焦らないことね」

ノッカーが打ち鳴らされた。「誰かしら？」ヒービーがけだるく言った。「家の人間は一人もいないと知ったら、がっかりするでしょうね」

ほどなくドアにノックが響き、ピーターが現れた。少々顔が赤く、部屋着姿のヒービーを懸命に見ないようにしている。「すみません、ミセス・ウィルキンズ。ヒービーさまにお会いしたいって紳士がお見えなんですが。お留守だと言ったら、それならミセス・ウィルキンズと話をしたいって。ミセス・ウィルキンズもお出かけだと思うと言ったんですが、下りてこないなら、こちらから上がっていくっておっしゃって。どうしたらいいでしょう？」従僕はもじもじと足を踏みかえた。「つまりその、ご身分のある方みたいだし、体も大きくて――玄関払いなんかしたら黙ってそうにないし、いま家にいるのは、おれと料理人とメイドのドロシーだけで」

足音が階段を上がってくるのを聞いて、ピーターはさっと振りむいた。

「げっ、やばい。あ、失礼しました」

「アナ！　どこだ？」アレックスの声だ。どうやらひどく激昂《げっこう》しているようだ。

「ありがと、ピーター。知ってる人よ。すぐ階下《した》に行くわ」アナは出ていき、従僕がヒービーに詫《わ》びるような視線を投げてあとに続いた。ドアが閉まる。

アレックスがここに……。ヒービーがかすかに震える手で本を置き、立ち上がろうかこのままでいようかと迷っていると、ドアが勢いよく開いてアレックスが入ってきた。アナが追いすがる。

「少佐！　その部屋には入っちゃだめよ！」

アレックスは振りむき、この袖《そで》離さじとばかりにしがみついている興奮したスペイン女と、おろおろとその後ろをうろついている従僕を見やった。「入らせてもらうよ、アナ。止められるものなら止めてみろ。君とその気の毒な坊やだけでは無理だと思うがね」ずいと向きなおって足を踏み出すと、二人はあとずさった。アナの足が敷居を越えるなり、アレックスはドアを閉めて鍵《かぎ》をかけた。

外の二人ががちゃがちゃと取っ手をまわそうとするのをよそに、アレックスはしばしドアにもたれて動かなかった。その顔に浮かんだ表情はとてもやさしく、それでいて不安に満ちていた。やがてアレックスは寝椅子に歩みより、片膝をついたが、ヒービーに手を触れようとはしなかった。

「かわいそうに」そこにはアナとピーターに向けた激しい怒気はみじんもなかった。やさしい声音に、ヒービーはまばたきして涙を押しもどした。

「じゃあ、あの手紙の意味はわかったのね？」

「ああ。すぐに来たかったんだが、葬式が昨日だったんだ。そのあと大急ぎで出発して、夜どおし馬を走らせて、夜明けにここに着いた。あとは通りに立って、家の人たちが出かけてしまうのを待っていたんだ。君の叔母上の前で、こんな話はしたくなかったからね」言われてみれば、アレックスは乗馬ズボンをはき、ブーツは埃《ほこり》にまみれている。

「髭《ひげ》も剃《そ》ってないみたいね」軽い口調で言おうとしたが、声が震えた。

「ここにはフランスのスパイはいないからな」アレックスも同じような口調で応じた。「具合はどうだい？　医者には診てもらったのか？」

「ええ、とてもいいお医者さんに診ていただいたわ。ロンドンに来る前にだけど。叔母さまは何が起きたか知らないの。ジブラルタルにいたときから調子がよくなくて、旅の途中で体調をくずしただけだと思ってるわ」ヒービーは口をつぐみ、アレックスの手に視線を落とした。アレックスは軽く両手を組み合わせ、寝椅子の端にのせている。「もうだいぶいいのよ。じきにすっかりよくなるわ」

「だが悲しい？」アレックスがやさしく尋ねた。

「ええ、悲しいわ。あなたは悲しい？」

「君さえ元気でいてくれれば、それでいいと思っているつもりだったんだが、子供のこともだいぶこたえてる。自分でも意外なくらいにね」

　いまここで感情のおもむくままにアレックスの胸に身を投げ込み、すがりついたらどうなるだろう？　だがヒービーは、ごくりと唾《つば》をのみこんで言った。

「来なくてもよかったのに」その言葉は意図したよりもつっけんどんに響き、アレックスは寝椅子にのせていた手を引っ込めて立ち上がった。

「そうはいかない。君の健康状態が気がかりだったことを別にしてもね。手紙に、計画はすべて白紙に戻ったとあったが、あれはどういう意味だ？」

「もちろん、結婚の件は白紙に戻すという意味よ。手紙が第三者の目に触れたときのことを考えると、具体的には書けなかっただけ」アレックスは鏡台のブラシをひねくりまわしながら、鏡面に陽光がたわむれる様子に心を奪われているように見える。

「で、その理由は？」アレックスは尋ねた。その僧《そう》侶《りょ》めいた厳しい横顔からは、何一つ読み取れない。

「子供がいなければ結婚する必要はないからよ」

アレックスはゆっくり向きを変えて戻ってくると、目の前に立ちはだかるようにしてヒービーを見下ろした。「必要は大いにあるね。君の人生を台なしにした以上、僕は君と結婚する」

「ばかばかしい」ヒービーは実際に感じている以上の自信をこめて反論した。「人生が台なしになったなんて思ってないわ。社交界ではそう見なされるかもしれないけど、私は自分が異端者だなんて思ってないし、愛のない結婚を承知する気は――」

「愛のない結婚生活よりも、愛のない独身生活のほうがいいとでもいうのか？」

「それは……そうね、独身なら自由に暮らせるわ」

「悠々自適を楽しむには金が必要だぞ」

「慈善活動ならできるわ。やりがいのある仕事よ」

「どうせやるなら伯爵夫人の立場で活動すればいい。そのほうがよほど大きな成果を上げられる」

「慈善事業以外にもしたいことはあるわ」ヒービーは罠《わな》にかかったように感じ始めていた。「もっと視野を広げて――」

「だったら広い領地に目を配り、大きな屋敷の女主人として采配《さいはい》をふるいながら視野を広げればいい。本を集めるなり――」アレックスは寝椅子の裾《すそ》から床にこぼれた本の山を手ぶりで示した。「――美術品を集めるなりして。どんなものだろうと、妻の道楽に太っ腹なところを見せる程度の財力はある」

「甘やかされるのはごめんだわ」ヒービーはぴしゃりと言った。いまや完全に守勢に立たされてしまっている。アレックスの妻になり、甘やかされて暮らす未来。それは胸が痛くなるほど魅力的だった。

「何を言ってもむだだよ、ヒービー。これは僕の名誉にかかわる問題だ。必ず君と結婚する」

「あなたの傷つきやすい名誉のために結婚する義理はないわ」ヒービーは言いかえした。「私はいやよ。そんなの間違ってるもの」

アレックスはふいにしゃがみこみ、ヒービーと目の高さを合わせた。「では最後の手段をとるしかないな」

「何ができるっていうの？　中世じゃないんですからね。力ずくでさらってでもいくつもり？」

「いや、そんな芝居がかったことじゃない。君の叔母上ご夫妻が戻ってくるのを待って、君が僕と結婚するべき理由を具体的にお話しする」

「二人が何を言おうとつっぱねるだけよ」

「ではサー・リチャードと君の母上に手紙でお知らせしよう。君の身に何が起きたのかを知り、遠すぎてそばに駆けつけることもできないとなったら、お二人はどんな気持ちになると思う？」

「脅迫だわ！」ヒービーは憤然と抗議した。「お継母さまをそんな目に遭わせるなんて、恥ずかしくないの？」

「そう、これは脅迫だ。そして、あくまでも最後の手段だ。どうすれば母上が喜ぶか、胸に手を当てて考えてみるんだな」

ヒービーはアレックスの腹立たしげな視線を避けてうつむいた。「わかったわ」つぶやく。

「念のために言っておくが、逃げようなどと考えないことだ。君は警察から逃げおおせる自信があるようだが、僕からは決して逃げられないぞ」アレックスは少し言いよどんでから続けた。「ヒービー、いまさら言う必要はないと思うが、君には誓って指一本触れるつもりはない」

アレックスがぎこちない動作で立ち上がり、ヒービーは彼が夜を徹して馬を駆ってきたことを思い出した。それも兄の葬儀の直後に。込み上げてきた嗚《お》咽《えつ》をぐっとのみくだす。「ごめんなさい、アレックス。逃げないと約束するわ」アレックスの最後の言葉を、ヒービーは単に自分の体調を気づかってくれたものと受け取った。「これからどうするの？」

「クラレンドン・ホテルに行く。急な上京に備えて、服を置いてあるんだ。何時間か眠ってから着替えて、午後のうちに君の叔父上に会いに来る」

鍵を開けると、アナがつんのめってよろめき、ヒービーに駆けよった。「ヒービー、大丈夫？」

「彼女に手は出してないぞ、アナ。それを心配しているのなら」アレックスは荒々しく言い、大股で部屋を出て、待っていたピーターに声をかけた。「来い、坊や。おとなしくつまみ出されてやる」

ヒービーはアナの肩を借りてさめざめと泣いてから横になり、叔母夫婦にアレックスのことをどう話そうかと思案をめぐらせた。二人が帰宅したら、ピーターはさっきの騒ぎをどんなふうに話すだろう？

ヒービーはやがて起き上がり、入浴して服を着た。そろそろと階下に下り、表側にある客間に腰を据えて、叔母一家が戻ってくるのを待つ。

叔母一家は相前後して帰宅した。一番乗りは娘たちだった。二人はいとこが起きて服を着ているのを見て喜び、ジョアンナは新しい上靴を次々に箱から出してヒービーに見せた。ついで帰宅したヒューバート叔父は、満面に笑みをたたえ、身をかがめてヒービーにキスすると、隣に座って姪《めい》の手をなでながら、体調が悪いと聞いてとても心配したんだよ、と語った。そして最後に、エミリー叔母がウィリアムを連れて帰宅した。ウィリアムは林檎《りんご》のような頬に涙の筋が残っていることも忘れ、恐ろしい歯科医と対決した自分の勇敢さを吹聴《ふいちょう》したあげく、ポケットから血まみれの奥歯を出して見せびらかそうとしたので、二人の姉は悲鳴をあげて逃げていった。

だが初対面のいとこは豪胆で、ウィリアムに歯を抜いたあとにできた大きな穴を見せるよう言ってくれた。エミリー叔母は午後に家庭教師が来るまでに予習をしておくよう命じてウィリアムを追いはらい、少年の声はしだいに遠ざかっていった。「ピーター、ねえ、ピーターってば。僕の歯を見てよ……」

「しょうがない子ね」エミリーは甘やかすように言い、姪に向きなおった。「ずいぶん元気そうになったこと。頬に赤みがさしているわ」

ヒービーは今朝の騒動がピーターの口から叔母夫婦の耳に入る前に、なんらかの説明をしておいたほうがいいと判断した。「ごめんなさい、叔母さま。実はお留守の間に私に来客があったの」

「まあ、謝ることはないわ。気兼ねなんてしなくていいから、ここを自分の家だと思って、いつでも好きなときにお客さまをもてなしてちょうだい」

「それがね、お客さまはタスバラ伯爵だったんだけど、ピーターを動転させてしまって」叔母夫婦がきょとんとしているので、ヒービーはつっかえながら続けた。「お年寄りの伯爵が馬車の事故で亡くなったのはご存じでしょう？」二人はうなずいた。「ご長男が跡を継いだけど、その方も同じ事故で受けた傷がもとで、四日前に急逝されて。それで跡を継いだのが次男のベレズフォード少佐で、私たちがマルタにいたときの友人なの。実は私、ポーツマスからの途上でお宅に寄ってみたのよ。お兄さまが亡くなったばかりと知って早々に失礼したけど、その後、旅の途中で具合が悪くなったものだから、お悔やみの手紙のなかで、そのことにも触れたの。そうしたら今朝、心配した少佐……じゃなくて伯爵が訪ねてきて、ピーターに私は留守だと言われると……あのう、無理やり押しいってきたの」

「まあ」エミリー叔母はようやく話の内容をのみ込むと、かぼそい声でつぶやいた。「タスバラ伯爵があなたの身を案じるあまり、お兄さまを亡くしたばかりの身でわざわざロンドンまで会いに来て、いないと言われると無理やり上がり込んだというの?」

ヒービーは頬を薔薇《ばら》色に染めてうなずいた。

「君とはどういう関係なのかね?」ヒューバート叔父が真剣な口調で尋ねた。

「結婚したいって」ヒービーはささやき、いっそう赤くなった。「今日の午後、叔父さまに話をしに来るそうよ」

「しかし、私は君の後見人じゃないんだ! どういう返事をすれば、君の母上の意向に沿うことになるのかな?」

「ねえ、あなた」エミリー叔母は夫の袖に手をかけた。「セーラの手紙を覚えてらっしゃらない?」

「では、この伯爵が例の青年だと?」

「例の青年って?」ヒービーはとまどって尋ねた。

「君の母上はベレズフォード少佐のことを何度か手紙に書いてきたんだ。彼が君に求婚するんじゃないかと期待しているようだった。ところがその後、彼が別の令嬢と婚約していることがわかってがっかりしたと書いてよこしてね」

「ところがそうじゃなかったのよ」ヒービーは身内への手紙に自分の恋愛問題が長々と記されていたらしいことに腹を立てまいとしながら言った。「レディ・ク……相手のお嬢さんは、少佐とは相性がよくないことに気づいて婚約を解消したの」

「なるほど、それなら私が親代わりを務めても問題はなさそうだ」ミスター・フルグレーヴは真剣な顔でヒービーを見つめた。「どう返事してほしいかね？」

「イエス、と」ヒービーはずばりと言った。

「すばらしい知らせだわ」そう言った叔母の声は、まだどことなく呆然《ぼうぜん》としていた。「とてもうれしいけど、ちょっと残念な気もするわね。身勝手な言い草だとはわかっているけど、あなたを社交界にデビューさせるのを楽しみにしていたんですもの」

「だがね奥さん、考えてごらん。伯爵は服喪中だ。当然、すぐに婚約発表とはならないだろう。いまの時点で婚約したら、ヒービーまで喪に服さなくてはならなくなるからね。おそらく婚約発表は早くても半年後だろうから、ヒービーはその前に少しは初めての社交シーズンを楽しめるはずだよ」

「まあ、本当だわ！」エミリー叔母はたちまち元気になった。「いいことずくめじゃないの」

それはヒービーにとっても新発見だった。半年先まで正式な発表がないのなら、それまでにアレックスに気を変えさせる方法が見つかるだろう。心がなんと言おうと、ヒービーの頭は告げているのだから――このまま進めば、行き着く先は破滅だと。

エミリー叔母とグレースとヒービーは、午後の前半を緊張しきって過ごした。いちばんいい午後用のドレスを着て表の客間に座り、それぞれに『高慢と偏見』を読んだり、高齢の叔母たちに手紙を書いたり、新しいボンネットにリボンを縫いつけたりしようとしていたが、成果ははかばかしくなかった。アナは今回の騒動が神経にこたえたと言って自室に引き上げ、ミスター・フルグレーヴは書斎にこもって昼食が消化されるのを待ちながら、来るべき会見に備えて父親らしい気分を盛り上げようとしていた。

やがて三時にノッカーが打ち鳴らされると、三人のご婦人は飛び上がった。ヒービーにとっては耳慣れた、冷静で深みのある声がホールに響き、ピーターがうわずった声で応対する。二人の足音がヒューバート叔父の書斎のほうに遠ざかっていくと、女性たちはふたたびゆったりと椅子に身を預けた。

「すてきな声をしてるのね」グレースが言った。

「すごく……威厳があって。ぞくぞくしちゃった」

「グレース！」母親がたしなめた。「サー・フレデリックが聞いたらなんておっしゃるか。サー・フレデリック・ウィリントンはグレースの婚約者なの」エミリー叔母はヒービーに説明した。「近いうちにささやかな夕食会を開くから、あなたも会えるわ」

ヒービーはグレースにサー・フレデリックについて質問してみた。気立てはいいが、ちょっと退屈な人のようだ。活発なグレースがそういう男性に引かれるのは不思議な気がするが、正反対だからこそ引かれるのかもしれない。ヒービーは苦笑した。人のことは言えないわね。美貌《びぼう》とも個性とも無縁な私が、美形でさっそうとした、波瀾万丈《はらんばんじょう》の人生を送ってきた皮肉屋さんに引かれているんだもの。

書斎からはそれきりなんの音沙汰《おとさた》もない。やきもきしながら待っていると、部屋の外で声がした。三人はわざとらしく各自の仕事に没頭しているふうを装い、やがてドアを開くと驚いたふりをした。

「お客さまをお連れしたよ」三人は立ち上がった。二人の令嬢は膝を曲げてお辞儀し、ミセス・フルグレーヴは優雅に頭を下げた。「ようこそおいでくださいました、伯爵。こちらは長女のグレースですわ。姪のカールトン嬢はすでにご存じですわね」

「奥さま、お嬢さま、お目にかかれて光栄です。少しはよくなられたようですね、ミス・カールトン」

「ええ、おかげさまで、伯爵」

「どうぞおかけくださいな、伯爵」ミセス・フルグレーヴはまだ姪を訪問客と二人きりにするつもりはなかった。「まずはお悔やみを申し上げなくてはいけませんわね。長い間外国で任務についていらしたあとの、久方ぶりのご帰国だったのでしょうに、それがそんな悲しいことになってしまうなんて」

「恐れいります。おっしゃるとおり、今回のことは大変な打撃でした。またそれによって、僕の境遇も大きく変化しました。ロンドン滞在中に陸軍司令部に行き、退役手続きをとらねばなりません」

「地中海での任務も多かったのでしょうね」

「はい、奥さま。ギリシャ、マルタ、スペイン。フランスにもちょくちょく足を踏みいれました」

ミセス・フルグレーヴは会話が月並みな路線をはずれることのないよう舵《かじ》を取りつづけたが、十分が経過したところでちらりと夫を見やった。ミスター・フルグレーヴが立ち上がった。「私はひとまずこれで失礼しますよ、伯爵。クラブで人と会う約束がありましてな。グレース、友達のミスター・ジェームズの家まで乗せていってほしいと言っていなかったかね？」

アレックスは礼儀正しく立ち上がって二人を見送ると、ふたたび腰を下ろした。失礼にならないように三十分ほど上品な会話に耐え、そのまま辞去するという展開も覚悟しているようだ。だがエミリー叔母は、自分が厳格なお目付け役であることは十分に認識されたと判断したらしく、立ち上がった。「ちょっと用事を思い出しまして……。しばらく席をはずさせていただきますわね、伯爵」優雅に会釈してホールに出ると、不安顔のアナが待っていた。

「どうなりました、奥さま？」

「それがまだどうもなっていないのよ、ミセス・ウィルキンズ。私もう、どきどきして。十分くらい〈朝食の間〉に座っていましょう」

アレックスと二人きりになったヒービーは、わざとらしく自分の手を見つめた。服喪期間が婚約発表を遅らせると知って、だいぶ気が楽になっている。

「僕が訪ねてきた理由は知っているね、ヒービー」

それは質問ではなかった。

「ええ」

「叔父上は君の意向を尋ねる許可をくださった」

「そうなの？」

「ヒービー。こっちを向くんだ！」

こちらをにらんでいるのは、まさに猛々《たけだけ》しい聖人だった。ヒービーはマリアの言い得て妙な形容を思い出すまいとして失敗した。唇の端がぴくりと動いたらしく、アレックスの眉が険しく寄った。

「何を笑っているんだ？」

「メイドのマリアを思い出していたの。あなたのことを、美しくて猛々しい聖人みたいだと言った娘《こ》よ。いまのあなたはとても猛々しく見えるわ」

「そういう発言をするということは、多少は気分がよくなったと考えていいのかな？」

「ええ、おかげさまで。まだ気分にむらがあるけど、それもだんだんよくなると思うわ」ヒービーは自分の落ち着きぶりがアレックスをいらだたせていることに気づいていながら、落ち着きはらって答えた。

「ヒービー、僕の妻になってくれるかい？」

恋の情熱から最も遠いところにあるプロポーズの言葉。ヒービーはアレックスの顔を見つめて答えた。

「ええ」アレックスの目に安堵《あんど》ともう一つ、何か読み取りがたい表情が浮かんだが、それはすぐに消えた。「あなたが喪に服している以上、婚約発表が少なくとも半年は先になるのはしかたないわね」

「ところが違うんだ。残念だったな、ヒービー。言ったはずだ、僕からは逃げられないと」アレックスが近づいてきて、至近距離からヒービーを見下ろした。「喪中だから婚約発表はしない。特別結婚許可証を手に入れて、明日、ハノーヴァー広場の聖ジョージ教会でひっそりと式を挙げる。そして午後にはタスバラ・ホールに戻るんだ」

20

「いやよ！」ヒービーが叫ぶと同時にドアが開き、叔母が戻ってきた。若い恋人たちがしっかと抱き合っていることを予想していたのは明らかだった。

「いや？　あなた、伯爵をお断りしたの？」エミリー叔母は大きく見開いた灰色の瞳に動揺の色を浮かべ、二つのこわばった顔を見比べた。

「プロポーズはお受けしたわ、叔母さま」ヒービーはどうにか微笑してみせた。「だけど伯爵は、特別許可証で明日、式を挙げるとおっしゃるのよ」

「論外ですわ」ミセス・フルグレーヴはぴしゃりと言った。「伯爵、一刻も早く姪《めい》と結婚なさりたいというお気持ちは理解できますし、おつらい時期だけに、この子をそばに置いて心の慰めになさりたいとお考えになるのも無理のないことだと思いますわ。ですが、ヒービーの立場も考えてやってくださいませ。いますぐ結婚すれば、この子もいやおうなしに喪に服すことになります。私は社交界に出すという約束で、母親からこの子を預かったのですよ」

「ご心配はごもっともです、奥さま」アレックスは礼儀正しく答えたが、その態度からは反論に耳を貸す気などまったくないことが見てとれる。「ですが、姪御さんは数カ月後には私の妻として社交界入りするわけですし、そのときは間違いなく奥さまにお力添えいただくことになるはずです。私には近しい女性の親族がおりませんので」

「それならなおのこと、婚礼は延期するべきですわ」エミリー叔母は食いさがった。「ヒービーは大きなお屋敷の切り盛りの仕方など、まったく知りませんのよ！　右も左もわからない状態で、助言してくれる人もないまま伯爵夫人になっても……」

「私が教えます」思うに任せぬ展開に、アレックスはますますスペインの異端審問官めいた顔つきになってきていた。本人が気づいていれば、表情をやわらげる努力をしたかもしれない。結婚式を延期させようという叔母の決意は、その表情のせいでいっそう強まっているようだったからだ。

「殿方には無理ですわ」エミリー叔母はけんもほろろに言ってのけた。

アレックスはにこりともせず、軽く頭を下げた。

「では、そういうことでよろしいですわね」叔母は言い、椅子に身を沈めかけた。のちにヒービーが本人に語ったところによると、危機が去ったあと、羽を乱して巣に身を落ち着けようとする鳩《はと》のように。

「そうはまいりません、奥さま。ご婦人のご意見に異を唱えるのは本意ではありませんが、私はあくまでも明日ヒービーと結婚するつもりです」

ヒービーはこの意志と意志のぶつかり合いに魅せられて、部屋の隅のソファーから無言でなりゆきを見守った。論じられているのは自分自身の将来と幸福だが、アレックスの忍耐強さには舌を巻かずにいられない。アレックスはこのお上品きわまりない決闘に、片手を縛られて臨んでいる。相手がこの家の女主人である以上、あくまでも礼儀正しい態度をとりつづけなくてはならないからだ。一方で、これはアレックスにとっては決死の攻防でもある。結婚するのがヒービーに対する義務だと思い込んでいるうえに、ことの成否に自分の名誉がかかっていると信じているのだから。名誉なるものが紳士を動かすうえでどれほどの力を発揮するかについて、これまでに読んだり見たりした事例に鑑《かんが》みれば、残念ながらアレックスにとってどちらがより重要かは明白だ。

幸せな二人を祝福しようと、アナがそっと部屋に入ってきた。ミセス・フルグレーヴは頼もしい味方にさっそく救いを求めた。「ミセス・ウィルキンズ、あなたも一緒に説得してちょうだい。伯爵ったら、明日ヒービーと結婚するとおっしゃるのよ！」

「明日？」アナは気の弱い人間なら縮み上がりそうな視線をアレックスに投げつけた。「無茶よ。ヒービーは具合が悪いんだから」そして意味ありげにじっとミセス・フルグレーヴを見やると、夫人はふいにひどく考え深げな様子になった。

「ああ、そうそう。よく思い出させてくれたわ、ミセス・ウィルキンズ。伯爵、ヒービーはまだ本調子ではありませんの。ご訪問をお受けできる程度には回復したとはいえ、明日結婚するのは無理ですわ」

なんともきまりの悪い状況にもかかわらず、ヒービーは苦笑いをこらえるのに苦労していた。アレックスはヒービーの不調の原因を知っているが、自分がそれを知っており、回復するまで夜の営みは求めないとヒービーに約束したという事実を明かすわけにはいかない。アナはアレックスが知っているということを知っているが、それをミセス・フルグレーヴに告げるわけにはいかない。そしてエミリー叔母は、ヒービーが結婚初夜を迎えるには不都合な類《たぐい》の不調で苦しんでいると思っているが、もちろんそんなことを男性に説明するわけにはいかない！

お手並み拝見というところね、伯爵。アレックスの目にいらだちがひらめくのを見て、ヒービーは胸のなかでつぶやいた。次の瞬間、悪寒が背筋を駆け下りた。いらだちが別の表情に取って代わられたのだ。それはあの悪夢のような山越えのなかでいやと言うほど目にした表情――かたくなな決意だった。

「どうやら奥さまは、姪御さんから求婚までの経緯を聞いておられないようですね」アレックスは平板な口調で言った。「お聞きになっていれば、この件についての私の思い入れの深さをご理解いただけるはずです。いまここで、すべてをお話しするべきかもしれません」ヒービーのほうは一度も見なかったが、それは露骨な脅しだった――折れろ。さもないと羊飼いの小屋で何があったかも、その後のいきさつも、すべて叔母上にばらすぞ、という。

「三カ月でどう？」ヒービーは急いで言った。

「一歩前進だが、まだ長すぎる。十日だな」

「一カ月」エミリー叔母が言い、アナの小さな空咳《せき》を受けて、あわてて訂正した。「いえ、六週間」

「二週間」アレックスが応じる。ヒービーはなんだかヒステリックな気分になってきた。市場で売られる羊も、売り手と買い手が丁々発止のやりとりをしている間、いまの私みたいにどうでもいい存在になったように感じているのかしら？

「私の希望を言ってもいい？」憤慨した口調を神妙な表情にくるんで言うと、一同はようやくヒービーの存在を思い出したように振りむいた。

「もちろんよ」叔母は急いで言ったが、その目は伯爵に向けられていた。まさかこんな強引な人だったなんて。レディ・レイサムはずいぶん褒めていたけど、こういう人を伴侶《はんりょ》にするのがどういうことか、ヒービーはちゃんとわかっているのかしら？

「三週間の猶予があれば、体もよくなるだろうし、それに、花嫁衣装なり喪服なりも用意できると思うの。それに、これくらいは伯爵も許してくださると思うけど」棘《とげ》のある口調で続ける。「それだけあれば、多少は叔母さまたちと一緒の時間も楽しめるし」

ここで妥協を拒否したら、思いやりのかけらもない冷血漢のレッテルを貼《は》られることはまぬがれない。あとで覚えていろよと言わんばかりにじろりとヒービーをにらむと、アレックスは潔く降伏した。

「いかがでしょう、奥さま？　よろしければ、それで手を打ちたいと思いますが」エミリー叔母はいくぶん放心の体でうなずいた。何から何まで教科書どおりだったサー・フレデリックのグレースへの求婚

「どうぞ遠慮なさらないでくださいな。もう婚約したのですし、ヒービーにお別れの……あの……」

ヒービーは立ち上がり、向きなおったアレックスの顔を見つめた。ここでキスをしなければ、叔母はこれが本当に恋愛結婚なのかどうかに疑いを抱くだろう。問いかけるようなまなざしを受け止め、かすかにうなずいて両手をさし出すと、アレックスがその手を取った。アレックスの手はひどく冷たくて、ヒービーはぎょっとした。アレックスが身をかがめ、頬に唇を押しあてる。温かくやさしい唇が、しばしその場にとどまった。最後にアレックスに触れられたのは、いつのことだっただろう？

さんざん考えた末に、ヒービーは思い出した。ジブラルタルのバルコニーでの、あの他人行儀な握手。アレックスが手を離し、後ろに下がる。その目にはいつかと同じ疲労の影が宿っていた。ヒービーはおずおずと手を伸ばし、右の頬骨の上に触れた。かつ

とは大違いだわ！「それだけ時間があれば、ヒービーの部屋を整えられます。屋敷の女主人の居室は、もう何年も使われていませんので。では、これでタスバラ・ホールに戻らせていただきます。細かい点は手紙でつめられると思いますので」

エミリー叔母はとまどわずにいられなかった。この冷静な態度と、性急な求婚の裏にあるはずの激しく抑制された情熱は、相容《あいい》れないもののように感じられる。「そうですわね。ごく内輪の式ですし、詳細は手紙でつめることにしても問題ないと思いますわ。披露宴はここで開くとして――お客さまは何人くらい招待なさるおつもりですの？」

「友人のグレゴリー少佐だけです。運よく休暇で帰国していますので。花婿の付き添い役も、彼に頼もうと思っています」

アレックスはヒービーの手にキスもせずに立ち去るそぶりを見せた。エミリー叔母があわてて言った。

て疲労の色を隠すのに役立っていた濃い日焼けは、すでに褪《あ》せてきている。「まさか今日これから戻る気じゃないでしょう？」ヒービーは小声で尋ねた。

「そんなことをしたら、へたばってしまうわ」

アレックスはふいに後ろに下がり、ヒービーは片手を宙に上げた格好で取り残された。「やることがどっさりあるんでね。もう行かないと。手紙を書くよ。体に気をつけて」ミセス・フルグレーヴとアナに一礼すると、アレックスは立ち去った。

「ふう！」エミリー叔母がぐったりと椅子に身を沈めた。「なんて頑固な青年かしら。おまけに気性が激しいし。ねえヒービー、やめるならいまのうちよ。たしかに条件はとてもいいけど、本当にあんな強引な人と結婚したいの？」ヒービーのそむけた顔をじっと見つめる。「あの人を愛しているの？」

「ええ、叔母さま」即座に答えた姪の熱のこもった口調が、エミリー叔母の不安を取りのぞいた。

「お互いにまだ照れがあるのね。そうでなくても強い感情は人をぎこちなくさせるものだし」グレースとジョアンナがドアの向こうからひょいと顔をのぞかせ、エミリー叔母は口をつぐんだ。

「入っていい、お母さま？」グレースがヒービーに駆けよって、両手を握り締めた。「とてもじゃないけど出かける気になれなくて、ジョアンナの部屋に行ってたの。ああ、ヒービー、すごくハンサムね。それにとても堂々としてて。フレデリックがいなければ、私もきっとぽうっとしてたわ」

「ロンドン一の美形ね」ジョアンナが断言した。十七歳の当家の次女は、若い男に大いに興味を持っており、社交界に出たらはすっぱなふるまいでさぞかし手を焼かせるだろうと母親を心配させていた。

「ジョアンナ！」エミリー叔母がたしなめた。

「そうね」ヒービーは微笑しながら言った。「マルタでも一番の美形だったわ。だけど本人に面と向かってそんなことを言うのはやめたほうがいいわよ。私も前にそれで失敗してるの。うちのメイドが彼のことを〝美しくて猛々《たけだけ》しい聖人〟みたいだと言ったのを、うっかり本人に話してしまって」

グレースはくすくす笑った。「それで、あの方はなんて？」

「すごくいやがってたわ。グランド・ハーバーで小船に乗っていたんだけど、彼がぺしゃんこになるのと一緒に、帆までしぼんでしまったくらい」

「うぬぼれ屋でないのはいいことだわ」エミリー叔母が言った。「たしかにハンサムな青年ね。笑っていないとなんだか近寄りがたい感じがするけど」

「そうね」ヒービーは認めた。アレックスについてこんなふうに話せるのは楽しかった。ちょっとした女同士のゴシップ。「私も初対面のときは、虫の好かない人だと思ったわ。人間味のかけらもない修道士みたいに見えたんですもの。おまけに危険を察知すると、鷹《たか》か鷲《わし》みたいな顔になるし」

「ああ！」ジョアンナが目をまるくしてヒービーを見つめた。「そういえば、あの方と一緒に難破したんでしょう？　すごい冒険だったんでしょうね。伯爵は大勢の危険なフランス人からあなたを守らなくてはならなかったの？」

きわどい話題に、アナが口をはさんだ。「運よく少佐は――いまじゃ伯爵ですけど――じきにヒービーをうちの村に連れてくることができたんですよ」

グレースの関心は異国での冒険ではなく、ロマンスにあった。「だけど、あの方が虫の好かない人なんかじゃないと思うようになったのはいつ？」

「彼は人間味がないわけじゃなくて、長くて危険な任務から戻ったばかりで疲れきっているだけだと気づいたときよ。彼は弱みを見せるのが嫌いなの。まあ、そうじゃない男の人のほうが珍しいだろうけど。だけど、私は彼が痩《や》せ我慢しているのを見破って、それからじきに友達になったの」

「ただの友達？」グレースが尋ねた。

「最初はね。ギリシャ神話への関心がきっかけで」

ヒービーはアナのしかめ面に気づかないふりをした。

「あらまあ」グレースの頭のなかでは、伯爵の美貌《びぼう》と華やかな軍歴が、神話への関心と結びつかないようだ。「それで、結婚式はいつ挙げるの？　花嫁衣装はいつごろ買いに行けそう？　婚約発表をしなければ、喪服を着る必要はないんでしょう？」

「お式は三週間後よ」エミリー叔母が不服な気持ちを押し隠して言った。「喪中だから婚約発表はしないし、聖ジョージ教会でごく簡素な式を挙げることになるわ。つまり」ため息まじりに続ける。「短期間に山ほど買い物をしなくてはならないということね。喪服もいろいろ用意しないといけないし」

「だけど結婚式に黒を着る必要はないんでしょう？」

エミリー叔母は思案した。「そうね、大丈夫だと思うわ。ごく内輪の式だし。あまり明るい色のものはだめだけど――くすんだローズピンクはどう？　似合いそうだわ。そのかわり、披露宴がすんだらすぐに喪服に着替えないとね。色物で新居に向かうのはまずいだろうから。グレースと私でリストを作るから、今日はもう寝床に入ったほうがいいわ、ヒービー。明日の朝、相談して、あなたの体調がよければ買い物に行きましょう。ピーターを連れて馬車で出かければ、歩いたり荷物を運んだりしなくてすむわ。さあ、もう階上《うえ》にいらっしゃい」

ヒービーをベッドに押し込むなり、アナは問いつめた。「どうなってるの？　こんな状態のあんたを、少佐《ケーパーサ》がさっさと身内から引き離そうとするなんて」

「私が逃げるのを心配しているんだと思うわ。私を傷物にしたことは、あの人にとっては名誉にかかわる問題だし」ヒービーは疲れたように言った。「指一本触れないから安心しろと言われたわ」

「元気になるまでは、ってことでしょ」

「ええ、そうね。そうだと思うわ」ヒービーは驚いて答えた。「だって、いくらレディ・クラリッサを愛していても、あの人は男ですもの。それにほかのことはどうあれ、跡継ぎは欲しいだろうし」

「あんたはそれでいいの？」

「いいわけないでしょ」ヒービーは悲しげに言った。

「夫がほかの女を愛していて、私を抱くのは義務感からか、でなきゃ……手近だからだなんて」

「手近？」アナはその表現の意味を読み解こうとした。「ああ、手を伸ばせば届くところにいるってことね。だけどあんたは少佐が好きなんだし、少佐に抱いてほしいんでしょ？」

「それはそうよ」ヒービーは赤くなるまいとした。

「怖いとは思わないの？　あんなことがあったあとで。あれは楽しい経験じゃなかったはずだけど」

「怖くはないわ。たしかに楽しい経験ではなかったけど。でも相手はアレックスだったし、私は彼を愛してるから、なんていうか……」ヒービーはそこまで言って口をつぐみ、顔を赤らめた。

「ははーん！　そんなことだろうと思った」アナはにんまり笑って言った。「心配しなさんな。なるべく早くそうなるように持ってけば、少佐もそんな女のことなんかじきに忘れちまうわよ」そして、何やら歯切れのいいスペイン語をつけ加える。

　ヒービーは微笑した。「この午後のあなたは、とてもスペイン人っぽいのね、アナ」

「きっと結婚式の計画を立ててる最中だからよ。それでお目付け役《デュエンナ》気分が盛り上がってるんだわ」

　ヒービーはふいに、それまで考えてもみなかったことを思いついた。「ねえアナ、私と一緒にタスバラ・ホールに来てくれない？」

「だけどヒービー、あっちじゃ私は必要ないはずよ。あんたは結婚するんだし……少佐だってなんて言うか」

「私は伯爵夫人になるのよ」われながら不似合いな称号に、ヒステリックな笑いが込み上げてくるのをこらえ、きっぱりと言う。「話し相手がいても、誰もおかしいと思わないわ。専属のメイドも探さないと。叔母さまは着つけ係も雇えとおっしゃるだろうけど、そういういかにもお高く留まっていそうな使用人には、まだそばにいてほしくないわ」

「だったら、私からセニョーラ・フルグレーヴにそう言っとくわ。ロンドンにはどこかメイドを紹介してくれる場所があるの？」

「ええ、斡旋《あっせん》所よ。悪いけど、それもリストに載せるよう叔母さまに言っておいてくれる？」

アナは出ていき、ヒービーはまどろんだ。とにかくへとへとで、寝床に横たわってわが運命の変転についてあれこれと思い悩む元気もなかった。

目を覚ますとすでに日は暮れて、部屋には蝋燭《ろうそく》が灯《とも》され、叔母がベッド脇《わき》に座ってヒービーが起きるのを待っていた。

「ごめんなさい、叔母さま。いつからここに？」

「二十分ぐらいかしら。今日はいろいろあったから、具合が悪くならなかったか確かめておきたくて」

「平気よ」ヒービーは身を起こして枕《まくら》にもたれた。実際、ずいぶん元気になっている。一時ほど疲れやすくなり、肉体的な不快感も消え、思わぬときに襲ってきては鋭く胸をさいなんだ強烈な鬱《うつ》状態も、意識の裏側にひそむ物悲しい喪失感に変わっている。ポーツマス上陸後の一連の出来事は、まるで夢のなかの出来事のように思えてきていた。

ふと叔母が落ち着かない様子をしているのに気づいて、ヒービーは尋ねた。

「何かあったの、叔母さま?」

「いいえ、何も。ただ、あなたのお継母さまがここにいないから――」叔母は言いよどみ、ややあって覚悟を決めたように続けた。「何かききたいことはない? 男性とか……あの……結婚について?」

「ああ、そういうこと」ヒービーは安心させるように叔母に笑いかけた。「ありがとう、叔母さま。だけどあの……ジブラルタルを離れる前に……」

叔母は即座に結論に飛びついた。「ああ、お継母さまから聞いたのね。じゃあ、ほかに何か知りたいことがあったら遠慮なくきいてちょうだい」

叔母はまもなく立ち去り、ヒービーは目を閉じて自問した。姪が男女の営みをすでに経験ずみだと知ったら、叔母さまはどうするだろう、と。

21

翌日、婦人たちは分厚いリストを持って出発した。御者の横にはあきらめ顔の従僕が乗っている。ミスター・フルグレーヴは、昼食は下の子供二人と一緒に食べるか、クラブですませるかのどちらかにするよう言い渡された。どうやら妻は、姪《めい》のために色は地味でも納得のいく花嫁衣装を調達するために、時間と精力のすべてを注《つ》ぎ込む気でいるらしい。

温厚で家族思いなミスター・フルグレーヴは、ほったらかしにされることに抗議するどころか、妻の手に筒状に巻いた札束を押し込んで、〝ヒービーに何か特別のものを買っておやり〟とささやいた。親《しん》戚《せき》が伯爵と縁組するなど、めったにあることではない。かわいいグレースもなかなかがんばったが、いとこが伯爵夫人となれば、来年デビューするジョアンナはどれほどの良縁に恵まれることだろう。

「最初はどこに行くの、お母さま？」グレースがリストを見ながら尋ねた。そのリストたるや大変な長さで、さしもの買い物好きのこの娘でさえ、見るだけで少々ぐったりした気分になるほどだった。

「〈マダム・ド・モンテーニュ〉よ」母親は宣言した。「まずは花嫁衣装と、上等の夜会服をせめて一着はあつらえないと。それと、できれば散歩服も一着。喪中とはいえ、田舎で暮らすとなると乗馬服も必要かもしれないし。ヒービーはスタイルがいいから、残りの服は生地と型紙だけ買って、仕立てはミセス・ベネットに頼んでもよさそうね」

夫人はここで、街路の喧噪《けんそう》に半分気を取られながら叔母の話を聞いていたヒービーに向きなおった。

「私たちの普段着は全部ミセス・ベネットに仕立ててもらっているの。とても腕のいいお針子で、スタイル画を見ただけですばらしい仕事をしてくれるのよ。妹さんが仕事を手伝っているから、そうね、日中服を四着と、午後用の服を二着と……」エミリー叔母が次々に数え上げたのは、ドレスを年に三着新調するなどとんでもない贅沢《ぜいたく》だと思っていたヒービーには、とうてい不要に思える数の衣類だった。

「だけど叔母さま――」言いかけたヒービーを、叔母はさっと手を振って黙らせた。

「あなたは伯爵夫人になるのよ。これまでとはわけが違います」

「だけどお金が」ヒービーは食いさがった。「私はまだ伯爵夫人じゃないのよ！」

「叔父さまからささやかなお祝いを預かってきたわ。夜会服の費用はそれでまかなえるし、伯爵も支度金を出してくださるそうよ」姪の幸福をわが娘《こ》のことのように喜んで、エミリー叔母はおっとりと微笑した。「だから節約する必要はないの」

真偽のほどは不明ながら亡命貴族を名乗るマダム・ド・モンテーニュは、はりきって与えられた仕事に取り組んだ。この特権階級に属する新しい顧客を失いたくなければ、近いうちに新しい伯爵夫人が社交界に登場するというニュースは、もちろん口外するわけにいかない。だが、ひとたび結婚が公表されれ、魅力的なレディ・タスバラの衣装が〈ド・モンテーニュ〉であつらえたものだということが粋《いき》な貴婦人方の知るところになれば、店は繁盛し、客をより好みできるようになることは確実だ。

「ええ、それはもう、フルグレーヴの奥さま！　くすんだ薔薇《ば ら》色でしたら、マドモワゼルには最高にお似合いになりますわ。落ち着いた色味でありながら、甘さも感じさせますし。そうそう、ちょうどぴったりの色のドレスがございますのよ――結婚式向きの形とは申せませんが、よろしければお召しになってお色の感じをごらんになってみては……」

気づいてみると、ヒービーはすばらしく優美な、胸元がびっくりするほど大きく開いた夜会服を着せられていた。小さすぎる身ごろから胸がこぼれてしまいそうで、ろくに息もできない。ぎりぎりまで露出された肩の先にふくらんだ袖《そで》がつき、胸のすぐ下から足首の骨の位置までスカートが流れ落ちている。

でも、とてもいい色だわ。ヒービーはドレスを見下ろして思った。ラズベリーとクリームを混ぜたような色。次の瞬間、ヒービーはマダムの手でくるりと回転させられ、姿見のなかの見知らぬ女と向かいあっていた。つややかな茶色の髪は自分のものだが、なんだか顔立ちが急に端整になったようだ。前より目が大きくなり、唇がふっくらしたように見えるのは、頬骨が目立つせいだろうか。まるで少女時代の名残であるまるみが消え、個性的で忘れがたい容貌《ようぼう》を持つ若い貴婦人が現れたかのようだ。

「魅惑的ですわ！」マダムが吐息をもらした。

「そうね」エミリー叔母が初めて見るかのように姪を見つめながら同意した。「魅惑的という言葉がぴったりだわ」

「花嫁衣装はこの色でお作りするとして、黒の夜会服はこの形がよろしいかと思いますが」

「だけどエミリー叔母さま。これじゃ胸が開きすぎよ」ヒービーはぎょっとして抗議した。

「そんなことはございませんよ、ご結婚されたあとなら」マダムが請け合った。「生地はこちらの絹などいかがでしょう？　その上に、薄地の網織物のオーバースカートを重ねて。こちらのお品は、裾《すそ》だけに刺繍《ししゅう》が入っておりまして――木の葉をつらねた冠の模様で、ご注文にぴったりかと存じます」

夜会服の問題が片づくと、一同は花嫁衣装のデザインに注意を転じた。ヒービーが大いにほっとしたことに、襟ぐりはさほど大きく開いてはおらず、縁どりに繻子《しゅす》のリボンをおもしろく使ってうねりを出している。スカートの裾にも同じ細工がほどこされ、幅の広い縁どり部分が大きく波打っている。

「髪と胸元に薔薇を飾って、真珠をつけて。どうかしら、マダム？」エミリー叔母が問いかけた。

かなりの数の衣類をリストから消去して店を出たときには、ヒービーは頭がくらくらしていた。だが、そのまま無抵抗に連れ込まれた店で熱いココアを飲み、アーモンドビスケットを添えたおいしいアイスを食べると息を吹きかえし、絹地問屋で過ごす午後について前向きに考えられるようになった。

「いちばん安いのはたぶん〈ミラード〉ね」エミリー叔母が言った。御者台に座った御者は、荷馬車屋たちの悪態を黙殺し、奥さまが行き先を決めるのを待っている。「でもチープサイドは遠すぎるかしら？　そうね、〈シアーズ〉にしましょう。ヘンリエッタ通りにやってちょうだい、グライムズ!」

〈シアーズ〉には驚くべき量の喪服用の生地がそろっていた。言われるままに帳場のそばに腰を下ろしたヒービーに、店員がボンバジーン、イタリア製の網織り物、紗《うすぎぬ》、グロ・ド・ナプルなどを次々に見せに来る。圧倒されたヒービーは、適当な間を置いて〝叔母さまにお任せするわ〟と言うことで問題を解決した。布がすむと、次はペリースや手袋、服を飾るのに使うレース類が持ってこられた。

大量の荷物を馬車に積み込もうと大汗をかきながら悪戦苦闘したピーターが、額を拭《ぬぐ》いながらようやく御者台に戻ると、次は〈スタッグ・マントル商会〉でリンネル類を、との指令が発せられた。

目当ての店に着くと、グレースがささやいた。

「ヒービーの下着は全部黒でないとだめなの?」

「そんなことはないと思うわ」母親は答えた。「なんといってもお嫁入りの支度なんだし」

夜会服の胸の開きの大きさに赤面したヒービーは、この店で女店員が見せに来た品々を目にすると、声を失った。どれもこれまで身につけたことがないほど上等な素材でできており、しゃれたタックやレース飾りがついているとはいえ、日中用の木綿のペチコートやキャミソールは十分に慎み深い。だがイタリア製ローン地の下着の何点かとすべての夜着は、ヒービーの目にはひどくはしたなく映った。

「叔母さま、あんなの着られないわ。だって、すけすけじゃない!」なかでも最も薄手の夜着と、おそろいの化粧着を見て、ヒービーは抗議した。

「あのね」叔母は声をひそめて言った。「これは婚礼の夜に着るのよ」

でもアレックスがこの突拍子のない下着類を見ることはないんだわ——少なくともまだ当分は。そう考えると、頬の紅潮はようやくおさまった。

翌日、ミセス・フルグレーヴは今日は買い物は休み、自宅でベネット嬢とその妹と仕立て物の相談をすると宣言した。買ってきたばかりの布が客間いっぱいに広げられ、ミスター・フルグレーヴは外出を命じられ、ウィリアムは家庭教師とともに公園に追いやられた。ジョアンナは部屋の隅にすわっていることを許されたが、何にも手を触れないよう厳命された。

黒がこれほど多彩な色だとは、ヒービーは想像したこともなかった。生地の種類による持ち味の違い――絹のなまめかしいやわらかさ、繻子の強い光沢、ボンバジーンの鈍い輝き、綾《あや》織りの立体感――によって、黒はかささぎの翼の色、嵐《あらし》をはらんだ空の色にもなれば、濃くわだかまった影の色、暗い炎のきらめきを思わせる黒玉《ジェット》の色にもなる。

それと対照をなすのが、ぱりっとした白いひだ襟や綿レース、やわらかな薄手ローンの三角形の肩かけ、襟ぐりからわずかにのぞく白いリボンの縁どりだった。グレースとヒービーは熱心にファション画をながめ、ベネット姉妹とミセス・フルグレーヴは服地を体にかけたり、縁飾りをあてがったり、スカートのふくらみ具合やカフスの長さに品よく異議を唱えたりし、誰もが大いにその作業を楽しんだ。

午後のなかばに郵便が届き、ヒービーは急に夢のなかから現実に引きもどされたように感じた。この贅沢な準備作業を、何やら自分とは無関係な楽しいゲームのように感じていたところに、アレックスの手紙が二通届けられたのだ。手紙は一通がミセス・フルグレーヴ宛《あて》で、もう一通はヒービー宛だった。

叔母がヒービーに手紙を渡して言った。「私が目を通す必要はないと思うわ。あなたはもうすぐ結婚するんだから」手紙を開いたヒービーは、叔母が検閲を免除してくれてよかったと思った。

〈まだ悲しいかい？〉手紙は前置き抜きでそう始まっていた。〈慰めの言葉があればと思うが、そんなものはなさそうだ。時間以外は。強引に結婚に持ち込んだことで、君が僕を高圧的で思いやりのない人間だと思っていることは承知している。だがヒービー、こうするのが正しいことなんだ。君にはここで幸せになってほしい。田舎暮らしと新鮮な空気と環境の変化。どれも君にとっては喜ばしいものだと思う。それに君さえよければ、屋敷内や領地のことで手伝ってもらいたいこともどっさりある。前にも言ったが、君には何も要求するつもりはないから安心してくれ。アレックス〉

ヒービーは短い手紙をもう一度読みなおした。まさか、永遠に何も要求しない、いつもりじゃないわよね？　決まっているじゃないの、おばかさんね。自分自身にちょっぴり活を入れ、エミリー叔母が自分宛の手紙を読み終えるのを待つ。叔母は読み終えた手紙をヒービーに渡してくれた。

あくまでも低姿勢なその手紙のなかで、アレックスは婚礼の準備はフルグレーヴ夫妻にすべて一任すると述べ、新郎の付き添いを務める自分の側の唯一の招待客の住所氏名を記したうえで、ヒービーの新居到着が遅くなりすぎないよう、披露宴は午後二時には終わらせてほしいと丁重に要請していた。お手伝いできることがあればなんなりとお申しつけを。みなさまのこのうえなく忠実な僕、うんぬん。

三週間はあっという間に過ぎていった。来る日も来る日もでき上がった服が届けられ、エミリー叔母とグレースがあちこちの店で買ってくる各種の必需品が増えていく。あの歯ブラシはだめね。ローンのハンカチが一ダースしかない？　扇はいくつ持っていて？　黒いのは一つもない？　それはまずいわ。黒いのを二つと紫のを一つ買いましょう。手袋、靴下、歯磨き粉、スポンジ、ベール、ショール、ヘアブラシが予備の寝室に積み上げられ、新しい旅行かばんも買うことになった。〈マダム・ファニー〉の優美な帽子はどれも箱におさめられ、銀紙に包まれたレースや造花と肩を触れ合わせている。

婚礼の前日になって、エミリー叔母はようやく満足の意を表し、ぐったりしたなかにも勝ち誇った様子で姪と娘たちを見やった。ミセス・フルグレーヴと二人の娘は、この機会を利用して鷹揚《おうよう》なミスター・フルグレーヴに新しいドレスと帽子をねだり、式そのものは地味でも、自分たちの豪華な衣装がこの婚礼に華やぎを添えてくれるだろうと感じていた。

自分が花婿の付き添いだと知って以来、毎日のように訪ねてきているアレックスの友人グレゴリー少佐がこの日も顔を出し、何かお役に立てることはないかと尋ねた。この青年はまったくでしゃばることなしに、すぐさま一家と仲よくなった。「本当にすばらしい好青年ね」ウィリアムに戦争について質問責めにされた少佐が、辛抱強く相手をしてやっているのを見て、ミセス・フルグレーヴは言った。

欲を言えば、緋色《ひいろ》の軍服姿がこうもさっそうとしていないといいのだけれど。ジョアンナはグレゴリー少佐が到着するなり客間に姿を現すようになり、母親の勘は、それは警戒任務や野営地での生活についての話を聞くためではないと告げていた。まあいいわ。最終的に誰かを選ぶまでに、どうせ何人もの青年に熱を上げるに決まっている。この青年を相手に幼い恋を楽しんでも害はないだろう。

ジャイルズ・グレゴリーはジョアンナを弟よりほんの少し年上なだけの子供として扱っているようだ。実際、ジョアンナはまだいかにも子供子供して、勉強部屋にこもっているのがふさわしく見えたから、それも無理のないことだった。だが叔母との間でジヨアンナが話題になったとき、ヒービーは観察力の鋭いところを見せ、ジョアンナは娘らしくきれいになってきていると述べた。ミセス・フルグレーヴは娘のまっすぐな黒髪と大きなはしばみ色の瞳、くっきりした黒い眉をそれまでとは違った目でながめ、姪の言うとおりかもしれないと思った。

ついに婚礼当日になった。朝から雲一つなく晴れ、ほとんど風のない暖かい一日を予想させた。ほかのご婦人方はカールペーパーを巻いたままの髪をターバンで隠して走りまわっていたが、ヒービーはミセス・フルグレーヴ愛用の美肌クリームを塗った白い顔で、最低一時間はベッドに入っているよう命じられた。召使いたちは次から次に正反対の命令を与えられてため息をつき、料理人は〝あのスペイン人のご婦人〟から、裏庭は暑すぎるという理由で、あとでグレースさまが生ける花を入れたバケツを一つ残らず食品貯蔵室にしまうよう言われて、ついに堪忍袋の緒を切らした——たしかにとてもいい人じゃあるけど、そういうとこはやっぱり外人女だよ。

それでも十時には準備が完了した。花が生けられて食卓は整い、婦人方は着替えをすませ、美容師のミスター・ブルーニングが最後の仕上げをしたヒービーの髪に、雇われたばかりの雑用係のチャリティーが薔薇の花を留めた。ミスター・フルグレーヴは息子が新調のスーツを汚したり、蛙《かえる》や蜘蛛《くも》や毒きのこを教会に持ち込んだりしないよう見張っていた。

十時半に二台の馬車が到着した。ミスター・フルグレーヴがグレースとヒービーに手を貸して馬車の片方に乗せ、ミセス・フルグレーヴとジョアンナ、アナ、ウィリアムがもう一台の馬車に乗り込んだ。

「きれいだよ」ミスター・フルグレーヴは愛情のこもった口調で言った。氏はこの三週間ですっかり姪が好きになっていた。そしてその言葉は、本心以外の何物でもなかった。新調のドレスは見事で、くすんだ薔薇色がクリーム色の肌によく映えている。髪は手の込んだ形の大きな髷《まげ》に結い上げられ、長い縦ロールが一本だけ肩に垂れ、ミスター・ブルーニングにそこだけは切ることを許した生え際の髪が、小さな巻き毛になってこめかみと額を縁取っている。

クリーム色の薔薇が胸元と髪を飾り、装身具は左手に光る指輪をのぞけば、あっさりした真珠の耳飾りと首飾りだけ。前日にその指輪を届けに来たグレゴリー少佐は、石留めの点検と清掃のために預けられていた〈ランデル・ブリッジ商会〉から指輪を受け取ってここに届けるという役目を無事に果たせて、肩の荷がおりた気分になったと語っていた。

指輪には簡単なメモが添えられていた。〈亡くなった母の指輪だ。Aより〉大きな一粒ダイヤをルビーが取り巻いたその指輪は、あつらえたようにぴったりと指にはまり、ヒービーはクリーム色とピンクの薔薇のブーケを落ち着かなげにもてあそびながら、ひっきりなしに指輪をいじっていた。

グレースがヒービーの手に触れ、励ますように微笑した。馬車が動き出し、ヒービーは大きく息を吸い込んだ。私の婚礼の日。言葉にするとなんだか不思議な感じがする。マルタの家の庭で、アレックスにプロポーズされると信じて疑わなかったあの日が、百年も前のことのように思える。当時の私は汚れを知らない箱入り娘だった。そしていま、アレックスは実際に私を妻にしようとしている。愛情からではなく、義務感からやむを得ず。

お母さまとサー・リチャードはもう私の手紙を受け取ったかしら？　二人はさぞかし喜ぶだろう。二人にとっては単純な恋物語でしかないなりゆきの裏に、どんな事情が隠れているかを疑いもせず。

馬車がハノーヴァー広場に乗りいれ、教会の入り口に横づけになる。エミリー叔母、アナ、ジョアンナ、ウィリアムが階段を上がって教会に入り、ピーターが馬車のステップを下ろしてグレースを助け降ろす。何事かと注目する通行人たちの前でヒービーのスカートのしわを伸ばし、ブーケのリボンの形を整え、父親の上着の状態をざっと点検すると、グレースはようやく満足したようにうなずいた。

ヒービーはシャンパンを飲みすぎたような酩酊《めいてい》感のなかでヒューバート叔父の腕を取り、グレースを後ろに従えて、ゆっくり階段を上がり始めた。教会内部はひんやりとして薄暗く、ほとんど人がいないせいで音が大きく響く。前列左側の信者席にフルグレーヴ家の人々が、祭壇前の手すりの右側にグレゴリー少佐の緋色の軍服が見てとれた。

通路を歩き出すと、ベールの向こうにアレックスが見えた。非の打ちどころのない黒い上着にクリーム色のズボン、そしてまぶしいほど白いシャツ。髪を思いきり短く刈りこみ、顔は青ざめている。

近づくにつれて顔が見えてきたが、アレックスの目に浮かんだ表情からは何も読み取れなかった。祝福する人々で埋めつくされた信者席の間を、濃い赤褐色の髪をした美しいレディ・クラリッサが近づいてくるところを想像しているのだろうか？

ヒービーが横に並ぶと、アレックスは祭壇に向きなおった。牧師が二人の前に進み出て、祈祷《きとう》書を読み始める。「われらはいまここに集い……。どなたが花嫁を花婿に渡しますか？」ヒューバート叔父がヒービーの手をアレックスの冷たい手にのせる。アレックスの手に一瞬力が入った。「……異議のある者は……。われはこの身を……」ヒービーの頬が赤らんだ。アレックスを見る勇気がない。そして、ついに牧師が言った。「ここに二人が夫婦になったことを宣言します。花嫁にキスしてよろしい」

ヒービーはアレックスに向きなおり、彼を見上げた。アレックスがベールをめくり、そっと後ろに垂らす。彼がヒービーの顔を見るのは、今日はこれが初めてだった。青い目がふいに燃え上がり、アレックスがキルケとささやいた。そして身をかがめ、ごく軽くヒービーの唇に唇を重ねた。

ヒービーは激しく身ぶるいをした。あまりにも軽く、抑制された口づけ。アレックスの首に腕を投げかけ、もっと強く、深く唇を重ねたかった。だがアレックスはヒービーの身ぶるいを感じ取ったらしく、つと身を引くと、形式ばって腕をさし出し、登記簿に署名するために教会事務室に向かった。羽根ペンを手渡されたとき、ヒービーはアレックスが手が触れ合わないよう気をつけているのを感じ、ヒービー・アナベル・エリナー・ベレズフォードと注意深く記名しながら、いまこの瞬間以上に寒々しく感じることはあり得るだろうかと自問した。

22

披露宴はミセス・フルグレーヴも大満足のうちに終了した。せっかくの催しが家族とグレゴリー少佐以外の人間の目に触れないのが残念だが、とにかくそれは伯爵をもてなすのにふさわしい祝宴だった。

伯爵本人の態度もまた、文句のつけようのないものだった。つい先日の高圧的な男の面影はどこにもない。夫人に自分のことはアレックスと呼んでほしいと言い、温和で協力的で、実に愛想がいい。

「ずっとあのままでいてくれるといいけど」階上にヒービーの着替えを手伝いに行く途中で、ミセス・フルグレーヴは夫にささやいた。ヒービーは花嫁衣装から黒い散歩服に着替え、新居に向かうのだ。

「つむじを曲げないかぎり申し分ない夫になるでしょうけど、正直言ってヒービーには旦那《だんな》さまのご機嫌を損ねるようなまねは絶対にしてほしくないわ」

当の花嫁は、夫になったばかりの男の自制心の強さをいやと言うほど知っており、その自制心を弱める方法を見つけたいと願っていた。まだ経験はないが、こちらから誘惑すればたぶんうまくいくだろう。だけど、ほかの女に心を寄せている夫を誘惑してどうなるのかしら？　それで夫が求めるようになるのは私の体だけ。私が欲しいのは、それ以上のものなのに。でも、とヒービーは自分を慰めた。何カ月かすれば、きっとアレックスもクラリッサを忘れるわ。あるいは少なくとも彼女を失ったことに慣れ、私に目を向けるようになるだろう。

もっとも、本命がだめなら次点候補を、という形で〝目を向けられる〟のは、あまり愉快ではないけれど。そう思ってため息をつくと、叔母が鋭い目を向けてきた。「大丈夫？　疲れたんじゃなくて？　ひと晩くらい泊まっていけるといいのに」

「私ならぴんぴんしているわ、エミリー叔母さま」ヒービーは笑ってみせた。「少し緊張したのと……」手ぶりで黒一色のスカートを示す。「……これのせいで、なんとなく気が滅入《めい》ってるだけ」

「元気出して」叔母はいたずらっぽく目をきらめかせて答えた。「夜着のことを考えるといいわ」

いまや自分も既婚女性として、そういうさばけた話をできる相手と見なされていることに気づいて、ヒービーはショックを受けた。エミリー叔母さまは知らないのだ。あのすけすけの夜着も下着も、そこで宝石箱の番をしている小間使いのチャリティー以外の人間の目に触れる可能性はないということを。

そのチャリティーは、早くもアナに職分を侵されることを警戒しており、この貫禄《かんろく》あるスペイン人女性と一緒の道中を思って気を滅入らせていた。

一同がぞろぞろと階下に下りていくと、すでに二台の馬車が待っていた。先頭の馬車にヒービーとアレックスが乗り、後ろの馬車にはアナとチャリティーが、ヒービーの嫁入り支度一式とともに乗り込む。ミセス・フルグレーヴはちょっぴり涙をこぼし、グレースとジョアンナはヒービーとアレックスにキスした。ジョアンナはついでにグレゴリー少佐にもキスして相手を仰天させ、利子をつけたキスを返されて、どぎまぎして赤くなった。ミスター・フルグレーヴは大きなハンカチで顔を覆い、〝目にごみが入ってね〟と説得力のないことをつぶやいた。そしてヒービーが息を整えるまもなく、馬車は出発した。

ちらりと夫の様子をうかがうと、相手は何やら楽しげにヒービーを見つめていた。ヒービーはほっとした。二人きりになったらよそよそしくなるのではないかと心配していたからだ。「さて、キルケ。伯爵夫人になった感想は？」アレックスが尋ねた。

あら、またキルケと呼ぶようになったわ。ヒービーは、それがおそらくは都合のいい解釈でしかないことを承知で、そこに単なる好意以上のものを読み取ろうとした。「とてもおかしな気分よ」軽い口調で答える。「大きなお屋敷の切り盛りの仕方なんてさっぱりわからないし。ミセス・フィットンには軽《けい》蔑《べつ》され、スターリングには超然とした態度をとられ、ほかの使用人には、ご主人さまは頭がどうかしたんだと思われるに決まってるわ」

「ばかばかしい。ミセス・フィットンは君に心酔するだろうし、スターリングは僕を含めて誰に対しても超然とした態度をとるから、それは君をどう思っているかの判断材料にはなり得ない」

「ほかの使用人は？」

「連中は、僕はすでに頭がどうかしていると思っているよ。彼らが抱く伯爵のイメージからかけ離れているからね。僕としては、君が僕の名誉を挽回《ばんかい》してくれることを期待しているんだ」

このまま新居の話だけしていれば、この旅は心配していたよりはるかに楽なものになりそうだ。「でも、どうやって?」ヒービーは食いさがった。「私はいちばん多いときでも一度に三人のメイドしか使ったことがないのよ。それに実際には、家の切り盛りはお継母さまがしていたんだし」

「僕は知り合ってじきに、君は広大な領地の女主人になるために生まれてきた女性だと思った。実を言うと、兄のウィリアムに君と出会う機会がなかったことを残念に思ったくらいだ。君ならタスバラ・ホールの女主人にぴったりだからね」

ヒービーはその言葉を反芻《はんすう》した。つまり、私を自分の兄と結婚させたがっていたわけ? それについて自分がどう感じているのかよくわからないまま、ヒービーは追及した。「でも、どうして?」

「君が人間に興味を持っているからだよ。目に見えるようだ。ほんの数週間で、君は使用人と借地人の名前と顔を全部覚えてしまうだろう。彼らの家族や持病、夢や希望、弱点や欠点もね。そして彼らは、そんな君に魅せられてしまう。後ろめたいところのある連中だけは、君を怖がるだろうが」

「私を怖がる?」ヒービーは声をたてて笑った。「そんな人がいるなんて想像できないわ」

「僕は君が怖くてたまらないがね」アレックスが言った。さらりとした口調だったが、ヒービーはそのからかうような言葉の裏に、何か別の意味がひそんでいるのを感じ取った。

「使用人のことを詳しく教えてちょうだい」ヒービーはきっぱりと言った。「出だしがすんなりいくように。それと、お屋敷と領地についても、あなたが知っているかぎりのことを」

「ろくに知らないんだ」アレックスは肩をすくめた。「子供のころからあそこで育ったわけじゃないんでね。父は自分の父親ではなく、祖父から領地を相続したんだ。二人の仲は疎遠で、われわれが領地を訪ねることもめったになかった。僕自身も大急ぎで詰めこみ学習をやっている最中で、だからこそ、君に手伝ってもらえるとありがたいのさ」

ヒービーはアレックスに輝くような笑みを向けた。

「もちろん、私にできることはなんでもするわ。よかった、私にも少しはできることがあって。実は心配してたのよ――何かをいじったり変えたりしたら、あなたがいやがるんじゃないかって。もちろん、あなたの許可なしに勝手なまねをする気はないけど、とにかくなんでもかんでも、いままでどおりにしなきゃいけないんじゃないかって」

ヒービーの熱のこもった口調を聞いて、アレックスは微笑した。「なんでも好きなようにしてくれ。仕事を楽しみにしてくれているようでよかった」

二人は黙り込み、馬車はなおも走りつづけた。ヒービーは背もたれに頭を預けて目を閉じた。

いつの間にかまどろんでいたらしい。車輪ががらがらと敷石を踏む音で、ヒービーははっとして目覚めた。窓の外に目をやると、バーカムステッドの〈王の紋章亭〉が後方に流れ去るのが見えた。

「ごめんなさい」ヒービーは面目なさそうに言った。「ちゃんとお相手しなきゃいけなかったのに」

「いいんだよ。疲れていたんだろう」しばらくじっとヒービーを見つめてから、アレックスは尋ねた。「ずっと眠っていないのかい？」

「あんまり」ヒービーは認めた。「夢を見るの」

「子供の件で？」アレックスがやさしく尋ねる。

「いいえ」ヒービーはゆっくりと言った。「あの子は安全な場所にいるわ。そんな気がするの。そうじゃなくて、私が見るのは……別の夢よ」夢に見るのは、私の腕のなかにいるあなた、あなたのにおい、そしてたくましさ。それが私の見る夢だけど、そんなことをあなたには言えない。

アレックスが慰めるように手を伸ばし、ヒービーはびくっとして身を引いた。こんな気持ちのときに少しでも触れられたら、きっとしがみついてしまう。アレックスが当惑するのはわかっているし、それを目の当たりにする屈辱には耐えられない。失恋し、名誉のためにほかの女と結婚するはめになったアレックス。それだけでも十分につらいのに、気に染まない妻にしがみつかれ、涙ながらに愛してほしいと懇願されたら、たまったものではないだろう。

社交界では、たとえ恋愛結婚であっても、夫と妻が仲のよさをひけらかすのは見苦しいと考えられている。実際、ヒービーは両親や叔母夫婦が人前で伴《はん》侶《りょ》への愛情を露骨に示すのを見たことがない。どちらの夫婦も、円満で愛情こまやかな関係を築いていたことは明らかであるにもかかわらずだ。ましてやヒービーはいまや伯爵夫人なのだ。抑制の利いた威厳あるふるまいを心がけなくてはならない。

ややあって、アレックスが口を開いた。「すまない。うっかりしていた。誤解があるといけないから、この機会にもう一度言っておこう。われわれの結婚は一風変わったものだ――どちらもこんな形の結婚を望んではいなかった。あらためて言うが、これはあくまでも形式的な結婚で、心配しなくても君を……困らせるつもりはまったくない。君の寝室には足を踏みいれないと約束するよ」

ヒービーは困惑の目を見開いてアレックスを見つめた。「この先ずっと？」

アレックスはこれまでに見たことがないほど無表情だった。「ずっとだ。約束する」

ここで自尊心が救援に駆けつけて、ヒービーは危機を切り抜けた。「正直に言ってくれてありがとう。はっきりさせておいたほうがいいものね。そういう話ができる気分になったと知って安心したわ」

ちょうどその瞬間に、馬車がタスバラ・ホールの門をくぐったのは、思えば幸運だったのかもしれない。ヒービーの見せかけだけの冷静さは、あまり長持ちしそうになかったからだ。馬丁が長々とらっぱを吹き鳴らし、馬車が玄関に横づけされたときには、すでに使用人たちが出迎えに集まっていた。メイドたちはあたふたと髪をなでつけたり、帽子についた長いリボンのよじれを直したりしている。

アレックスがヒービーを助け降ろし、腕をさし出した。整列した使用人を一人ずつ紹介していく。

このような仰々しい出迎えに慣れていない年若い花嫁の多くにとっては、これは恐るべき試練だっただろう。だがヒービーは救われた気分になった。ここには人が大勢いる。新しい顔と新しい人格を持つ、新しい生活の一部となる人々が。この人たちの扱い方も、この家の女主人としてのふるまい方も、まだこれから学ばなくてはならない。しかし、洗いたての顔をぴかぴかに光らせて整列しているこの未知の人々は、遠からず家族の一員になるだろう。

ヒービーは親しげにスターリングと握手をし、当の執事とその配下の者たちを仰天させた。「ひさしぶりね、スターリング！　見覚えのある人に歓迎してもらえてうれしいわ。それと、ミセス・フィットンも。いろいろ教えてもらわなくてはいけないし、あとでゆっくりお話ししたいわ」ヒービーは家政婦の顔に浮かんだショックの色を見逃さなかった。主人を捨てた女性について軽率にもぺらぺらと話してしまった相手が、まさか当の伯爵の花嫁として登場するとは思いもしなかっただろう。「あなたにはずいぶんお世話になったし、頼りになることはわかっているわ、ミセス・フィットン」ヒービーはそうつけ加え、善良な家政婦を安心させた。

ミセス・フィットンはのちに自分の居間で、スターリングとともに元気づけに主人のブランデーをたっぷり飲みながら言ったものだ。〝ほんとに穴があったら入りたかったですよ、ミスター・スターリング。奥方さまのお顔を見て、私があのレディ・クラリッサとかいう血も涙もない薄情女についてどんなことを申し上げたか思い出したときにはね〟

〝しかしまあ、そのご婦人がこうして御前の奥方になられたんだから、フィットンさんが何を申し上げたにしろ、たいして害はなかったってことですよ。御前はたしか、昔から家族ぐるみでおつき合いがある方で、地中海艦隊から重要な知らせを持ってきなすったんだとおっしゃってましたっけ。あっちの連中は、少佐がいまじゃ伯爵だなんて知りませんからね。奥方さまが偽名を使って喪中に訪ねてこられたのは、そういうわけだったんですよ〟

〝まあ！〟家政婦はコルシカの鬼との戦争の一端を垣間見て、快い興奮を覚えた。〝とにかく御前さまもいい方をおもらいになりましたよ。あんなによくできた若いご婦人はちょっといませんからね〟

出迎えのあと、家政婦は新伯爵夫人を部屋に案内し、ついでお相手役の部屋を見せた。アナは最初の機会をとらえてヒービーに耳打ちした。「すごく疲れてるから、今夜は自分の部屋で食事をするわ」

ヒービーはささやきかえした。「せっかくだけど、邪魔したくないと思ってるなら心配無用よ」

アナは遠ざかっていくアレックスの背中に向かって眉を上げ、ため息をついた。なんて見る目のない男だろう。できることなら花嫁の気持ちをありのままに伝え、美人だけど移り気な女の思い出にしがみつくなどばかげていると言ってやりたい。だがヒービーは自分を信頼して秘密を打ち明けてくれたのだし、いまでは妹のようにいとしく思っているあのイギリス娘のために自分がしてやれるのは、せいぜい心の支えになり、助言をすることだけだろう。

そんなしだいで、新米の伯爵夫人はその夜、夫と二人きりで、ばかでかいマホガニーの食卓の両端に座って食事をすることになった。ただし食堂には、給仕役として従僕三人と執事が控えている。

最初の料理は、使用人全員の夕食ばかりか翌日の昼食の一部までまかなえそうな量だった。ヒービーは白ワインのソースで煮た鶏肉をちょっぴりつつき、ロールパンの端をちぎり、アスパラガスを一本だけ口にした。アレックスはそれなりに健闘したが、それでも従僕たちが食べ残しを片づけ、次の料理を並べるのには、かなりの時間がかかった。

ヒービーは心を決めた。この屋敷に支配されるか、私がここを支配するかだ。「スターリング」

「はい、奥方さま」

「デクスターさんによろしく伝えてちょうだい。せっかくのおいしいお料理をあまりいただけなくてごめんなさい、と。長い一日だったものだから」

「承知いたしました」

「それから、一週間分の献立について相談したいので、明日十時に来てくれるよう伝えておいて」

「承知いたしました」

「それとスターリング――」

「はい、奥方さま」

「御前と私が二人だけで、もしくはウィルキンズさんを入れて三人で食事をするときは、お給仕をするのはあなたと従僕一人だけでいいわ」

「承知いたしました。鮭《さけ》を少しお取りいたしましょうか？」

「ありがとう、スターリング。それとお客さまが二十人以上でないかぎり、その銀のスタンドは下げて、テーブルの自在板も三枚減らしてちょうだい」

食事は延々と続いたが、やがてヒービーはしずしずと立ち上がった。「では御前、私は一足お先に。

ごゆっくりポートをお楽しみくださいな」立ち上がったアレックスに軽く会釈して言う。「では、のちほど〈鏡板の間〉で」

「どれが〈鏡板の間〉なの？」ドアを開けてくれたスターリングに、ヒービーは声をひそめて尋ねた。「鏡板のある部屋だなんて言わないでよ。鏡板なら、このあたりにあるどの部屋にもあるんだから」

驚いたことに、執事はちらりと微笑した。「奥方さまの右手のお部屋でございます。ほかのどの部屋よりも鏡板が多く使われております」

たしかにその部屋は鏡板だらけだった。リンネル襞《ひだ》彫りの凝ったもの、まったく装飾のないもの、ゴシック様式らしきもの。三十分後にアレックスが現れたとき、花嫁は椅子を踏み台がわりにして、暖炉の上の壁にほどこされた彫刻を調べていた。

「埃《ほこり》でも探しているのかい？」アレックスは軽い口調で尋ねた。

急に声をかけられてぎょっとしたが、ヒービーはむっとしたように答えた。「そんなわけないでしょ。フィットンさんはすばらしい家政婦よ。秘密の扉を開ける突起を探しているに決まってるじゃない」

「秘密のなんだって？」食事と酒で心地よく頬をほてらせたアレックスは、伯爵夫人の探検ぶりを見物しようと、ゆったりした足どりで部屋に入った。

「秘密の扉よ」ヒービーは言い、高いところからアレックスを見下ろした。「ないなんて言わないで。何かあるに決まってるわ。秘密の扉とか、僧侶の隠れ家とか、戸棚の骸骨《がいこつ》とか、首のない悪鬼とか」

「がっかりさせて悪いが」アレックスが言い、椅子の横に立った。「この建物は宗教施設だったことはないから、首のない修道士にも壁に塗りこめられた尼僧にも縁はないし、うちは宗教改革以来ずっとプロテスタントだから、僧侶の隠れ家もない」

「あら」ヒービーは平板に言った。「いいのよ。それならそれで構わないわ」飛び下りようとして足をすべらせ、あっと思ったときには無事に床に下ろされていた。次の瞬間、ヒービーはグランド・ハーバーの小船のなかに戻っていた。照りつける太陽、腰に巻きついたたくましい腕。深々と息を吸い込み、柑橘《かんきつ》類と白檀《びやくだん》の香りで鼻孔を満たす。われに返ると、ヒービーは踏み台にしていた固い椅子に座らされ、夫はすでに炉端の椅子に腰をおろしていた。

ヒービーは立ち上がり、アレックスの向かいの椅子に移った。夫の手の感触が呼び覚ました記憶のせいで、まだかすかに体が震えていた。

アレックスは新聞を取り上げたが、広げずに膝に置いた。「明日は何をするつもりだい？」

「そうね、女の上級使用人たちと一緒に過ごすことにするわ。あなたに異存がなければ」

「いいとも。前にも言ったが、屋敷なりその運営方法なりに変えたいところがあれば、どんどん変えてほしい。僕に相談する必要はない」

「ありがとう、御前」勝手にスターリングにあれこれ指図をしたことを、やんわりととがめられているように感じるのは、思い過ごしかしら？

アレックスは口元をゆるめてヒービーを見やった。「君がそういう口調で僕を御前と呼ぶときは、ろくなことを企《たくら》んでいない気がするな」

ヒービーは急に気が楽になり、いたずらっぽく笑いかえした。「私がですの、御前？　何をおっしゃるやら。それはそうと、そろそろ失礼して寝床に入るわ。なんだかすごく疲れてしまって」

驚いたことにアレックスは立ち上がり、階段の下までついてきた。「こんなに鏡板だらけで、部屋がどこかわかるかい？」ヒービーはうさんくさげに夫を見やった。「違うよ。スターリングは何も言ってない。僕は人並みはずれて耳がよくてね」

「大丈夫、一人で行けるわ」ヒービーは答えた。

「おやすみなさい」階段がひどく長く感じられたが、廊下は蝋燭《ろうそく》で明るく照らされ、迷子になる心配はなかった。ヒービーは力なく呼び鈴の紐《ひも》を引っぱり、チャリティーが髪をほどき、あっさりした黒玉《ジェット》の装身具をはずす間、無言で座っていた。

だが顔を洗って振りむいたとき、ヒービーはぎょっとした。ベッドの上にあの薄っぺらい夜着と化粧着が広げられている。そんなものを着るのはばかげていると言いかけ、危ないところで口をつぐむ。使用人たちの前では、夫としごくまっとうな結婚生活を楽しんでいるふりをしなくてはならない。

着替えがすむと、ヒービーはチャリティーを下がらせ、新しい居室の探検を始めた。広々とした寝室には、上半分に天蓋《てんがい》がついたベッドと、威圧感のある家具が置かれている。家のなかを好きにいじっていいのなら、まずここから始めるべきだろう。

鏡板に似せたドアの向こうは服がつまった化粧室で、その奥のドアを開けると、贅沢《ぜいたく》にも土砂散布式の便所になっていた。新式の水洗便所について読んだことがある。それもぜひ試してみるとしよう。

最後にもう一つドアがあったが、こちらは取っ手をひねってみると鍵《かぎ》がかかっていた。しばし当惑して見つめてから、ヒービーははたと気づいた――これはアレックスの化粧室と寝室に通じるドアだ。

小さくため息をつき、凝った化粧着を脱いでベッドに歩みよる。忘れずに反対側のシーツをくしゃくしゃにし、枕《まくら》に頭を押しつけて、二人の人間が一晩ずっとここで過ごした痕跡《こんせき》を捏造《ねつぞう》する。

ベッドに横たわり、長い間ぼんやりと闇《やみ》を見つめていたが、アレックスが自室に向かう足音はせず、化粧室の鍵が開くこともなかった。

23

一週間もすると、タスバラ・ホールでの生活には一定の型ができ上がった。朝は二人で、ときにはアナも交えて食事をとる。その後、アレックスは土地管理人や猟番頭と話をするためにどこかに消え、ヒービーとアナは家のなかを探検したり、ミセス・フイットンや料理人のミセス・デクスターと話をしたり、馬で領内をまわって借地人を訪ねたりする。

昼食にはたいていアレックスも合流した。ヒービーは初日に、それまで小食堂と呼ばれていただだっ広い部屋のかわりに、今後は日当たりのいい南側の居間を小食堂にすると宣言した。ついでに大食堂を使う必要が生じそうな場面を想像してみようとしたが、高貴な方の公式訪問くらいしか浮かばなかった。スターリングは新しい女主人のやり方をすばやくのみこみ、カーテンや家具、絵画などについてのさまざまな指示をしかつめらしい顔で承った。

「とにかく」ヒービーは断固たる口調で言い、陰気で巨大な肖像画を身ぶりで示した。「あの殿方と向かい合ってお昼を食べるのはごめんよ。いまにも地獄落ちを宣告されそうで」それは前世紀風の禁欲的な服装をした紳士で、片手に大きな書物を持ち、もう一方の手を上げたポーズは、目の前にいる者すべてを叱責《しっせき》しようとしているかのようだ。

「ああ、ベリンガムじいさまだな」アレックスが入ってきて言った。ヒービーは思わず〝なるほど、あなたのあの表情はこの人譲りなのね〟と言いそうになり、執事がいるのを思い出して口をつぐんだ。アレックスの表情を見ると、どうやらヒービーが何を考えているかはお見通しらしい。そこでいたずらっぽく笑いかけると、ウインクが返ってきた。
「かわりにどのような絵をかければよろしゅうございましょうか？」有能な執事にふさわしく、スターリングはそんな脇《わき》芝居を黙殺して問いかけた。

のちにミセス・フィットンと夕食後のブランデーを楽しみながら、スターリングは語った。〝なんでもあなたの好きなものでいいわ、とおっしゃるんですよ。明るい感じのものなら、とね。明るい感じのもの！　うかがいますがね、ミセス・フィットン、このお屋敷のどこに明るい感じのものがあります？ですが、あの方は本物のレディですよ。奥方さまのために、それだけは言っときます〟家政婦は重々しくうなずいて同意を示した。

最初の数日、ヒービーとアナは来客に備えて三時までは家にいるようにしたが、客は一人も来なかった。二人の結婚が新聞各紙に控えめに発表されると、地元の上流人士の大半がお祝いの手紙をよこしたが、まだ喪に服して日が浅いことを考えて訪問は遠慮しているらしく、招待状が届くこともなかった。

ヒービーは来客が予想される時期についてスターリングに尋ね、おそらく三週間は誰も訪ねてこないだろうとの返答を得た。好都合だわ。そういうことなら間違いなく好奇心満々で、ときとして批判的かもしれない人々の前で伯爵夫人を演じなくてはならなくなる前に、新しい役割に慣れることができる。それ以降、ヒービーとアナは晴れた日の午後をもっと有効に使うことにした。馬か馬車を御して外出し、土地管理人のグロソップがくれたリストに載っている借地人を一人残らず訪ねてまわるのだ。

毎日が新しい経験と新しい教訓、新しい人々との出会いに満ちていた。ヒービーは勤勉に仕事にいそしんでいる気分を味わい、アナと過ごす時間を楽しんだ。晩餐《ばんさん》でさえ、料理の量を少なくし、食卓を小型化し、そばに控えている使用人を減らしてからは、最初ほど重荷ではなくなった。ヒービーの希望でアナも一緒に食卓を囲んだが、ふた晩続けてということは一度もなかった。「二人だけで過ごすのに慣れなきゃだめよ、あひるさん」アナは言い、ヒービーの頬を軽くたたいた。「身の危険を感じるとか、そういうわけじゃないんでしょう?」

まったく危険を感じないから困るのだと言いたかったが、ヒービーは口をつぐんでいた。そんなことをしたら、アナは夫の務めについてアレックスにお説教をしかねない。そうなったときのことを思うと恥ずかしさで身がすくみ、ヒービーは現状に満足しているとアナに思い込ませるのに全力をあげた。

問題は夜だった。アレックスがどれほどくつろいでいて愛想がよくても、ヒービーはつねに緊張していた。アレックスは必ず二人で過ごす時間を作って各自の一日の活動について語り合い、ヒービーの奮闘ぶりを褒めそやした。そしてヒービーの報告をもとに、コテージの屋根や垣根の修理についてすでに何度かミスター・グロソップに指示を出している。

だが、そうやって称賛の言葉をかけ、気配りを示しながらも、アレックスはつねに距離を置いてヒービーに接し、話題が個人的な分野にさまよい込むと、とたんに抑制した口調になる。ヒービーはそれを痛いほど感じずにいられなかった。

最初のうちヒービーは、それをどう解釈すればいいのかわからなかった。だがやがて、これは健康な若い男が禁欲生活を送っているせいではないかと考えるようになった。地元に愛人を囲っているとは思えないし、そうかといって、アレックスは間違っても借地人の娘に手をつけるような領主ではない。だがロンドンなら相手をしてくれる女は簡単に見つかるはずだし、ことによると、アレックスはすでにロンドンに愛人を囲っているかもしれない。

いっそのこと上京するよう勧めてみようか。でも動機を悟られることなく、どうやってそれを実行するかとなると、さっぱりいい案が浮かばない。それにいくらアレックスを愛し、彼のためによかれと思ってはいても、あれこれと策を弄《ろう》してまで、よその女の腕のなかに彼を送り込む気はしない。

思いあまってアナに相談すると、アナは禁欲が男性にどのような害をおよぼすかという若い友人の問いに、おやおやというふうに眉を上げてみせながらも、思いのほかすんなりと答えてくれた。

「そうね、もちろんお坊さんや修道士は一生そういう生活をするわけよ。少なくとも、そうしなきゃいけないことになってる」用心深く訂正する。「だけど彼らの場合は強い動機があるし、信仰がらみの誓いや戒律に支えられてるから。普通の男は、ええと、なんだっけ？　気むずかしる、じゃなくて気むずかしくて怒りっぽくなることが多いし、したいのに我慢しなきゃいけないってのは楽なことじゃないみたいね」アナはヒービーの顔をじっと見た。ヒービーは無意識に指の先を噛《か》みながら座っている。「なんていうか、あれは男にとっては女にとってほど大きな意味を持つ行為じゃないのよね。女の場合、もちろん商売女は別として、最低でもそれなりにいいと思える男が相手でないとだめだけど、男は違うの。男は愛と欲望を切り離して考えられるから」

「そう。教えてくれてありがとう、アナ」ヒービーはそう言っただけだったが、アナの話は考える種をたっぷり与えてくれた。アレックスが愛と欲望を切り離して考えられるのなら、クラリッサを愛していながら私を抱くこともできるわけだ。現に、冷静に振りかえると、羊飼いの小屋でのことはまさにそれだった。アレックスはうわごとでクラリッサを呼んだが、腕のなかにいた私に肉体的な魅力を感じていたからこそ、高熱で弱っていたにもかかわらず、実際の行為におよぶことができたのだ。

つまり、とヒービーは屋敷の南側にあるハーブ園で、煉瓦《れんが》敷きの歩道をぶらつきながら考えた。いまのアレックスが私に触れようとしないのは、フランスであんな経験をした私にショックを与えたり、おびえさせたりすることを恐れているのと、私を愛していないので、私が抱いているはずの愛の行為に対する嫌悪感をあえて取りのぞく必要を感じていないせいだ。ということは、とヒービーはさらに考え込んだ。こちらから積極的に出れば、たぶんアレックスをベッドに誘い込むことができる。だが、そこで彼女ははたと立ち止まった。だめよ、それはできないわ。いつかアレックスに言ったことは嘘《うそ》じゃない。結ばれる以上は相思相愛でなくてはならない。私にとっては、それだけが男女の関係のあるべき姿だ。

そういう結論に達したとき、アナが屋敷の横手をまわって姿を現した。濃いグレーのリボンの先でつば広の麦藁《むぎわら》帽子がゆれ、地味ながら洗練された散歩服が、見事な肢体を引きたてている。ヒービーと違って、アナは黒を着るといっそう美しく見える。肌が浅黒く、派手な目鼻立ちをしたアナには、黒はこれ以上ないほどよく似合うのだ。

「出かける用意はいい？」アナは尋ねた。「玄関で軽二輪馬車が待ってるわ。ミスター・グロソップにまだ訪ねてない三つの農場への行き方を教えてもらったの」手に持っているリストに視線を落とす。「ボーン農場のミスターピーターソン、コールド・ファーロングのミスター・グレイソン、最後がフリント・エーカーのミスター・ソーン。ここは帰りに寄るといいって」

農場訪問は予定どおりに実行された。ミスター・ピーターソンは高齢で頑丈な三人の息子に補佐されており、母屋に寄りそって立つ三軒のコテージから、息子たちの妻と子供たちが続々と現れた。グレイソン夫妻は陽気な似た者夫婦で、ヒービーとアナを招きいれてプラムケーキと自家製の香草酒をふるまい、農場での仕事についてあれこれと説明してくれた。

その後、アナと交替して馬車を御しながら、ヒービーは打ち明けた。「ちょっと酔っちゃったみたい。あの人、あのお酒に何を入れたのかしらね」

「まったくだわ」アナが言い、帽子のリボンを結びなおした。「ええと、ちょっと待ってね。ここを左に曲がって、道なりに一キロ半。このミスター・ソーンって人はやもめで、子供はいないそうよ」

じきに農場が見えてきた。不規則に広がった煉瓦と石の建物は、増築に増築を重ねたものらしく、どこかタスバラ・ホールを思わせる。敷地内は手入れが行きとどき、男たちがせっせと働いていた。男たちは作業をやめ、帽子に手をやって挨拶《あいさつ》すると、子馬の手綱を受け取った。ええ、旦那《だんな》なら庭にいますんで、あっちにまわってくださりゃあ。

そして実際、ミスター・ソーンは伝統的な農家の庭としては最高の部類に入る見事な庭の手入れをしていた。二人が近づいていくのに気づいて腰を伸ばし、両手から土を払い落とす。背が高く体格のいい四十がらみの男だ。率直そうな表情と、くしゃくしゃの金髪。周囲の花壇には花が咲き乱れていた。密集して生え、花づきもいい。ところどころに野菜の列もあり、なかには花と野菜が同居している場所もある。薔薇《ばら》の間で豆が蔓《つる》を伸ばしていたり、ゼラニウムの間に玉葱《たまねぎ》が植わっていたりするのだ。

「まあ、きれい！」ヒービーは叫び、うっとりと花の香りを吸い込んだ。「見てよ、アナ。蜜蜂《みつばち》の巣箱まであるわ」

だがアナの返事はなかった。見ると農場主は驚きに声を失ったかのようにアナを見つめ、アナもまた身じろぎもせずにその視線を受け止めていた。ほうっておけばいつまでそうして立ちつくしていたかわからないが、ヒービーが空咳《せき》をすると、ミスター・ソーンがはっとわれに返って二人に近づいてきた。

「いらっしゃい。何かご用で？」かすかなハートフォード州西部の訛《なまり》。目は青く、目尻に笑いじわがある。ヒービーはひと目で彼が気に入った。

「レディ・タスバラです」ヒービーは片手をさし出し、庭仕事のせいで手が汚れているという相手の言葉を笑って一蹴《いっしゅう》した。「こちらは話し相手のミセス・ウィルキンズ」完全に自制心を取りもどしたアナが重々しく会釈するのを見て、ヒービーはおかしくなった。「みなさんとお近づきになりたいと思って、領内の農場を訪ねてまわっているの。ご都合の悪いときに来てしまったのでないといいけれど」

「いえいえ、ちっとも」ミスター・ソーンは請け合った。「何か飲み物でもいかがです？」

ヒービーは断り、ミスター・グレイソンの香草酒を味見したのがちょっと効きすぎたようだと説明した。

「そうでしょうとも。ジミー・グレイソンの香草酒といやあ、ここいらじゃ悪酔いするんで有名ですからね。二杯目を断りなすって正解でしたよ」

ヒービーは横目でアナの様子をうかがった。アナは農場主にまったく関心がないふうを装っている。

「お庭を見せていただいていいかしら」ヒービーは言い、さっさと小道を歩き出した。必然的に、アナとミスター・ソーンは並んであとからついてくる格好になった。「本当にきれいだこと、ミスター・ソーン」ヒービーは続けた。「きっと緑の指をお持ちなのね」

「緑の指？」アナが聞きとがめた。

「聞いたことないですか、奥さん？　奥方さまは、おれは植物を育てるのがうまいと褒めてくだすったんですよ」

「ああ、そうですか」アナは言った。「初めて聞きました。死んだ主人は町の人間だったので」

うまいわ、アナ。ヒービーは胸のなかで微笑した。未亡人だということをうまく相手に知らせたわね。

アナは庭を見渡して言った。「だけど、あなたの緑の指はハーブには通用しないみたいね、ミスター・ソーン」たしかにハーブの区画はみすぼらしく、生え方もまばらで勢いがない。「ハーブはもっと日当たりのいいところに植えなきゃだめですよ」

農場主はおとなしく批判に耳を傾けた。「不出来なことはわかってます。ハーブの類《たぐい》はずっと女房が育ててたんで、六年前にあれが死んでからは、なんだかいまさら苦労して育てる気がしなくて」

これでお互いに独り身だとわかったわけね。ヒービーは胸のなかでくすりと笑った。さて、次の一歩を踏み出すのはどちらかしら？

「お屋敷には立派なハーブ園がありますよ」アナが言った。「伯爵夫人にご異存がなければ、今度近くを通るときに苗を少し持ってきましょう。だけど日当たりのいいところに植えなきゃだめですよ。それと、土にちっちゃい石を交ぜて――」

「砂利ですよ、奥さん」

「え？　ああ、砂利ね。それを土に交ぜるんです」

「こんどまた教えてもらえませんか？　それまでに土を耕して、砂利を入れときますから。あのへんなんかどうです？」

アナがミスター・ソーンに講義をしている間、ヒービーはベンチに腰かけ、ひなたぼっこをしている赤茶色の猫をなでていた。やがて二人がヒービーの存在を思い出して足早に戻ってきたとき、ミスター・ソーンは照れくさそうに顔をほてらせ、アナは満足しきった様子をしていた。

馬車で屋敷に向かう間、ヒービーは何か言いたくてうずうずしていたし、アナがそれを待っているのもわかっていた。だがヒービーはわざとにぎやかなピーターソン一家のことばかり話した。コテージの広さはあれで十分かしら。井戸をもう一つ掘ったほうがいいかしら。村の学校の質はどの程度なのかしら。そもそも村には学校があるのかしら。こうして無関心な態度をとったほうが、下手に冷やかしたりけしかけたりするよりも、アナが籠《かご》にハーブをつめて出かける時期ははるかに早まるはずだ。

屋敷に戻ると、ヒービーはハーブ園を見ているアナを置き去りにして、急いでなかに入った。「御前はどちらにいらっしゃるの、スターリング？」

「〈回廊の間〉でございます。漆喰《しっくい》に大きなひび割れがあると申し上げましたところ、さっそく見に行かれたようで」

ヒービーは階段を駆け上がった。屋敷のジェームズ一世時代風の部分にある長い回廊は、かつてご婦人方が悪天候で散歩に行けないときの運動場として造られたもので、一族の肖像画が飾られている。いずれアレックスに案内してもらうつもりで、まだろくに見ていない肖像画には目もくれずに、ヒービーは天井を見上げているアレックスに走りよった。

アレックスはすぐにヒービーの足音を聞きつけ、気づかわしげに振りむいた。「どうかしたのか？」

「ううん、そうじゃないの。あら、すごいひび割れ。ねえ、アレックス、とてもすばらしいことがあったのよ！」ヒービーはテーブルの端にちょこんと腰を下ろし、輝くような笑みを夫に向けた。

「なんだか当ててみろということかい？」アレックスが近づいてきて目の前に立った。微笑している。こんなに近くで顔を合わせたのはしばらくぶりで、ヒービーはどぎまぎした様子を見せまいとした。

「当てられっこないわ。アナが恋をしてるのよ！」

「恋を？　それはまたずいぶんな早業だな。相手は誰だい？」

「ミスター・ソーンよ、あなたの土地を借りて農場をやっている。今日、会ったんだけど、すごくいい人みたいで、すばらしい庭を持っているの。二人はひと目見るなり恋に落ちて、私が咳払いをしなかったら、いまでも見つめ合っていたかもしれないわ」

「つまりひと目惚《ぼ》れか？」アレックスは疑わしげな声を出した。「そんなたわごとを信じるのかい？」

「たわごとなんかじゃないわ」ヒービーは頑強に言いはった。「現についさっき、その実例を目撃したところなんだから。すばらしいことだと思うけど、念のためにミスター・ソーンがどういう人か、ミスター・グロソップにきいてみてほしいの。亡くなった奥さんを殴っていたり、どうしようもない飲んだくれだったりしたら悲惨だもの」

「ではそうしよう。だがソーンに不利な事実が出てきたら、君は僕が彼に引導を渡すことを期待するんだろうな」その声に何かを感じて、ヒービーは急に寒くなった。アレックスはなおも愛想のいい表情で続けた。「つまりひと目惚れ、いわゆる電撃の恋《クー・ド・フードル》が、君の理想というわけかい？」ヒービーはほぞを噛んだ。興奮のあまり、よけいなことを口走ってしまった。アレックスはよく、私の恋愛結婚へのこだわりを皮肉るような発言をしていた。もしや私が自分の結婚とアナの新たな恋を比較して、友をうらやんでいると思っているのでは？

「まさか！」精いっぱい軽い口調で言い、テーブルからすべり下りる。「だって、そんなの夢物語も同然じゃない。望むだけ無理というものよ」

「ただの恋愛結婚と違って、か？」アレックスがそうつぶやいた気がしたが、空耳だったかもしれない。二人は回廊を引きかえし始めた。窓からさし込む日ざしが、つややかな板張りの床に光と影の格子柄を描き出している。その模様を踏んで進みながら、ヒービーは必死でもっと無難な話題を探した。「あのひび割れはほうっておくとまずいことになりそうなの?」ようやく尋ねる。

「さあ、どうだろう。留守の間にグロソップに調べさせるつもりだ」

「どこかに行くの?」

「ああ、二、三日ロンドンに行ってくる。朝食のときに話すつもりだったのに、忘れてしまった」

「まあ、よかったわ」ヒービーはほっとして言った。これでアレックスは愛人なり夜の女性なりのところに行って、強いられた禁欲生活から解放され、しばらく息抜きをすることができる。

「よかった?」無理もないことながら、アレックスの声には驚きがにじんでいた。

「ああ、だから……ほら、環境を変えたほうがいいと思って」ヒービーはしどろもどろに言った。「まだ訪ねてくる人もいないし、この家にはいろいろと思い出が染みついていて……ああ、それにフルグレーヴの叔母さまと叔父さまの家にも寄ってもらえるかもしれないし。ついでに手紙を届けてもらえれば……」アレックスの顔に疑わしげな表情が浮かんでいるのを見て、ヒービーは口をつぐんだ。

「君まで早業で彼氏を作ったんじゃないかと勘ぐりたくなるな」アレックスは軽い口調で言った。

「そんなわけないでしょ! からかうのはやめてよね、アレックス」ヒービーは食ってかかった。「誰かが聞いて、本気にしたらどうするの?」

「僕が本気だったらおかしいかい?」アレックスが黒い眉を上げて言い、ヒービーはそれを冗談ととるべきか警告ととるべきか判断に迷った。「では失礼。グロソップと話をしないと」

〈回廊の間〉の端に置き去りにされたヒービーは、呆然《ぼうぜん》と夫を見送りながら、胃の腑《ふ》がむかつくのを感じていた。いまの会話は実にまずかった。注意深く作り上げてきた普通の生活という見せかけに、ぱっくりと亀裂《きれつ》が生じたかのようだ。建物を崩壊させるほど大きな亀裂ではないが、その奥に何がひそんでいるのかと思うと、ひどく気がもめる。

あの天井のひび割れみたいに。ヒービーは思った。ほかにすることがないので、ぶらぶらと回廊を引きかえすと、壁の肖像画が目に留まった。気をまぎらわせようとして絵をながめ始めたヒービーは、しだいにその作業に引き込まれていった。

年代順に並んでいないので、ゲーム感覚で年代を当てていく。小さな黒ずんだ木炭画のスケッチはたぶんチューダー朝のもの。ジェームズ一世時代の服装をしたしゃちこばった紳士淑女の、とうてい実物に似ているとは思えない一連の絵。そのあとに突然、本物の肖像画と呼べそうな絵画群が登場した。

生きて呼吸している人々が、十八世紀の画布のなかからこちらを見つめている。最大限に着飾り、もったいぶったポーズをとってはいても、顔は本物だ。なかの数人は、とくに顎の線や目の形などがアレックスと似ている。やがて、もっと最近の絵が登場した。かなりくつろいだ雰囲気の、魅力的な家族の群像。そしてヒービーは、アレックスの驚くべき美貌《びぼう》の源泉をついに発見したことに気づいた。

描かれているのは、大きく枝を広げた木の下でのピクニックの場面だった。紳士が木の幹にもたれて立っている。妻はたっぷりしたブロケードのスカートを広げて草の上の敷物に座り、幼い男の子――アレックスを抱いている。アレックスの兄は母親の横に立ち、その肩に父親が手を置いている。

この女性がアレックスの母であることは、一目瞭然《りょうぜん》だった。漆黒の髪がつややかに輝き、きまじめな濃い青の瞳が、歳月を越えてヒービーを見つめている。年長の少年はどちらかというと父親似で、アレックスより髪の色が薄く、ずんぐりしていて、顎の線は同じだが、顔立ちは弟ほど整っていない。

ヒービーは長い間魅せられたようにその群像を見つめてから、踵《きびす》を返してのろのろと〈回廊の間〉を出た。何世代にもわたる物言わぬベレズフォード一族の人々。どの顔にも、息子が父の跡を継ぐことで脈々と続いてきた一族の誇りが表れていた。ヒービーに決して触れないと約束することで、アレックスは跡継ぎを儲《もう》けてその家系を存続させ、後世につなげる権利を放棄すると誓ったのだ。

アレックスは気づいていないのだろうか？　父と兄を失い、ヒービーとの間で何があったかを知った衝撃で、まだそこまで気がまわらないのか。それとも、さっき回廊を訪れてそれに気づいたからこそ、あんなとげとげしい態度をとったのか。

そして、何があろうと妥協などしそうにないアレックスを相手に、私はどうすればいい？

24

その夜の晩餐《ばんさん》は気づまりなものだった。アナはまだ夢見心地らしく、うわの空で口実を並べ、食事の席に現れなかった。ヒービーはアレックスの機嫌を損ねてしまったらしいと感じていたが、その理由となると、うっかりアレックスのロンドン行きを喜んでしまったことくらいしか心当たりがない。

そこで、なんとか誤解を解く方法はないかと頭を絞ったが、下手にその話を蒸しかえせば、逆にアレックスの疑惑を強める結果になりかねない。

アレックスはこれでもかというほど礼儀正しかった。会話がとぎれぬよう気を使い、ヒービーの皿やグラスの中身ばかりか、塩入れの位置にまで目配りを欠かさない。スターリングが従僕を食堂から引っぱり出し、こうささやくのを聞いたら、ヒービーはさらにいたたまれない気分になっていただろう。

「今夜の御前はひどく気が立っておいでだ。いいか、気をつけるんだぞ！　間違っても皿を落としたり、スープをこぼしたりしちゃいかん」

「だけど今夜の御前さまはとても愛想がいいですよ、ミスター・スターリング」若い従僕はささやきかえした。「気むずかしいことなんか一つもおっしゃらないし、奥方さまにもものすごく気を使ってて」

執事はあきれて目をむいた。「そんなものにだまされちゃいかん。いいから御前の目を見てみろ」

そこで若い従僕は、御前のグラスにワインを注《つ》ぐついでにその助言に従い、冷ややかな青い視線をまともに浴びて酒瓶を落としそうになった。ひゃあ、おっかねえ。壁際まで引きさがりながら思う。あれじゃあ、今夜は奥方さまも大変だな。

使用人にひそかに同情されているとも知らず、ヒービーは必死の努力で食事を続け、夫の質問や発言にいちいち礼儀正しく答えを返しつづけた。ようやくひと足先に食卓を離れる時間が来ると、ヒービーはほっとするあまり、ドアを開けてくれたスターリングの胸にすがって泣きたくなったほどだった。彼はほんの一瞬だけ、執事としての無表情な仮面を脱ぎ、ヒービーに笑いかけてきたのだった。

こぢんまりした客間には蝋燭《ろうそく》がふんだんに灯《とも》され、さほど寒くないにもかかわらず、暖炉では炎が楽しげに躍っていた。女主人が陽光あふれる南方の気候を恋しがっていることを知ったスターリングが、せめてもの慰めにと夜は火を焚《た》くよう命じたのだ。

ヒービーは寒くもないのに身ぶるいし、やりかけの刺繍《ししゅう》を取り上げた。食堂の椅子の座面カバーを新しくすることにしたのだが、ひょっとしたら針仕事の苦手な女には荷が勝ちすぎる仕事かもしれないというやな予感がしている。スターリングに尋ねたところ、椅子は全部で二十四脚あるはずだというのだ。何かの間違いであることを願うしかない。

アレックスがここに来なければいいという思いと、明日は上京するアレックスとぎくしゃくしたまま別れるわけにはいかないという思いがせめぎ合う。だがいざアレックスが客間に姿を現すと、ヒービーは何一つとして言うべきことを思いつかなかった。

「午後はあのあと何をしたんだい？」無言で新聞をめくっていたアレックスが、ようやく尋ねた。

ヒービーはまるで浮気相手の名前を白状しろと言われたようにぎくりとした。「〈回廊の間〉の肖像画を見ていたの」

「ほう。それで、感想は？」

「絵画としてとてもすぐれたものも何枚かあるみたいだったけど、私が好きなのは、描かれているのが生身の人間だと感じられる絵ね」ヒービーはためらった。「あなたがご両親とお兄さまと一緒にいる絵はとてもよかったわ」アレックスは無言だった。

「お母さまはとても美しい方だったのね」

「ああ。あの絵が描かれてじきに死んだんだ。急性肺炎だったらしい。父はその打撃から完全に立ちなおることはできなかったんじゃないかと思う」

「あなたとお兄さまもつらかったでしょうね」幼い兄弟が味わっただろう衝撃を思って声が震える。

アレックスはうなずいたが、どうもその話はしたくなさそうだ。ヒービーにも無理に聞きほじるつもりはない。すると、アレックスが唐突に言った。

「それがきっかけで、僕は自分の感情を隠すことを覚えたんだ。ことによると、ためにならないくらい上手に」アレックスの顔がふっとやわらぎ、その下にひそむ苦痛と怒りが見えたような気がした。

いったいどんな悪魔にそそのかされたのか、その質問はまるで自分で考えたことではないかのように、ぽろりとヒービーの唇からこぼれた。「アレックス、自分の子供を欲しいとは思わない？　跡継ぎは欲しくないの？」

　アレックスが顔を上げ、ヒービーがかつてマルタでなぞらえた猛禽《もうきん》そのものの、猛々《たけだけ》しく傲慢《ごうまん》な表情をたたえた目を向けてきた。「跡継ぎはいるよ」

「いるの？」ヒービーはつぶやいた。

「父には弟が二人いた。彼らの息子のうち三人はいまも存命で、孫息子はさらに大勢いる。たしか、もっか六人じゃなかったかな。僕が世継ぎを儲《もう》ける必要はないんだよ、ヒービー。心配しなくても、ベレズフォードの家系が絶えることはない」

「ごめんなさい」何を謝っているのか自分でもよくわからないまま、ヒービーは口ごもった。「お先に失礼していいかしら？　なんだか疲れたから、もうベッドに入るわ」アレックスが立ち上がろうとするのを尻目に、刺繍の枠を椅子にほうり出し、足早に部屋を出る。アレックスは追ってこなかった。

　部屋に着くと呼び鈴を鳴らしてチャリティーを呼び、夢うつつの状態で寝る支度をした。頭から寝間着をかぶせられて初めて、それがあの婚礼の夜のための凝った夜着だと気づいた。洗濯から戻ってきたばかりで、薔薇《ばら》の香料がかぐわしい。

　小間使いを下がらせるまでは、どうにか涙をこらえていた。アレックスと結婚してから涙を流すのは、これが初めてだった。この奇妙な結婚にどんなささやかなものでも喜びを見出《みいだ》し、自分の運命を嘆くことだけはするまいと決心していたからだ。だがアレックスがこの愛のない不毛な結婚を激しく後悔しているだろうと確信したいま、ヒービーはやわらかい枕《まくら》に顔を埋《うず》め、こころゆくまで嗚咽《おえつ》した。

　どれくらいのあいだ涙を流しつづけていたものか、やがて起き上がり、濡《ぬ》れた顔を手の甲でこすったヒービーは、頭がすっきりしているのに気づいた。そして、その覚醒《かくせい》した状態でこの数週間を振りかえると、じわじわと後ろめたさが込み上げてきた。

アレックスは私にすべてをさし出そうとした。私がその気になれないだろうからと、肉体関係は要求しないと約束したことも含めて。与えてくれなかったのはただ一つ、愛だけだ。でも、すでにだれかに与えてしまったものを、どうしてほかの女に与えることができるだろう？　私だったらどう感じるだろう――さっきまでとは違う、頭のさえたヒービーが自問した。アレックスを永遠に失ってしまったと知りながら、ほかの人に軽々しく愛していると言えるかしら？　言えるわけがない！

なのに私は恋愛結婚にこだわり、アレックスの愛を得られないというだけの理由で、この結婚は意に染まないものだという態度をとってきた。ヒービーは膝を抱え、蝋燭の明かりを凝視した。

男は愛していない女を抱くことができる。アナはそう言っていた。ならば高すぎる理想へのこだわりを捨て、アレックスのところに行ってみたらどうだろう？　愛を告白して哀れに思われる必要はない。やさしさとぬくもりを求めていることを示すだけでいい。アレックスが私を抱くことで慰めを得られ、また私が彼に身を任せるのをいやがったり怖がったりしていないと知れば、それだけで二人のあいだの距離は縮まるはずだ。そして、私がまた身ごもることがあれば、たとえ甥《おい》が何人いようと、アレックスも父親になることをうれしく思うだろう。

あれこれ考えすぎて勇気が萎《な》えないうちにと、ふとんをはねのけ、裸足《はだし》で戸口に駆けよる。ぐいとドアを引き開けたとたん、ヒービーは小さく声をあげてあとずさった。ドアと一緒に、アレックスが部屋に転がり込んできそうになったのだ。

ドアにぴたりと身を寄せ、厚い戸板に両手を押しあてて立っていたらしいアレックスは、猫のような反射神経を見せて体勢を立てなおし、両手で戸枠をつかんで踏みとどまった。その目はヒービーの涙で汚れた顔を食いいるように見つめている。

「アレックス！　ここで何をしてるの？」

「泣いているのが聞こえたんだ」

「でも、泣きやんでからもう十分はたつわ」

「知ってる」では、アレックスはずっとそこに立っていたのだ。約束した以上、部屋に入ることはできず、かといって泣いているヒービーをほうっておくこともできずに。見ればアレックスは長い絹の部屋着を着て、裸足で板張りの床を踏んでいる。

アレックスはヒービーの視線をたどって言った。

「自分の部屋に行く途中で、君の泣き声が聞こえた。いったんはベッドに入ろうとしたんだが、どうしても来てみずにはいられなくて、来たら来たで、今度は戻れなくなった」ヒービーは胸を打たれ、言葉を失った。短い間のあとで、アレックスがつけ加えた。

「どこに行くつもりだったんだ？」

ヒービーはごくりと唾《つば》をのみ込んだ。いまこそ勇気を出すときだ。「あなたの部屋よ」

「僕の部屋？　どうしてまた？」

「それは……それは――」ヒービーは言葉を切った。血の色がじわじわと喉《のど》を這《は》い上がり、顔に広がっていくのがわかる。「あなたのベッドに行きたかったからよ、アレックス」さあ、言ったわ。

アレックスの顔から拭《ぬぐ》い去ったように表情が消えた。ヒービーは泣きたい気分になった。「なぜだ？」厳しい口調で言う。「僕に跡継ぎを与えないことを後ろめたく感じているからか？」

「違うわ！　後ろめたいんじゃなくて悲しいのよ。それに、あなたが私に寄りつこうとしないのも悲しいわ。私が恋愛結婚がどうのとくだらないことを言ったのと、あなたと……あなたとそうなるのを怖がっていないと言う勇気がなかったせいで」

アレックスはひどく難解な謎《なぞ》を解こうとするかのように、まじまじとヒービーを見つめた。「怖がっていない？　フランスであんなことがあったのに？　君を手込めにした男を？　僕が触れようとするたびに、すくみあがる君が？」まったく信じていないという口調だった。

「あれは無理やりじゃなかったわ」ヒービーは激しい口調で言った。「それに、あなたに触れられたくなかったのは、触れられたら最後、しがみついてしまうのがわかっていたからよ。あなたは私を愛していないのに」ヒービーはいまや腹を立てていた。自分とアレックスのどちらに対するものとも知れない怒りに背中を押されて続ける。「私がばかだったわ、あんなふうに恋愛結婚にこだわって。たとえあなたがクラリッサを愛していても、あなたの妻になれただけで幸せだと思うべきだったのに……」

「僕が？　クラリッサを愛してる？」アレックスの鋭い声に言葉の奔流をさえぎられ、ヒービーは口をつぐんだ。

「だって、そうじゃない。プロポーズして、承諾の返事が来たときはびっくりして喜んでいたわ。それきり、ぴたりと私に近づかなくなって。それに、ミセス・フィットンも言っていたわ。クラリッサから二通目の手紙が届いたとき、あなたは……あなたは……うめくようにあの人の名を呼んで、まるで胸が張り裂けてしまったような声で〝いとしい人、いとしい人〟ってつぶやいていたと」

「なぜ彼女がそんなことを知ってるんだ？　しかも、それを君に話すとはどういう了見だ？」

「あなたがいるとは知らずにそっと部屋に入ったら、ちょうどあなたが手紙を開封していたと言っていたわ。その話を聞いたのは、初めてここを訪ねてきたときで、ミセス・フィットンは私を一家の古い友人だと思っていたの。あの人としては善意のつもりだったのよ。クラリッサの仕打ちにそれは腹を立てていて、私が事情を知っていれば、あなたの力になれるかもしれないと思ったんだわ」

「ロンドンに会いに行ったとき、君があんなにかたくなだったのも無理はないな。ヒービー、ここではっきり言っておくよ。僕はクラリッサを愛してなどいないし、たぶん過去に愛したこともない」

「だってプロポーズしたじゃない！」足がしだいに冷たくなり、隙間《すきま》風が薄い夜着に包まれた肌をなぶっていたが、ヒービーは気づかなかった。

「あのときは父に、さっさと結婚して子供を作れといつもの説教をされたばかりでね。クラリッサは美人で、彼女に恋をしていると思い込むのは一種の流行だった。プロポーズすると、笑っていなされたよ。いまにして思えば、断られるとわかっていたからこそ彼女に申し込んだのかもしれない。父の期待に沿うよう努力しているところを見せるためにね」

「そして承諾の返事が来ると、喜ぶふりをするしかなかったのね」ヒービーは言った。理解と喜びの波が胸を洗う。「紳士としてふるまおうとすれば本音を口にすることはできず、ましてや婚約破棄など論外だった」刻一刻と勇気がふくらんでいく。思いきってきいてみようか……。「アレックス、あの日一緒に庭にいたとき、あの手紙が来る直前に……あなた、私に何か言おうとしなかった？」

アレックスはなおもヒービーに触れようとせず、関節が白く浮き出るほどきつく両手を握り締めて立っていた。「結婚を申し込むつもりだった」

「やっぱり」ヒービーはつぶやいた。「なぜ？」

「君を愛しているからだ」アレックスはようやく、ヒービーがずっと言われることを夢見ていた言葉を口にした。「君はなんと答えたかな？」

「イエスと答えたわ、アレックス。あなたを愛しているから」

アレックスは長いあいだ身じろぎもせず、探るようにヒービーの顔を見つめていた。やがて腕が伸びてきて、ヒービーは骨も砕けよとばかりに抱き締められた。キスするのかと思いきや、アレックスはぐいと腕を伸ばしてヒービーの顔を見つめた。

「もうクラリッサに縛りつけられていないと知ったとき、君はどこにいるか見当もつかなかった。父と兄のことがあって家を離れられなかったが、僕はなんとかして君を見つけたかった。ミセス・フィッツンに見られたとき、僕が考えていたのは君のことだったんだ。ほかならぬ君、魅惑的な失われたキルケの。そしてウィリアムの死に呆然《ぼうぜん》としていたとき、まるで奇跡のように君が現れた。僕は天にも昇る心地だった。ところが君は、僕が君を手込めにし、傷つけ、妊娠させたと告げたんだ。僕はこの世で何よりも大切なものを汚してしまったように感じた。そんな人間に、君に触れる資格はない。できるのは、せめてささやかな償いをすることだけだった。そして――」声が乱れた。「そして、君は……体をこわした」

「ああ、アレックス、どうすれば信じてもらえるの？　許すことなんて何もないわ」

夢が砕けるのを恐れているかのように、アレックスがそっと身をかがめて唇を重ねてきた。やさしいけれど、ためらいのないキス。ヒービーはアレックスの愛にすっぽりと包まれ、守られているのを感じた。おずおずとキスを返し、求められるままに唇を開いてアレックスの舌を受けいれる。ほてるような欲望が身内をつらぬき、ヒービーはあえいだ。

知らず知らずのうちに、厚い絹地に包まれたアレックスの背中に指先が食い込み、ヒービーはアレックスの体に変化が生じるのを感じた。ヒービーが本当に怖がっていないこと、自分を求めていることがわかったらしい。

ふいに足音が響き、叫び声があがった。アレックスがさっと振りむき、ヒービーもアレックスの腕の下からそっとのぞいてみた。スターリングだ。分厚いフランネルの寝間着にスリッパ、頭にはナイトキャップという珍しい格好をしている。左右の手に、それぞれ鍵《かぎ》の束と蝋燭消しを持っていた。

「これは御前！　失礼いたしました。ごらんのとおり、明かりを消してまわっていたところでございます。何かございましたのでしょうか？　よもや御前が廊下に出ておいでとは……」前代未聞の出来事を前に、有能な執事の声は尻すぼみに消えた。

「いや、何もないよ、スターリング。ちょっと妻にキスしていただけだ」

ヒービーが赤面するべきか笑うべきか迷いながら袖《そで》を引いたが、アレックスは動こうとしなかった。

やがてスターリングが正気に返り、軽く頭を下げた。

「おやすみなさいませ、御前。おやすみなさいませ、奥方さま。さしでがましいようですが御前、夜の廊下は寒うございます。奥方さまのお体には毒ではないかと愚考いたしますが」

「ありがとう、スターリング。たしかにそうだな」

ヒービーは執事が角を曲がって消えるのを見送った。「かわいそうなスターリング！　アレックス、朝になったら謝らなきゃだめよ。こんな場面にぶつかるなんて、執事の仕事の範囲を超えているわ」

ヒービーを見下ろしたアレックスの目には、笑いがあふれていた。「とんでもない。これが刺激になって若返れば結構じゃないか。だが、たしかにここは寒いな。君はすっかり冷えきっている」

「あなたもよ、アレックス。入ってドアを閉めて」

アレックスはためらった。「しかし……」

「あんな約束はもう忘れて！」ヒービーはぐいとアレックスの腕を引っぱり、ぴたりとドアを閉めて退路をふさいだ。夫の首に腕を巻きつけ、ひたと見つめる。「お願い、アレックス。私を抱いて」

アレックスが身をかがめ、ふわりと抱え上げられたかと思うと、ヒービーはベッドに横たわっていた。髪が枕の上にふわりと広がり、透けるような夜着が体を包んでいる。アレックスは目を閉じ、片手でベッドの支柱を握り締めた。「君はとても魅力的だ。だが、あんなことがあったあとで、僕に身を任せる気になどなれるはずがない」

ヒービーは身を起こし、アレックスの腕を引っぱった。「ねえ、聞いて！　あんな形で処女を失いたかったとは言わないわ。痛くなかったふりもできない。でもね、そんなことはどうでもよかったの。相手があなただったから。わからない？　あのときもいまも、私はあなたを愛しているのよ」

アレックスはベッドに腰を下ろし、ヒービーの手を取った。「本気で言っているのかい、ヒービー？　だったら今夜、本当はどうあるべきかを教えてあげよう。痛い思いはさせないと約束する」

ヒービーは信頼しきった笑顔をアレックスに向けた。「わかっているわ。初めてのときはだれでも痛いものらしいし、あのときのあなたは半分意識がなかったんだもの。処女との経験はあまりないはずだし」アレックスがくぐもった笑い声をもらし、両手に顔を埋めた。耳が赤くなっている。「まあ、ごめんなさい。はしたないことを言っちゃったわね」

アレックスが手をどけると、その顔には笑いがあふれていた。そして、それとは違う何かも。あやしいざわめき。胃がきゅんと締めつけられ、息が苦しくなってくる。「僕の無邪気なキルケ。夫婦になった以上、はしたない会話をするのは義務のようなものだよ。そうだ、ざっくばらんに話をしたついでに、明日の僕のロンドン行きを知って、あんなに喜んだ理由も教えてもらえるかい？」

「いやだわ。それこそ、ものすごくはしたないこと妻を相手に、いつ果てるとも知れない、情熱的でみだらな愛撫《あいぶ》をかわしたくてうずうずしていたからだよ。親愛なるミセス・ウィルキンズは、ほかにどんな助言をしてくれたんだい？」

「男の人は愛していない女でも抱くことができるって。それで私、今夜あなたの部屋に押しかける気になったのよ。そういうことなら、追いかえされずにすむかもしれないと思って」

アレックスはむっつりした顔でヒービーを見た。

「明日のロンドン行きは中止だ。かわりにトーマス・ソーンに会いに行って、特別結婚許可証をとって一週間以内にあの女と結婚して屋敷から連れ出さないと、借地権を取り上げると言ってやる」

ヒービーはかすかに笑った。「ばかなことを言わないで。アナは私の質問に答えてくれただけよ。それだって、あなたとのことを相談したわけじゃなくて、一般論的な情報を求めただけだし」

「僕がアナの言う怒りっぽい状態になっていたのは、しはすっきりするんじゃないかと思って」

くれる女性はいくらでもいるだろうし、あなたも少くなるって。だから、ロンドンに行けば相手をしてのよ。そういう生活をしてると、男の人は怒りっぽっていたから、きっと……つまりね、アナが言った領内の娘に手をつけるような人じゃないことはわか「だって、あなたは私には触れようとしなかったし、がそれを喜ぶというのは理解できないな」

もらうが、僕には愛人はいない。いたとしても、君「なんだって？　ヒービー、この際だから言わせてだと思ったからよ」

「しょうがないわね。あなたが愛人に会いに行くんのを考えられない。「ああ、ぜひ聞きたいね」

なで下ろしている。ひどく気が散って、まともにも
アレックスが長い指の先で右の足首をなで上げ、
なのよ。どうしても言わなきゃだめ？」

「それでは奥方、すこぶるつきに特殊論的な情報を一つ提供しよう。僕は君を愛している。君が僕のものであるかぎり、ほかの女を抱きたいとは思わないし、君には一生僕の妻でいてもらうつもりでいる。ご納得いただけたかな?」

「ええ、御前」ヒービーはおとなしく言い、ひと呼吸置いて続けた。「アレックス、そうやって足首をいじるのをやめて、さっさと抱いてくれないと、私、猛烈なヒステリーを起こしそうよ」

「僕にはさっさとすませる気などないよ、キルケ。これ以上ないほどたっぷり時間をかけるつもりだ」

アレックスはヒービーの夜着の肩紐《ひも》を構成しているいくつもの蝶《ちょう》結びをほどき始めた。「なかなかしゃれているな。これはどうすれば……ああ、なるほど。次はここをこうして、と。よし」最後のリボンがほどけ、夜着が肌の上をすべり落ちた。

恥じらいでかすかに震えているなめらかな白い肌を、アレックスは食いいるように見つめた。

「いつだったか、君には美しいという形容は当てはまらないと言ったかな? あれは撤回するよ」

ヒービーが手を伸ばし、アレックスの部屋着のベルトを引っぱった。

「そうそう」アレックスは言い、部屋着を肩からすべり落とさせた。「君はもう見ているんだったな。意識のない僕の一糸まとわぬ体を清め、こづきまわし、包帯を巻いたんだから」目がいたずらっぽくきらめいた。「今回もいちじくの葉はなしだ。ギリシャ・ローマ時代の裸体像と違ってね」欲望の高まりを見てとって、ヒービーの目が大きく見開かれる。

「大丈夫だよ、何も心配しなくても……」

「わかってるわ」ヒービーは言った。「私はただ……あのときは暗くてよくわからなかったから」

「強がるのはよすんだ。キスをして、あとは僕に任せてくれ」ベッドに横たえられ、唇をふさがれているうちに、ヒービーはアレックスの唇の感触と温かさと味のこと以外、何も考えられなくなった。

　アレックスの手がやさしく全身を這いまわり、ヒービーはじらすような愛撫がもたらす強烈な快感にうめき、身をよじった。するとアレックスはヒービーの唇を離し、胸の先端を歯のあいだにはさみ込んだ。信じられないような快感がつき抜け、ヒービーはむせぶような声をもらして体をそらせた。アレックスは歯と唇でうずく胸を刺激しながら、愛撫の手を下に移動させていき、やがてその手が最も秘めやかな場所に触れたとき、ヒービーはショックと甘やかな苦痛がないまぜになった叫び声をあげた。

　そしてヒービーが状況を把握するより早く、二人は一つになっていた。今回は痛みはなく、あるのはしだいに強まっていく舞い上がるような官能のうずきだけ。ヒービーは無意識のうちにアレックスの唇を求め、むさぼり、ついで熱くなめらかな肩に唇を移した。弓なりにそったアレックスの背中に爪が食い込むのにも気づかず、ヒービーは苦しくも甘やかな情熱のせめぎ合いに没入していた。やがて絶頂が訪れ、全身をゆさぶる強烈な快感のなか、ヒービーは自分の上でアレックスが声をあげるのを聞いた。

　目を開けると、アレックスが大きく目を見開いてヒービーを見下ろしていた。その目に誇らしさとやさしさと畏敬《いけい》の表情を見出して、ヒービーは震えるような感動を覚えた。目尻に涙がにじんでくる。

「ヒービー」アレックスはあわてて体をどけ、ヒービーを胸に抱きよせた。「どうしたんだ?」

「どうもしないわ」ヒービーはつぶやき、アレックスの胸に頬をすりよせた。「本当よ。ただ、あんまり幸せで」アレックスの安堵《あんど》の吐息が伝わってきた。ぴたりと身を寄せると、アレックスは掛けぶとんを引っぱり上げて二人のほてった体を覆った。

「もうおやすみ、キルケ」アレックスがかすれた声で言い、ヒービーの首の付け根に唇をすりよせる。

「眠らなきゃだめ？　もう一度愛し合うわけにいかないの？」

アレックスはヒービーを抱えたままあおむけになった。「君の知恵袋のアナは言わなかったようだが、男は一度情熱を爆発させたあとは、しばらく時間がたつまで使い物にならないんだよ。もっとも、君がずっとそうやって僕の上でもぞもぞしていれば、長くは待たせずにすむと思うが」

ヒービーはいたずらっぽく目をきらめかせた。

「本当？　こんなふうに？」とたんにぴしゃりと尻をたたかれて、ヒービーはくすくす笑った。

「君は淫乱《いんらん》な妻になるつもりなのか、奥さん？」アレックスは厳しい口調で言ったが、早くも息が荒くなり始めているのは隠しきれなかった。

「そうなってほしい？」ヒービーは尋ね、アレックスの顔にはっきりとその答えを読み取った。混じり気のない喜びのなかで、ヒービーはふと笑った。

「ねえ、アレックス。たいした魔女じゃないにしても、私には多少は魔力があるみたいね。だって、あなたを夫にしてのけたんですもの！」

「それだけじゃないよ」アレックスはささやき、ヒービーをぐいと抱きよせた。「君は僕を誰よりも幸せな男にしてくれたんだ。君に会うまで、僕は自分の一部が欠けていることに気づかなかった。君が危険な女だと言ったのは、君のせいでその欠落に気づき、つらくてたまらなかったからだ。だが欠落はようやく解消された。わが半身である君を、僕は一生愛しつづけるだろう」

一つ利口になったヒービーは、答えるかわりにアレックスの唇を求め、言葉を使わずに愛を伝えた。

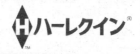

ハーレクイン・ヒストリカル　2008年8月刊（HS-332）

伯爵との一夜
2025年3月5日発行

著　　者	ルイーズ・アレン
訳　　者	古沢絵里（ふるさわ　えり）
発 行 人	鈴木幸辰
発 行 所	株式会社ハーパーコリンズ・ジャパン 東京都千代田区大手町 1-5-1 電話 04-2951-2000（注文） 0570-008091（読者ｻｰﾋﾞｽ係）
印刷・製本	大日本印刷株式会社 東京都新宿区市谷加賀町 1-1-1
装 丁 者	AO DESIGN

ISBN978-4-596-72325-3 C0297

ハーレクイン・シリーズ 3月5日刊 発売中

ハーレクイン・ロマンス

愛の激しさを知る

二人の富豪と結婚した無垢 〈独身富豪の独占愛 I〉	ケイトリン・クルーズ／児玉みずうみ 訳	R-3949
大富豪は華麗なる花嫁泥棒 《純潔のシンデレラ》	ロレイン・ホール／雪美月志音 訳	R-3950
ボスの愛人候補 《伝説の名作選》	ミランダ・リー／加納三由季 訳	R-3951
何も知らない愛人 《伝説の名作選》	キャシー・ウィリアムズ／仁嶋いずる 訳	R-3952

ハーレクイン・イマージュ

ピュアな思いに満たされる

捨てられた娘の愛の望み	エイミー・ラッタン／堺谷ますみ 訳	I-2841
ハートブレイカー 《至福の名作選》	シャーロット・ラム／長沢由美 訳	I-2842

ハーレクイン・マスターピース

世界に愛された作家たち
〜永久不滅の銘作コレクション〜

紳士で悪魔な大富豪 《キャロル・モーティマー・コレクション》	キャロル・モーティマー／三木たか子 訳	MP-113

ハーレクイン・ヒストリカル・スペシャル

華やかなりし時代へ誘う

子爵と出自を知らぬ花嫁	キャサリン・ティンリー／さとう史緒 訳	PHS-346
伯爵との一夜	ルイーズ・アレン／古沢絵里 訳	PHS-347

ハーレクイン・プレゼンツ作家シリーズ別冊

魅惑のテーマが光る
極上セレクション

鏡の家 《ハーレクイン・ロマンス・タイムマシン》	イヴォンヌ・ウィタル／宮崎　彩 訳	PB-404

※予告なく発売日・刊行タイトルが変更になる場合がございます。ご了承ください。